乱纪元

刘慈欣 何夕 等 著

CHAOTIC ERA

北京理工大学出版社
BEIJING INSTITUTE OF TECHNOLOGY PRESS

科幻硬阅读第二季

—— 我们每个人都是星辰

当小鲜肉、流量明星、鸡汤文和小清新大行其道,当坚硬强悍磊落豪雄变成小众,拼爹、晒富、割韭菜成为常态,当群氓乱舞中理性精神和至性深情被某些人弃如敝屣——我们是否可以反其道而行,暂离尘嚣,将目光投向自己的梦与理想,投向诗与远方,投向地球之外的星辰大海?

美国著名天文学家、天体物理学家卡尔·萨根曾说:"我们DNA里的氮元素,牙齿里的钙元素,还有我们吃掉的食物里的碳元素,都是宇宙大爆炸时千万星辰散落后组成的,所以我们每个人都是星辰。"

我们来自浩瀚宇宙,来自奇点大爆炸时的璀璨瞬间——我们每个人都是宇宙中极其微小的一部分,包括我们所生活的地球,以及地球上每时每刻正在发生的战争、瘟疫、政变、尔虞我诈勾心斗角……放在宇宙尺度上,都是小的近于无的微末存在。

也许,正因为人类逐渐意识到了自己的渺小,逐渐认清了自己在宇宙中所处的位置，才开始认真思考人类之于宇宙的价值和意义。于是，一种叫做科幻文学的艺术品诞生了。

它自诞生伊始，便展现出一种向高远、向未来的鲜活生机。它是尊重科学的，是基于科学的一种思考、推衍和设定；但同时它又是文学的，拥有自身的血脉和灵魂——它绝不是对科学的拙劣模仿和枯燥演示。

科幻不是目的，思考才是根本。所以这套书里除了传统意义上的硬核科幻，还会有其他一些提神醒脑类作品，希望它们能给读者朋友带来一丝极致的阅读体验——极致的思考或震撼、极致的美丽与忧愁、极致的愉悦和放松……不求完美，但求在某方面达到极致——极致，便是"科幻硬阅读"的注脚。

但这种"硬"绝不应该是艰深晦涩，故作深沉！

好看的作品通常都是柔软而流动的，如水，亦似爱人或者时光，默默陪伴，于悄无声息间渗透血脉、融入心魂，让我们在一条注定是一去不返的人生路上，逐渐、逐渐，获得一分坚强和硬度！

愿所有可爱而有趣的灵魂，脚踩大地，仰望星辰，追逐梦想。

——小威

科幻硬阅读，不求完美，追逐极致。

献给那些聪明的头脑和有趣的灵魂。

科幻硬阅读
DEEP READ
不求完美 追逐极致

目录

001 | 光荣与梦想
　　　和平视窗计划 / 刘慈欣

047 | 伤心者
　　　母爱催生的伟大方程式 / 何夕

091 | 乱纪元
　　　崛起 / 野火

243 | 欢迎来到303号英雄直播间
　　　舞台与棋子 / 查尔斯·甘

269 | 墙内人
　　　人形工具 / 笑匠

287 | 黑雾
　　　星际掠食者 / 碧天红月

309 | 太阳总会照常升起
　　　告别战争 / 王闿仁

独立思考，个性书写，充分表达，
拥有独属于自己的风格和调性。

光荣与梦想

和平视窗计划

文 / 刘慈欣

科幻
硬阅读
DEEP READ
不求完美 追逐极致

被推迟的奥运会

晨光已照亮了半个天空，西亚共和国的大地仍然笼罩在黑暗中，仿佛刚刚逝去的夜凝成了一层黑色的沉积物覆盖其上。

格兰特先生开着一辆装满垃圾的小卡车，驶出了联合国人道主义救援基地的大门。基地雇用的西亚工人都走光了，这几天他们只好自己倒垃圾，不过这也是最后一次了。明天，他们这些联合国留在西亚的最后一批人员将撤离，后天或更晚一些时候，战争将再次降临这个国家。

格兰特把车停到不远处的垃圾场旁边，下车后从车上抓起一个垃圾袋扔了出去。当他抓起第二个时，举在空中停了几秒钟时，在这一片死寂的世界中，他看到了唯一活动的东西，那是地平线上的一个小黑点儿，它微微跃动着，仿佛时时在否认着自己是这黑色大地的一部分，在晨光白亮的背景上像一个太阳黑子。

一阵声响把格兰特的注意力拉回近处，他看到几个黑乎乎的影子移向他刚扔下的垃圾袋，像是地上的几块石头移动起来。那是几名每天必来的拾荒者，男女老少都有。这个被封锁了十七年的国家已经在饥饿中奄奄一息。

格兰特抬起头,已经能够分辨出那个远方的黑点是一个跑动的人体。在又亮了一些的晨光背景上,他这时觉得那个黑点像一只在火焰前舞动的小虫。

这时拾荒者中出现了一阵骚动,有人拾到了半截香肠,飞快地把香肠塞进嘴里,忘情地大嚼着,其他人呆呆地看着他。这让他们静止了几秒钟,但也只有几秒钟,他们紧接着又在撕开的垃圾袋中仔细翻找起来。在他们已被饥饿麻木的意识中,垃圾中的食物比即将升起的太阳更加光明。

格兰特再次抬起头,那个奔跑者更近了。从身材上可以看出那是一个女性,她体形瘦削,在格兰特眼中,她像一株在晨光中摇曳的小树苗。当她近到喘息声都能听到时,仍听不到脚步声。她跑到垃圾堆旁,腿一软跌坐在地。这是一个十几岁的女孩子,皮肤黝黑,穿着破旧的运动背心和短裤。她的眼睛吸引了格兰特,那双眼睛在她那瘦小的脸上大得出奇,使她看上去像某种夜行的动物。与其他拾荒者麻木的眼神不同,这双眼睛中有某种东西在晨光中燃烧,那是渴望、痛苦和恐惧的混合,她的存在都集中在这双眼睛上。与之相比,那小小的脸盘和瘦成一根的身躯仿佛只是附属在果实上枯萎的枝叶。她脸色苍白地喘息着,听起来像远方的风声,她的嘴上泛着一层白色的干皮。一名拾荒者冲她嘀咕了句什么,格兰特努力抓住这句西亚语的发音,大概听懂了:

"辛妮,你又来晚了,别再指望别人给你留吃的!"

叫辛妮的女孩子把平视的目光下移到撕开的垃圾袋上,很吃力,仿佛那无限远方有什么东西强烈地吸引着她。但饥饿感很快显现出来,她开始与其他人一样从垃圾里找吃的。现在,剩余的食物几乎已经被拾完了,她只找到一个开了口的鱼罐头盒,抓出里面的几根鱼骨嚼了起来,然后吃力地吞下去,她想再次起身去寻找,却昏倒在垃圾堆旁。格兰特走过去把她抱起来,她的浸满汗水的身体轻软得令人难以置信,仿佛是一条放在他的手臂和膝盖上的布袋。

"是饿的,她多次这样了。"有人用很地道的英语对格兰特说,后者把辛妮轻轻地放在地上,站起身从驾驶室中拿出一瓶牛奶蹲下来喂她。辛妮在昏迷中很快感到了牛奶的味道,大口喝了起来。

"你家在哪里?"看到辛妮稍微清醒了些,格兰特用生硬的西亚语大声问。

"她是个哑巴。"

"她住的离这儿很远吗?"格兰特抬头问那个说英语的拾荒者,他戴着眼镜,留着杂乱的大胡子。

"不,就住在附近的难民营,但她每天早晨都要从这里跑到河边,再跑回来。"

"河边?!那来回……有十多公里呢!她神志不正常?"

"不,她在训练。"看到格兰特更加迷惑,拾荒者接着说,"她是西亚共和国的马拉松冠军。"

"哦……可这个国家,好像有很多年没有全国体育比赛了吧?"

"反正人们都是这么说的。"

辛妮已经缓了过来,自己拿着奶瓶在喝剩下的奶。蹲在她旁边的格兰特叹息着摇摇头说:"是啊,哪里都有生活在梦想中的人。"

"我就曾是一个。"拾荒者说。

"你英语讲得很好。"

"我曾是西亚大学的英美文学教授,是十七年的制裁和封锁让我们丢失了所有的梦想,最后变成了这个样子。"他指指那些仍在垃圾中翻找的其他拾荒者说,辛妮的昏倒似乎没有引起他们的注意,"我现在唯一的梦想,就是你们把喝剩的酒也扔一些出来。"

格兰特悲伤地看着辛妮说:"她这样会要了自己的命的。"

"有什么区别?"英美文学教授耸耸肩,不以为然地说,"两三天后战争再次爆发时,你们都走了,国际救援断了,所有的路也都不通了,我们要么被炸死,要么被饿死。"

"但愿战争快些结束吧。我想会的,西亚的人民已经厌战了,这个国家已经是一盘散沙。"

"那倒是,我们只想有饭吃、活下去,你看他,"教授指指一个在垃圾堆中专心翻找的头发蓬乱的年轻人,"他就是个逃兵。"

这时,仍然靠在格兰特臂弯中的辛妮抬起一只枯瘦的手臂指着不远处联合国救援基地的那几幢白色的临时建筑,用两手比画着。"她好像想进去。"教授说。

"她能听到吗?"格兰特问。看到教授点点头,他转向辛妮,一只手比画着,用生疏的西亚语对她说:"你不能,不能进去，我再给你一些吃的。明天，不要来了，明天我们走了。"

辛妮用手指在沙地上写了几个西亚文字，教授看了看说："她想进去，在你们的电视上看奥运会开幕式。"他悲哀地摇摇头，"这孩子，已不可救药了。"

"奥运会开幕推迟了一天。"格兰特说。

"因为战争？"

"怎么？你们什么都不知道？！"格兰特吃惊地看看周围的人说。

"奥运会与我们有什么关系？"教授又耸耸肩。

这时，一阵嘶哑的引擎声打断了他们的对话。一辆只有在西亚才能看到的旧式大客车从公路上开了过来，停在垃圾场边上。一个人从车上跳下来，他看上去五十多岁，头发花白，冲这一群人大喊："辛妮在这儿吗？威弟娅·辛妮！"

辛妮想站起来，但腿一软又跌坐在地。那人走过来看到了她，"孩子，你怎么成了这个样子？还认识我吗？"

辛妮点点头。

"你们是哪儿的？"教授看看那人问。

"我是克雷尔，国家体育运动局局长。"那人回答说，然后把辛妮从地上扶起来。

"这个国家还有体育运动局？"格兰特惊奇地问。

克雷尔手扶辛妮，看着初升的太阳一字一顿地说："西亚共和国什么都有,先生,至少将会什么都有的!"说完,扶着辛妮向大客车走去。

上车后,看着软瘫在破旧座椅上的辛妮,克雷尔回忆起一年前他与这个女孩子相识的情景。

那个傍晚,克雷尔下班后走出体育运动局那幢陈旧的三层办公楼,疲惫地拉开他那辆老伏尔加的车门,有人从后面抓住了他的胳膊。一回头,他看到了辛妮。她冲他比画着,要上他的车。他很惊奇,但她那诚挚的目光让人信任,于是就让她上了车,并按她指的方向开。

"你,哦,你是西亚人吗?"克雷尔问,他的问题是有道理的。长期进行某些体育项目训练的人,会给自己留下明显的特征,这特征不仅仅表现在身型上,还表现在精神状态上。虽然辛妮穿着西亚女性常穿的宽大的长衫,但克雷尔用专家的眼睛还是立刻看出了她身上的这种特征,但克雷尔不相信,在这个已经十几年处于贫穷饥饿状态的国家里,还有人从事那种运动。

辛妮点点头。

车在辛妮的指引下行驶到了首都体育场。下车后,辛妮在地上写了一行字:"请您看我跑一次马拉松!"在体育场跑道的起点,辛妮脱下了长衫,露出她后来一直穿着的旧运动衫和短裤。当克雷尔示意计时开始后,她步伐轻捷地跑了起来,这时克雷尔已经确信,这孩子是一块难得的长跑好材料,这反而使他的心头涌上一阵悲哀。

这座能够容纳八万人的西亚共和国最大的体育场现在完全荒废了，杂草和尘土盖住了跑道，西边有一个大豁口，是在不知哪年的空袭中被重磅炸弹炸开的，残阳正从豁口中落下，给体育场巨大阴影上方的看台投下一道如血的余晖。

战前，西亚共和国的体育曾有过辉煌的时代，但十七年前的那场战争以及随后延续至今的封锁和制裁，使体育在这个国家成了一种巨大的奢侈。国家对体育的投入已经压缩到最小，仅仅是为了能零星派出几名运动员参加国际比赛，以满足对外宣传的需要。近年来，随着这个国家生存环境日益严酷，这一点投入也消失了，运动员们都已不知去向，国家体育运动局仅剩四名工作人员，随时都可能被撤销。

夕阳在西方落下，一轮昏黄的满月又从东方升起。辛妮在一圈又一圈地奔跑着，时而没入阴影，时而跑进如水的月光中，在这座如古罗马斗兽场遗址般荒凉的巨大废墟中，她那轻轻的脚步声回荡着。克雷尔觉得，她是来自过去美好时代的一个幻影，时光在这座月光下的废墟中倒流，一丝早已消逝的感觉又回到克雷尔的心中，他不由得泪流满面。

当月光照亮了大半个体育场时，辛妮跑完了第一百零五圈，到达了终点。她没有去做放松运动，而是远远地站在那里静静地看着克雷尔，月光下，她很像跑道上一尊细长的雕像。

"两小时十六分三十秒，考虑场内和场外道路的差别，再加三分钟，仍是迄今为止的全国最好成绩。"

辛妮笑了一下。马拉松运动员的特点之一就是表情呆滞，这是他们在训练和比赛中长时间忍受单调的体力消耗导致的结果，但克雷尔发现辛妮在月光中的笑容很动人，但这笑容却像一把刀子把他的心割出血来。他呆立着，使自己也变成了另一尊雕像，直到辛妮的喘息声像退潮的海水般平息后，他才回过神来，把手表戴回腕上，低声说：

"孩子，你生错了时候。"

辛妮平静地点点头。

克雷尔弯腰拾起地上的长衫，走过去递给辛妮，"我送你回家吧，天黑了，你父母不放心的。"

辛妮比画着，克雷尔看懂了，她说自己没有父母，也没有家。她接过衣服，转身走去，很快消失在体育场巨大的阴影中。

大客车向市郊方向驶去，辛妮在座椅上绵软无力地随着车子颠簸摇晃，疲乏和虚弱令她晕晕欲睡，但后座上一个人的一句话却使她猛醒过来：

"萨里，你是怎么把自己搞到监狱里去的？"

辛妮直起身向后看，看到了那个被叫作萨里的人。她立刻认出了他，但无论如何也不会相信眼前这个可怜的家伙曾是西亚共和国最耀眼的体育明星。亚力克·萨里是西亚在封锁期间在国际大赛中获得过奖牌的三个运动员之一，他曾在四年前的世界射击锦标赛上获得男子飞碟双多向射击的金牌，成为当时全国的英雄。辛妮至今仍清楚地记得他乘坐敞篷汽车通过中心大街时那光辉的形象。眼前的萨里骨瘦如柴，苍白的脸上有好几道伤疤，他裹着一件肮脏的囚服，在这并不寒冷的早晨瑟瑟发抖。

克雷尔说:"他去做一个走私集团头目的保镖,人家看上了他的枪法。"

"我不想饿死。"萨里说。

"可是你差点儿被饿死,在自由公民都吃不饱的今天,监狱里会是什么样子?那里每天都有人饿死或病死,我看你也差不多了。"

"局长先生,您把我保释出来确实救了我一命,可这是为什么?我们这是去哪儿?"

"去机场,至于去干什么我也不知道,我们只是奉命召集各个运动项目原国家队的队员。"

车停了,又上来好几个人。与大部分西亚人一样,他们都面黄肌瘦,衣服破旧,有人在不停地咳嗽,饥饿和贫穷醒目地写在他们的脸上。与一般人不同的是,他们都个子很高,这高大的身材更增加了他们的憔悴感。他们在车里弯着腰,像一排离水很久而枯萎的大虾。辛妮很快认出他们都是原国家男篮的队员。

"嗨,各位,这些年过得怎么样?"克雷尔向他们打招呼。

"在我们有力气向您讲述之前,局长先生,先让大家吃一顿早餐吧!""是啊,作为高级官员您体会不到挨饿的滋味,到现在您还在吃体育,可我们吃什么呢?我们一天的配给,只够吃一顿的。""就这一顿也快没有了,人道主义救援已经停止了!""没关系,再等等吧,战争一爆发,黑市上就又有人肉卖了!"……

就在男篮队员们七嘴八舌诉苦的时候,辛妮挨个打量着他们,发现她最想见的那个人没有来。克雷尔代她提出了这个问题:"穆拉德呢?""对,加里·穆拉德,西亚共和国的乔丹。"

"他死了,死了有半年了。"

克雷尔好像并不感到意外,"哦……那伊西娅呢?"辛妮努力回忆这个名字,想起她是原国家女篮队员,穆拉德的妻子。

"他们死在一起。"

"天啊,这是怎么了?"

"您应该问问这世道是怎么了……他们和我们一样,除了打球什么都不会,这些年只有挨饿,可他们不该要孩子,那孩子刚出生局势就恶化了,配给又减少了一半,孩子只活了三个月,死于营养不良,或者说是被饿死的。孩子死的那天晚上,他们闹到半夜,吵一会儿哭一会儿,后来安静下来,竟做起饭来,然后两个人就默默地吃饭,终于吃了这些年来的第一顿饱饭。您知道他们的饭量,他们把后半月的配给都吃光了。天亮后,邻居发现他们不知吃了什么毒药一起死在床上。"

一车人陷入沉默,直到车再次停下又上来一个人时,才有人说:"哇,终于见到一个不挨饿的了。"上来的是一位娇艳的女郎,染成红色的头发像一团火,涂着很深的眼影和口红,衣着俗艳而暴露,同这一车的贫困形成鲜明对比。

"大概不止吃饱吧,她过得好着呢!"又有人说。

"也不一定,现在首都已经成了一座饥饿之城,红灯区的生意能好到哪里去?"

"噢,不,穷鬼,"女郎冲说话的人浪笑了一下说,"我主要为维和部队服务。"

车里响起了几声笑,但很快被一阵剧烈的咳嗽声淹没了。"莱丽,你应该多少知道些廉耻!"克雷尔厉声说。

"噢,克雷尔大叔,不管有没有廉耻,谁饿死后身上都会长出蛆来。"女郎不以为然地挥挥手,在辛妮身边坐了下来。

辛妮瞪圆双眼盯着她,天啊,这就是温德尔·莱丽?!这就是那个曾获得世界体操锦标赛铜牌的纯美少女,那朵光彩照人的西亚体育之花?!

剩下的路程是在沉默中走完的。二十分钟后,汽车开进了首都机场的停机坪,已经有两辆大客车先到了,它们拉来的也都是前国家队的运动员,加上这辆车,共有七十多人,这其中包括一支男子篮球队、一支男子足球队和十一个其他竞赛项目的运动员。

跑道的起点停着一架巨大的波音客机。在西亚领空被划为禁飞区的十多年里,它显然是这个机场降落过的最大和最豪华的飞机。克雷尔领着西亚共和国的运动员们来到飞机前面,从舱门中走出几位西装革履的外国人,当他们走到舷梯中部时,其中一位挥手对下面的人群大声说了一句什么,运动员们吃惊地认出,这个人是国际奥林匹克委员会主席,但最让他们震惊的还是克雷尔翻译过来的那句话:

"各位,我代表国际社会到西亚共和国来,来接你们参加第二十九届奥运会!"

北　京

　　原来北京是这样的！

　　当车队进入市区后，辛妮感叹道。这个遥远的城市本来与她——一个身处西亚共和国的贫穷饥饿的女孩子没有任何关系，但奥运会在几年前就使北京成为她心中的圣地。辛妮对北京了解很少，仅限于小时候看过的一部色彩灰暗的武侠片。在她的想象中，北京是一座古老而宁静的城市，她无法把这座城市与宏大壮丽的奥运会联系起来。她无数次梦到过奥运会和北京，但两者从未在同一个梦中出现过。在一些梦里，她像飞鸟般掠过宏伟的奥运赛场上的人海；在另一些梦里，她则穿行于想象中的北京那些迷宫般的小胡同中和旧城墙下，寻找着奥运赛场，但从来没有找到过。

　　辛妮瞪大双眼看着车窗外，寻找她想象中的胡同和城墙，但映入她眼帘的是一片崭新的现代化高层建筑群，这林立的高楼在阳光下发出耀眼的白光，像刚开封的新玩具，像一夜之间冲天长出的白嫩的巨大植物。这时，在辛妮的脑海中，奥运会和北京才完美地结合起来。

　　到达新世界的兴奋感像云缝中的太阳一样露了一下头，在辛妮的心中投下一线光亮，但阴郁的乌云很快又遮盖了一切。

　　与世界各大媒体想当然的报道不同，当西亚共和国的运动员们得知自己将参加奥运会时，并没有什么兴奋和喜悦。像其他西亚人一样，十多年的苦难使他们对命运不再抱任何幻想，使他们对一切意外都抱有一种麻木的冷静，不管这意外是好是坏，他们做的第一件事就是收紧外壳，保护自己。在得知这个消息后，甚至没有人提出问题，就连那些理所当然的问题，如没参加过任何预选赛如何进入奥运会，都没有人提出。他们只是默默地走上飞机，麻木而又敏感地静观着事情的发展。

辛妮走进空荡荡的宽敞机舱后，找了一个靠窗的座位坐下，并一直注意着这里发生的事。她看到国际奥委会主席把克雷尔和西亚代表团的几位官员召集到一等舱中去，一个多小时过去了，还没有任何动静。运动员们也在沉默中静静地等待，终于看到克雷尔走了出来。他没有说什么，只是拿着一张纸核对名单。几十双眼睛都盯着他的脸看，那是一张平静的脸。这种平静是第一个征兆，它告诉辛妮：事情不对。很快，她用敏感的眼睛又发现了第二个征兆：克雷尔拿着名单返回一等舱时，用空着的一只手去开紧闭着的舱门，尽管那只手摸索了半天也没找到把手，他的双眼仍平视着前方而没有向下看，仿佛一时失明了似的。这时，辛妮证实了自己的预感。

事情不对。

在机舱里大家吃了一顿饱饭，每个人都吃了两到三份航空餐，这些西亚人的饭量让那几名中国空姐很吃惊。然后飞机起飞了，辛妮透过舷窗，看着云海很快覆盖西亚的大地，这云海在整个航程中都很少散开，仿佛在下面隐藏着一个巨大的谜团。

飞机在北京机场降落后，等了足有两个小时，换上统一服装的西亚体育代表团才走出机舱。当他们进入大厅后，一阵闪光灯的风暴立刻照得他们睁不开眼。大厅中黑压压挤满了记者，他们在代表团周围拥挤着，像一群看到猎物的饿狼，但又总是小心地与他们保持两米左右的距离，使代表团行走在一小圈移动的空地中央，仿佛他们周围有一种无形力场把记者们排斥开来。更让辛妮和其他西亚人心里发毛的是，没有人提问，大厅中只有闪光灯的咔嚓声和拥挤的人们鞋底摩擦地板的沙沙声。走出大厅时，辛妮听到空中的轰鸣声，抬头看到三架小型直升机悬在半空，不知是警戒还是拍照。运送代表团的大客车只有两辆，却有十几辆警车护送，还有一支武装警察的摩托车队。当大客车驶上机场到市区的公路时，辛妮和其他西亚运动员发现了一件更让他们震惊的事：路被清空封闭了，看不到一辆车！

　　事情真的不对。

　　到达奥运村时天已经黑了下来，当西亚运动员们走下汽车时，他们心中的疑惑变成了恐惧：奥运村里一片死寂，几十幢整齐的运动员公寓楼大多黑着灯。当他们走向唯一一座亮灯的公寓楼时，辛妮注意到远处一个小广场中央的一排高高的旗杆，那些旗杆上没有国旗，像一长排冬日的枯树。在外面，城市的灯光映亮了半个夜空，喧响声隐隐传来，更加衬托了奥运村诡异的寂静。辛妮打了个寒战，这里让她想到了陵墓。

　　在运动员公寓的接待厅中，身为代表团团长的克雷尔对运动员们讲了一段简短的话："请大家到各自的房间，晚饭在一小时后会送到房间里，今天晚上任何人不得外出，一定要好好休息。明天上午九点钟，我们将代表西亚共和国参加第二十九届奥林匹克运动会的开幕式。"

辛妮和克雷尔、萨里同乘一个电梯，她听到萨里低声问团长："您真的不打算告诉我们真相？难道……和平视窗设想真要实现了？"

"明天你就会明白一切，我们应该让大家至少有一个晚上能睡好。"

和平视窗

辛妮仰望着雄伟的奥林匹克体育场，短暂的幸福和陶醉暂时掩盖了紧张和恐惧。不管未来几天会发生什么，她已经来到了所有运动员心目中的圣地，此生足矣。

但对即将到来的事情的恐惧并没有因此而减少，这两天所经历的一切，越来越像是一个阴沉而怪异的梦。早晨，西亚共和国代表团的车队从奥运村出发前往奥林匹克体育场，连接两地的宽阔公路旁聚集着人山人海，但辛妮看到，人群中没有鲜花彩旗和气球，也没有欢笑和欢呼，这成千上万人集体沉默着，用同一种严峻的表情目送着车队，昨天那种让辛妮打冷战的感觉又出现了，她觉得这像葬礼。

奥林匹克体育场外面十分空旷，有两道森严的警戒线。当车队驶过时，组成警戒线的武警士兵们整齐地敬礼。车队在体育场的东大门停下，运动员们下车后，克雷尔团长召集他们站成了一个方阵。辛妮站在方阵的第一排，仔细地搜索着体育场内传出的声音，但什么也没有听到，这巨大的建筑内部一片寂静。克雷尔从车上拿出一面宽大的西亚共和国国旗,先后招呼萨里和另外两名较有建树的运动员出列,递给他们每人国旗的一角。当他在队列中寻找第四个人时,站在前排的莱丽自己走出来,从克雷尔的手中拿过国旗的最后一角,但克雷尔摇摇头,把国旗从莱丽手中拉了出来,递给了他随便选中的一个女运动员。这巨大的羞辱使莱丽涨红了脸,她恼怒地盯了团长几秒钟,最后还是转身回到了队列中。四名运动员把国旗展开,微风在旗面上拂出道道波纹,国旗旁边的克雷尔对着运动员方阵庄严地说:

"西亚的孩子们,振作起来!现在,我们代表苦难的祖国,进入第二十九届奥林匹克运动会的主会场!"

在国旗的引导下,西亚共和国的运动员方阵开始行进,很快进入了体育场东大门高大的门廊中。门廊很长,像一条隧道,辛妮走在方阵的前排,与其他运动员一起盯着前方越来越近的入口,她的心在狂跳,在她的意识中,入口那边是另一个时空,另一个不可知的命运和人生在那边等着她。

尽管有了精神准备,当通过入口看到体育场的全景时,辛妮还是浑身僵住了,只是在后面方阵的推动下机械地迈步前行,这时避免精神崩溃的唯一办法就是保持这两天一直笼罩着她的感觉:这是一场噩梦。而她现在看到的已经很有力地证明了这一点。

他们面对着一个完全空旷的体育场。

九点钟的太阳照亮了这个巨大体育场的一半,西亚人仿佛行进在一个与世隔绝的盆地中,这荒凉的世界里只有他们的脚步声在回荡。震惊的眩晕过去后,辛妮看到宽阔的运动场的另一面有东西在动,很快看出那是另一个运动员方阵,正与他们相向行进，那个方阵也由一面四个运动员抬着的大旗帜指引着。阳光下，辛妮辨认出那是一面星条旗。与以往进入奥运会场时乱哄哄的样子不同，美国运动员的方阵十分整齐，形成一个整体方块，以一种威严的节奏起伏着，像进攻中的古罗马军团。

在运动场中央，两个方阵行进到相距几十米时开始转向，最后面向简单的主席台停了下来。一切陷入寂静，仿佛时间停止了流动。

一个人从运动场的一侧向主席台走来，他那单调的脚步声在空旷的看台间回荡，像恐怖的读秒声。来人不是国际奥委会主席，而是联合国秘书长。那个瘦削的巴西老人缓缓地走上主席台，注视着远处的两国运动员方阵，沉默了半分钟之久才开始讲话。经过巨大的音响系统，他的声音仿佛来自整个苍穹。

"第二十九届奥林匹克运动会将只有美利坚合众国和西亚共和国两个国家参加，它将代替这两国间即将爆发的战争。

"如果美国获胜，西亚共和国必须履行最后通牒中的条款，这个国家将被彻底解除武装，并将被分解为三个独立的国家，原西亚政府中的战犯将受到国际法庭的审判。

"如果西亚共和国获胜，战争将中止，目前处于对西亚攻击状态的美国及其盟国军队将全部撤离，联合国将取消对西亚共和国的经济制裁，并欢迎其回到国际社会中来。"

秘书长把月光投向西亚运动员方阵，"你们能够预测，在这届奥运会中，西亚共和国必败，但也请你们注意另一个事实：如果战争爆发，西亚共和国同样注定要战败，而那时，交战双方，特别是你们的国家，将付出血的代价。

"也许你们会认为,这届奥运会只是为西亚共和国的投降寻找一个借口,不是这样的。举一个极端的例子:如果西亚体育代表团仅以一块金牌之差负于美国的话,虽然西亚仍被认为是战败,但结果已大不相同:这个国家不会被肢解,现政府也可以继续存在,同时保留常备军队,西亚所要做的,只是销毁自己的生化武器和支付仅为最后通牒中数量三分之一的战争赔款。当然,这种情况也不太可能出现,但西亚运动员在每个单项上获得的每一块金牌,都能为失败的西亚争得一定的权利。美、西两国在联合国的框架下经过极其艰难的谈判所达成的协议中,对这一切制定了详细的条款。对于西亚来说,获得金牌的希望也不是完全没有,比如亚力克·萨里和温德尔·莱丽,就分别在射击和体操上占有一定的优势。"

秘书长把目光从西亚运动员方阵上移开,仰望着奥运场夏日的晴空,"这是联合国和平视窗计划的第一次实施,是人类在新千年中为消灭战争进行的伟大试验!

"和平视窗计划的名称来自尊敬的比尔·盖茨先生,在新世纪到来之时,为了使微软的智慧和财富有一个更加伟大的用处,盖茨先生主持了一个宏大的软件项目,开发了一款巨型模拟软件,使其能够在巨型计算机上用数字方式真实地再现各种规模的战争,最后达到在国家间用数字战争代替真实战争的目的,这个软件被命名为和平视窗。众所周知,这个设想失败了。首先,目前的软件技术还远没有达到能够全面模拟极其复杂的现代战争的程度,但设想失败更重要的原因还在于,在目前的国际政治条件下,软件初始数据的输入,以及交战国对模拟结果的认可都是不可逾越的障碍。尽管计划在投入巨资后失败了，但盖茨先生的设想却生根发芽，给人类以重大启示。他使我们对战争有了一个全新的思维方向，即如果人类不能在短时间内消灭战争，至少可以让它以另一种较为无害的、尊重生命的方式进行。于是，在国际社会的一致赞同下，联合国再次启动了和平视窗计划。这是人类社会在社会学和国际政治上的阿波罗登月。五年来，各国有无数的政治家、社会学者、法律学者、伦理学者、自然科学家、军事家和其他各界人士为这个伟大的计划贡献了自己的智慧。

"和平视窗计划的关键是找出一个战争替代物，它必须满足两个条件：一、较为忠实地反映各交战国的综合国力；二、能够在一个被各交战国和国际社会认可的规则下进行战争模拟。计划的研究者们很快想到了奥林匹克运动会。单项体育，如足球，其水平与国家的政治、经济和军事实力关系不大。但奥运会的众多体育项目作为一个整体，其总的水平却能相当准确地反映出一个国家的综合国力。同时，体育作为人类最古老的一项活动，已经建立了被全人类认可的完善的竞赛规则，而奥林匹克运动会到目前为止是世界上规模最大和影响最大的人类聚会。这就使得奥运会成为模拟战争最理想的工具。

"古希腊的奥运先哲们和上世纪的顾拜旦做梦都不会想到，他们所创立的奥林匹克运动会有一天会对人类具有如此重大的意义，而你们，这些本来从事十分单纯的体育运动的人们，更不可能想到自己有一天会突然肩负如此重大的使命。但历史已经把你们推到这里，请不要回避。千年之后再回首，现在将是人类历史上最伟大的时刻，而你们，和平视窗的先驱者，必将载入人类文明的史册。"

这时，又有两个人沿着跑道向主席台走来，其中一个人是国际奥委会主席，另一个人竟是身穿迷彩服的军人，他举着燃烧的火炬，肩上有四颗将星。走上主席台后，他用低沉的声音说："我是乔治·韦斯特，美国陆军上将，美军西亚战场司令官。再过五分钟，最后通牒就将到期，如果没有和平视窗，我将下令开始对西亚共和国的第一波空中打击，但现在，我将点燃奥运圣火。"然后，他向刚刚升起的五环旗敬礼，转身走上了通向大火炬的长长的阶梯。他以军人的步伐稳健地攀登着，上身和手中的火炬一直保持着笔直，最后，他在运动员们的眼中变成了巨大的奥运火炬下的一个小黑点。韦斯特将军向全世界举起了手中的火炬，庄严地静止几秒钟后，点燃了奥运圣火。

运动员们听到轰的一声沉闷的巨响，奥林匹克的火焰在蓝天上燃烧起来，没有欢呼，没有鸽群，在死一般的寂静中，只有那团古老的巨火在呼呼作响，仿佛是掠过苍穹的浩荡天风。

两个国家的奥运会

开幕式后各项比赛全面展开。在首批赛事中，最引人注目的是男子篮球，由西亚共和国临时组建的国家队对美国梦之队。与开幕式不同，看台上挤满了观众，大部分是记者，其中体育记者只占很小的比例，主要是从西亚前线蜂拥而来的战地记者。与以往的任何球赛都不同，没有人喧哗，甚至很少有人说话，球赛在寂静中进行，只能听到篮球击地的咚咚声和球鞋底摩擦地板的吱吱声。当上半场快结束时，已经没有人再看比分显示板了。梦之队的那些篮球精灵们像几只黑色的大鸟在球场上轻盈地翱翔，仿佛是在一首听不见的轻扬乐曲中跳着梦之舞，而西亚队只是混进这场唯美舞蹈中的一些杂质，试图对舞蹈产生一些干扰，但梦之舞似乎没有感觉到杂质的存在，如水银泄地般顺畅自然……中场休息时，西亚队年迈的教练挥着瘦骨嶙峋的拳头，嘶哑地咳嗽着，对精神和体力都要耗尽的球员们说："不要垮掉，孩子们，不要让他们可怜我们！"但他们还是被可怜了，下半场进行到一半时，有很多观众都不忍心再看下去起身离开了。当终场的哨声响起后，梦之队黑色的篮球舞蹈家们离开球场，西亚队的球员们仍呆立在原地不动，像潮水退后沉淀下来的沙子。过了好长时间，中锋才清醒过来，蹲在地上痛哭起来，另一个球员则跑到篮球架下，虚弱地大口吐着酸水……

在以后的比赛中，西亚共和国在所有项目上都全面败北，这本在预料之中，但败得那么惨不忍睹是谁都没有想到的。其实，即使在战后的被封锁阶段，西亚体育还是有一定实力的，但是近年来随着局势的恶化，政府无暇顾及体育，原来勉强维持的商业体育俱乐部也全部消失，这些参加奥运会的运动员们已经有三四年时间没有进行任何训练。同时，他们除体育外没有其他一技之长，大多在西亚的苦难岁月中沦为最穷的人，几年的饥饿和疾病使这些人已经不具备作为运动员的起码体格。

奥运会的赛程在沉闷中已走完大半，这时的民意调查表明,即使是美国观众,也希望看到西亚运动员出现奇迹,人们把创造奇迹的希望寄托在两个西亚人身上,他们是莱丽和萨里。全世界都在等待着他们的出场。

然而,在随后到来的体操比赛中,莱丽还是让全世界失望了。她的技巧还算娴熟,但体力和力量已经不行,多次失误,在她最具优势的平衡木上也掉下来两次,根本无法与美国队那些如彩色弹簧般灵动的体操天使们匹敌。体操的最后一场比赛开始之前,在进入赛场的路上,辛妮听到了莱丽和教练的对话:

"你真的打算做卡曼琳腾跃?"教练问,"以前你从来没有完全做成过它,高低杠并不是你的强项。"

"这次会成。"莱丽冷冷地说。

"别傻了!你就是高低杠自选动作拿满分了又怎样?"

"最后得分与美国女孩儿的差距会小些。"

"那又怎么样?听我的,做我制定的那套动作,稳当地做完就行了,现在玩儿命没有意思的。"

莱丽冷笑了一下,"您真的关心我这条命吗?说真的,我都不关心了。"

比赛开始,当莱丽跃上高低杠后,辛妮立刻看出她已经变成另一个人了。她身上的某种无形的桎梏已经消失,比赛对于她已经不是一种使命,而是一种宣泄痛苦的方式。她在高低杠间翻飞,动作渐渐疯狂起来。观众席上出现了少有的赞叹声,但场内的体操专家们都一脸惊恐地站了起来,美国队那几位美丽的体操天使大惊失色地拥在一起,他们都知道,这个西亚姑娘在玩儿命。当做到高难度的卡曼琳腾跃时,莱丽完全沉浸在她的疯狂中,她成功地完成了空中直体一千零八十度空翻,但在抓住低杠腾回高杠时失手了,头向下身体成四十五度角摔在低杠下的地板上,坐在看台头一排的辛妮听到了脊椎骨断裂清脆的咔吧声……

克雷尔抱着一面西亚国旗追上了担架,把旗的一角塞到莱丽的手中,这正是开幕式上引导西亚共和国运动员方阵的那面旗帜。莱丽死死地抓着那个旗角,她并不知道自己抓着什么,她的双眼失神地望着天空,苍白的脸庞因剧痛而不断抽搐,血从嘴角流出来,滴到地上,又沾到拖地的国旗上。

"有一点我们可能没想到,"国际奥委会主席对记者们说,"当运动员成为战士后,体育也会流血。"

其实,人们对莱丽寄予如此大的希望,在很大程度上是媒体炒作的结果。莱丽的优秀只是相对的,即使她超常发挥,实力也比美国队相差很远。但萨里就不同了,他是真正的世界冠军,而与其他项目相比,停止几年训练对一个射击运动员的影响相对要小一些。虽然美国是世界射击运动强国,但萨里在男子飞碟射击项目上也实力雄厚,曾在1996年亚特兰大奥运会上破飞碟双向射击世界纪录。但自从在2000年悉尼奥运会上取得该项目的铜牌后,他的水平就停滞不前。这次参赛的选手詹姆斯·格拉夫就在四年前的世界射击锦标赛上负于萨里,只拿到铜牌。所以,西亚共和国有很大希望能拿到这一块金牌,这将给本届奥运会的最后一个下午带来一个高潮。

前往射击比赛场的最后一段路，萨里是被西亚人高高抬起走过的，西亚代表团的运动员们在周围向他欢呼，这时他已经成了他们的神明，周围簇拥的摄像记者使全世界都看到了这情景，如果这时真有不知情的人，肯定会认为西亚已经取得了整个奥运会的胜利。在亚洲大陆遥远的另一端，西亚共和国的三千万国民聚集在电视机和收音机前，等待着他们唯一的英雄带给他们最后的安慰。但萨里一直很平静，面无表情。

在射击比赛场的入口处，克雷尔郑重地对刚刚被放下来的萨里说："你当然知道这场比赛的意义，如果我们至少拿到一块金牌，并由此为战后的国家争得一点权利，那么这场虚拟战争对西亚人就具有完全不同的含义。"

萨里点点头，冷冷地说："所以，我向国家提出参赛的条件是理所当然的——我要五百万美元。"

萨里的话像一盆冰水，把围绕着他的热情一下子浇灭了，所有人都吃惊地看着他。

"萨里，你疯了吗？"克雷尔低声问。

"我很正常。与我给国家带来的利益相比，我要的并不多。这笔钱只是为了我今后能到一个喜欢的地方安静地度过后半生。"

"等你拿到金牌后，国家会考虑给予奖励的。"

"克雷尔先生，您真的认为这个即将消失的国家还有什么信誉可言吗？不，我现在就要，否则拒绝比赛。你要清楚，拿到金牌后我是世界明星，退出比赛则同样会成为拒绝为独裁政府效力的英雄,后者在西方更值钱。"

萨里与克雷尔长时间地对视着,后者终于屈服地收回目光,"好吧,请等一下。"然后他挤出人群,远远地拿出手机打起电话来。

"萨里,你这是叛国!"西亚代表团中有人高喊。

"我的父亲是为国家而死的,他在十七年前的那场战争中阵亡,那时我才八岁。我和母亲只从政府那里拿到一千二百西亚元的抚恤金,之后物价飞涨,那点儿钱还不够我们吃两个星期的饱饭。"萨里从肩上取下其他西亚运动员为他披上的国旗,抓在手中大声质问,"国家?国家是什么?如果是一块面包,它有多大?如果是一件衣服,它有多暖和?如果是一间房子,它能为我们挡住风雨吗?!西亚的有钱人早就跑到国外躲避战火了,只剩下我们这些穷鬼还在政府编织的爱国主义神话里等死!"

这时,克雷尔已经打完了电话。他挤进人群来到萨里面前,"我已经请示过了,萨里,你是在尽一个西亚公民应尽的业务,政府不能付你这笔钱。"

"很好。"萨里点点头,把国旗塞到克雷尔怀里。

"电话一直打到总统那里,他说,如果一个国家只有雇佣军才为它战斗,那它也没有继续存在的必要了。"

萨里没再说什么,转身走去,兴奋的记者们跟着他蜂拥而去。

以手捧国旗的克雷尔为中心,西亚代表团长时间默立着,仿佛在为什么默哀。不知过了多长时间,射击场内响起了枪声,詹姆斯·格拉夫正在得到奥运历史上最容易得到的金牌。这枪声使西亚人渐渐回到现实,他们不约而同地把目光集中到一个人身上，刚才跟随萨里的大群记者也跑了回来，把几百个镜头一起对准了这个人。

威弟娅·辛妮，将参加一小时后开始的本届奥运会的最后一个项目：女子马拉松。

记者们知道辛妮是哑巴，谁都不提问，只是互相低声说着什么，像在观看一个没见过的小动物。在人群和镜头的包围中，这个黑瘦的西亚女孩恐惧地睁大双眼，瘦小的身体瑟瑟发抖，像一只被一群猎犬逼到墙角的小鹿。幸好克雷尔拉起她挤出重围，登上了开往主体育场的汽车。

他们很快到达了奥林匹克体育场，这里将在傍晚举行第二十九届奥运会的闭幕式，也是马拉松的起点和终点。下车后，他们立刻被更多的记者包围了，辛妮显得更加恐惧和不安，紧紧靠在克雷尔身上。克雷尔好不容易摆脱了纠缠，带着辛妮走进一间空着的运动员休息室，把几乎令她精神崩溃的喧闹关在外面。

克雷尔拿了一纸杯水走到惊魂未定的辛妮面前，在她眼前张开紧攥着的另一只手，辛妮看到掌心上放着一片白色的药片，她盯着药片看了几秒钟，又惊恐地看看克雷尔，摇摇头。

"吃了。"克雷尔以不可抗拒的口气说，又放缓声音，"相信我，没有关系的。"

辛妮犹豫地拿起药片放进嘴里，尝到了酸酸的味道，她接过克雷尔递过来的水，把药片送了下去。几秒钟后，休息室的门轻轻开了，克雷尔猛地回头，看到一个身材魁梧的身影，他盯着那人看了半天，才吃惊地认出了他。

来人是韦斯特将军,在开幕式上点燃圣火的人,已经对西亚共和国做好攻击准备的五十万大军的统帅。这时他穿着一身黑色的西装,双手捧着一个纸盒子。

"请您出去。"克雷尔怒视着他说。

"我想同辛妮谈谈。"

"她不会说话,也听不懂英语。"

"您可以为我翻译,谢谢。"将军对克雷尔微微躬身,他那凝重的声音里有一种难以抗拒的力量。

"我说过请您出去!"克雷尔说着把辛妮挡在身后。

将军没有回答,用一只有力的手臂轻轻地把克雷尔拨开,蹲在辛妮前面脱下了她的一只运动鞋。

"您要干什么?!"克雷尔喊道。

将军站起身,把那只运动鞋举到克雷尔面前,"这是刚在运动商店里买的吧?穿这样非定做的新鞋跑马拉松,不到二十公里脚就会打泡。"说完他又蹲下身,把辛妮的另一只鞋脱了下来,一挥手把两只鞋都扔出去,然后他拿起放在旁边的纸盒打开来,露出一双雪白的运动鞋,他把那双鞋捧到辛妮面前,"孩子,这是我个人送给你的礼物,是耐克公司的一个特别车间为你定做的,那个车间能做出世界上最好的马拉松鞋。"

克雷尔这时想起来了。三天前的晚上,有两个自称是耐克公司技师的人来到奥运村辛妮的房间,用三维扫描仪为她扫描脚模。他看得出这确实是一双顶级的马拉松鞋,定做这样一双鞋的价格至少要上万美元。

将军开始给辛妮穿鞋,"马拉松是一项很美的运动,我也很喜欢,还是中尉的时候我曾在陆军运动会上拿过冠军,噢,不是马拉松,是铁人三项。"鞋穿好后,他微笑着示意辛妮起来试试,辛妮站起来走了几步,那鞋轻软而富有弹性,与脚贴合极好,仿佛是她的双脚的一部分。

将军转身走去,克雷尔跟着他到了门口,说:"谢谢您。"

将军站住,但没有转过身来,"说实话,我更希望叛逃的不是萨里而是辛妮。"

"这就不可理解了,"克雷尔说,"辛妮的成绩在西亚是最好的,但在世界上排名连前二十都进不了,更别提和埃玛比了。"

将军继续走去,留下一句话:"我害怕看她的眼睛。"

马拉松

新闻媒体早就把第二十九届奥运会称为寂静的奥运会,辛妮看到,开幕式时广阔而空旷的体育场现在已经被由十万人组成的人海所覆盖,但寂静依旧。这人海中的寂静是最沉重的寂静,辛妮之所以没有在精神上被压垮,是因为埃玛的出现吸引了她的注意力。

西亚共和国在模拟战争中的彻底失败已成定局,萨里的离去使西亚人在精神上也彻底垮掉了,西亚体育代表团已先于他们的国家四分五裂了。代表团中的一些有钱或有关系的官员已经不知去向，哪里也去不了的运动员们则把自己关在奥运村公寓的房间里，等待着命运的发落。没有人还有精神去观看最后一场比赛和参加闭幕式。当辛妮走向起跑点时，只有克雷尔陪着她。在十万人的注视下，她显得那么孤单弱小，像飘落在广阔运动场中的一片小枯叶，随时都会被风吹走。

与她那可怜的对手相反，弗朗西丝·埃玛是被前呼后拥着走向起跑点的。她的教练班子有五个人，包括一位著名的运动生理学家，医疗保健组由六个医生和营养专家组成，仅负责她跑鞋和服装的就有三个人。埃玛现在确实已经成为半人半神的名星。早在上世纪八十年代初，就有人根据世界女子马拉松最好成绩的增长速度预言，除去射击和棋类等非体力竞赛，马拉松将是女子超过男子的第一个运动项目。这个预言在三年前的芝加哥国际马拉松大赛上变为现实：埃玛创造了超过男子的世界最好成绩。对此，一些男性体育评论员酸溜溜地认为，这是男女分赛所至，在那次女子比赛的过程中风速条件明显比男子好，如果当时斯科特（男子冠军）与她们一同跑，一定能超过埃玛的。这个自我安慰的神话在2004年雅典奥运会上被打破了，男女混合跑完全程，埃玛到达终点时把斯科特落下了五百多米，并首次使马拉松的世界最好成绩降到两小时以下，她由此成为本世纪初最为耀眼的运动明星，被称为地球神鹿。

这个叫埃玛的黑人女孩一直是辛妮心中的太阳，在自己那几件可怜的财产中，她最珍爱的是一本破旧的剪贴簿，里面收集着她从旧报纸和杂志上剪下来的上百张埃玛的照片。她在难民营的窄小的上铺旁边，贴着一张大大的埃玛的彩色运动照，那是一本挂历中的一张。辛妮去年在货摊上看到了那本挂历，但她买不起，就等着别人买，她跟踪了一个买主，看着那个杂货店店主把新挂历挂到柜台边的墙上。埃玛的照片在三月那张，辛妮就渴望地等了三个月，她常常跑到杂货店去，趁人不注意掀开前面的画页看一眼埃玛那张，在四月一日清晨，她终于从店主那里得到了那张已经成为废页的挂历，那是她最高兴的一天。现在，在起跑点上，辛妮偷偷打量着距自己几米远处的对手，这时体育场和人海都已在辛妮的眼中隐去，只有埃玛在那里，辛妮觉得她周围有一个无形的光晕，她在光晕中呼吸着世外的空气，沐浴着世外的阳光，尘世的灰尘一粒都落不到她身上。

这时，克雷尔轻轻一推使辛妮警醒过来，他低声说："别被她吓住，她没你想象得那么可怕。我观察过，她的心理素质很差。"听到这话，辛妮转过脸瞪大眼睛看着他，克雷尔读懂了她的意思。"是的，她曾和世界上跑得最快的男人竞赛并战胜了他们，但这又怎么样？那一次她没有任何压力，但这次不同，这是一次她绝对不能失败的比赛！"他斜着瞟了埃玛一眼，声音又压低了些，"她肯定要采取先发制人的战术，起跑后达到最高速度，企图在前十公里甩开你，记住，一开始就咬住她，让她在领跑中消耗，只要在前二十公里跟住她，她的精神就会崩溃！"

辛妮恐慌地摇摇头。

"孩子，你能做到的！那片药会帮助你！那是一种任何药检都检测不出的药，像核燃料一样强有力，难道你没有感觉出来吗？你已经是世界冠军了，孩子！"

这时，辛妮感到了一种莫名的亢奋，一种通过奔跑来释放某种东西的强烈欲望。她又看了一眼埃玛，后者已做完了辛妮从未见过的冗长而专业的准备活动，与她并肩站在起跑线后面。埃玛一直高傲地昂着头，从未向辛妮这边看过一眼，仿佛她并不存在一样。

发令枪终于响了，辛妮和埃玛并排跑了出去，开始以稳定的速度绕场一周。她们所到之处，观众都站了起来，在看台上形成一道汹涌的人浪，人群站起的声音像远方沉闷的滚雷，但除此之外没有别的声音，人们默默地看着她们跑过。

在以往的训练中，每次起跑后辛妮总是感到一种安宁，仿佛她跑起来后就暂时离开了这个冷酷的世界，进入了自己的时空，那里是她的乐园。但这次，她的心中却充满了焦虑，她渴望尽快跑完这一圈，进入体育场外的世界，她渴望尽快到达一个地方，那里有她想要的东西，一种叫 GMH-6 的药。

她奔跑在医院昏暗的走廊中，空气中有刺鼻的药味，但她知道，医院里已经没有多少药能给病人了，走廊边靠墙坐着和躺着许多无助的病人，他们的呻吟声在她耳中转瞬即逝。妈妈躺在走廊尽头的一间同样昏暗的病房中，在病床肮脏的床单上她的皮肤白得刺眼，这是一种濒死的白色，就在这白皮肤上正有点点血珠渗出，护士已懒得去擦，妈妈周围的床单湿了殷红的一圈。最近有很多人患上这种怪病，据说是由于此前那次轰炸中一种含铀的炸弹引起的。刚才，医生对辛妮说她妈妈没救了，即使医院有那种药，也仅能再维持几天而已。辛妮在医生面前急切地比画着，问现在哪里还有那种药，医生费了很大劲儿才搞懂了她的意思。那是一种联合国救援机构的医生们最近带来的药，也许在市郊的救援基地有。辛妮从自己的书包中抓出一张纸和一支铅笔,一起伸到医生面前,她那双大眼睛中透出的燃烧的焦虑和渴望让医生叹了口气,那是西欧的新药,连正式名字都没有,只有一个代号。"算了吧孩子,那药不是给你们这样的穷人用的,其实,饿死和病死有什么区别?好好,我给你写……"

辛妮跑出了医院的大门,好高好宏伟的大门啊,门的上方燃着圣火,像天国的明灯。她记得三天前自己曾跟随着国旗通过这道大门,现在,祖国的运动员方阵在哪儿?现在引导她的不是国旗,是埃玛,她心中的神。正如克雷尔所料,一出大门,埃玛开始迅速加速,她像一片轻盈的黑羽毛,被辛妮感觉不到的强风吹送着,她那双修长的腿仿佛不是在推动自己奔跑,只是抓住地面避免自己飞到空中。辛妮努力地跟上埃玛,她必须跟上,她自己的两脚在驱动着妈妈的生命之轮。这是首都的大街吗?什么时候变得这么宽阔了?旁边有华丽的高楼和绿色的草坪,却没有弹坑。路的两边人山人海,那些人整洁白净,显然都是些能吃饱饭的人。她想搭上一辆车,但这一天戒严,说是有空袭,路上几乎没有车,好像只有那辆在埃玛前面时隐时现的引导车,可以看到上面对着她们的几台摄像机。辛妮在意识深处知道自己不能搭那辆车,原因……很清楚,她已经到过那里了,她已经跑到联合国救援基地了。在一幢白房子里,她给那些医生们看那张写着药名的纸,噢,不,一名会讲西亚语的医生对她说:"不,这种药不属于救援品,你需要买的。哦,你当然买不起,我都买不起。那么,辛妮你还跑什么?""我得不到那药了,妈妈……当然,我要跑下去的,要快些回到妈妈那里,让她再最后看我一眼,让我再最后看她一眼。"想到这里,辛妮心里焦虑的火又烧了起来,她下意识地加速,赶上了埃玛,几乎要超过她了——让她在领跑中消耗!辛妮想起了克雷尔的嘱咐,又减速跟到埃玛身后。埃玛觉察到辛妮的举动,立刻开始了第二轮加速。她们已经跑出了五公里,这个西亚毛孩子还没有被甩掉,埃玛有些恼怒了,地球神鹿显示出疯狂的一面,像一团黑色的火焰在辛妮前面燃烧。辛妮也跟着加速,她必须跟上埃玛,她希望埃玛再快些,她想妈妈……啊,不对,路不对,埃玛这是要去哪里?前方远处那根刺入天空的巨针是什么?电视塔?首都的电视塔好像早就被炸塌了。但不管去哪里,她要跟着埃玛,跟着她心中的神……她知道妈妈已经不在人世了。

浑身泥土和汗水的辛妮推开病房的门,看到妈妈已经没有生命的躯体被盖在一张白布下,有两个人正想移走遗体,但辛妮像发狂的小野兽似的阻挠着,他们只好作罢。那个给她写药名的医生说:"好吧,孩子,你可以陪妈妈在这里待一晚上,明天我们为你料理母亲的后事,然后你就得离开了。我知道你没地方可去,但这里是医院,孩子,现在谁都不容易。"于是辛妮静静地坐在妈妈的遗体旁,看着白布上有几点血渍出现,后来惨白的月光从窗户照进来,血渍在月光中变成了黑色。不知过了多少时间,月光已经移到了墙上,有人进门开了灯,辛妮没有看那个人,只觉得他过来抓住了自己的手,那双粗糙的手按着她的手腕一动不动。过了一会儿,她听见那个人说:"五十二下。"她的手被轻轻放下,那个人又说:"天黑前我在楼上远远看着你跑过来,他们说你到救援基地去了,今天没有车的,那你就是跑去的?再跑回来,二十公里左右,才用了一小时十几分钟,这还要算上你在救援基地里耽误的时间,而你的心跳现在已经恢复到每分钟五十二下。辛妮,其实我早就注意到你了,现在更证实了你的天赋。你不记得我了?我是斯特姆·奥卡,体育教师,带过你们班的体育课。你这个学期没来上学,是因为妈妈的病?哦,就在你妈妈去世时,我的孙子在楼上出生了。辛妮,人生就是这样,来去匆匆。你真想像妈妈这样,在贫穷中挣扎一辈子,最后就这么凄惨地离开人世?"最后一句话触动了辛妮,她终于从恍惚状态中醒来。她看了奥卡一眼,认出了这个清瘦的中年人,然后缓缓地摇摇头。"很好,孩子,你可以过另一种生活,你可以站在宏伟的奥运赛场中央的领奖台上,全世界的人都用崇敬的眼光看着你,我们苦难的祖国的国旗也会因你而升起。"辛妮的眼中并没有放出光来,但她很注意地听着。"关键在于,你打算吃苦吗?"辛妮点点头。"我知道你一直在吃苦,但我说的苦不一样,孩子,那是常人无法忍受的,你肯定能忍受吗?"辛妮站了起来,更坚定地点点头。"好,辛妮,跟我走吧。"

埃玛保持着恒定的高速度,她的动作精确划一,像一道进入死循环的程序,像一架奔驰的机器。辛妮也想把自己变成机器,但是不可能。她在寻找着下一个目的地,而目的地消失了,这让她恐惧,但她竟然支撑下来了,她竟然跟上了地球神鹿,她知道那神奇的药起了作用,她能感觉到它在自己的血管中燃烧,给她无尽的能量。路线转向九十度,她们跑到了这条叫长安街的世界上最宽的大街。应该更宽的,因为路的两侧应该是无际的沙漠。在延续几年的每天不少于20公里的训练中,辛妮最喜欢的就是城外的这条路。每天,辽远的沙漠在清晨的暗色中显得平滑而柔软,那条青色的公路笔直地伸向天边,世界显得极其简单,而且只有她一个人,那轮在公路尽头升起的太阳也像是属于她一人的。那段日子,虽然训练是严酷的,辛妮仍生活得很愉快。与她擦肩而过的男人和女人都不由得回头看她一眼,他们惊奇地发现，这个哑女孩的脸色居然是红润的。与其他女孩一色儿的菜色面容相比，并不漂亮的她显得动人了许多。辛妮自己也很惊奇，在这个饥饿国度里她竟然能吃饱！奥卡把辛妮安置在学校的一间空闲的教工宿舍中，每天吃的饭奥卡都亲自给她送来，面包土豆之类的主食管够，这已经相当不错了，还不时有奶酪、牛羊肉和鸡蛋之类的营养，这类东西只能在黑市上买到，且贵得像黄金，辛妮不知道奥卡哪儿来的那么多钱，作为教师，他一个月的工资还不够自己吃一个星期的饱饭。辛妮问过好几次，但他总是假装不懂她的哑语……

在亚洲大陆的另一端，西业共和国已经处于分裂的边缘，政府已经瘫痪，已经被宣布为战犯的人都开始潜逃，普通公民则麻木地等待着。少数还在看奥运马拉松直播的人开始把消息传开来，越来越多的人回到电视机和收音机前。

路更宽了，宽得辛妮不敢相信，她知道自己奔跑在世界最大的广场上，左边是一座金碧辉煌的东方古代建筑，她知道那后面是一个古代大帝国的宏伟王宫；右边的广场上是这个古老又年轻的广阔国家的国旗，辛妮最初以为这是一个王国，但人们告诉她这也是一个共和国，而且遭受过比她自己的共和国更大的苦难。这时她看到了红色的标志牌从身边移过，上书"21KM"，马拉松半程已过，辛妮仍紧跟着埃玛。埃玛回头看了辛妮一眼，这是她第一次正眼看自己的对手。辛妮捕捉到了她的眼神，很是震惊：眼中的傲慢已荡然无存，辛妮从中看到了——恐惧。辛妮在心里大喊：埃玛，我的神，你怕什么？我必须跟上你！虽然是没有目的地的路，可辛妮有东西要逃避，她要逃开奥卡老师家的那些人,他们正在学校等着她呢!他们推着奥卡来到她的住处,来的有奥卡的抱着婴儿的妻子,有他的三个兄弟,还有其他几个辛妮不认识的亲戚。他们指着辛妮愤怒地质问奥卡,这个野孩子他是从哪儿弄来的?奥卡说她是马拉松天才!他们说奥卡是混蛋,在这每天都有人饿死的时代,谁还会想起马拉松?"我们都知道你是个不可救药的梦想家,可你不该把那本古老的经书卖掉,那上面的字用金粉写成,很值钱,那是祖传的宝物,全家挨饿这么长时间都没舍得卖。而你竟用那些钱供这个小哑巴过起公主一样的日子来,你自己的孙子还没奶吃呢!你没有听到他整夜哭吗?你看看他瘦成了什么样子……"后来有传言说,辛妮是奥卡和威伊娜(辛妮的母亲)的私生女。开始,这种说法似乎不成立,因为在辛妮出生的前后几年,威伊娜一直居住在一座北方的城市中,这是有据可查的,而那段时间,奥卡作为一名陆军少尉正在南方参加第一次西亚战争,还负过伤。但又有传言说,奥卡的战争经历是他自己撒的一个弥天大谎,他根本没有参加过战争,也没有去过南方战线,在第一次战争时期,他实际上是和威伊娜在北方度过的。

三十公里,辛妮仍然紧跟着埃玛。赛况传出,举世关注,空中出现了两架摄像直升机。在西亚共和国,所有人都聚集在电视机和收音机前,屏住呼吸注视着这最后的马拉松。

这时,缺氧造成的贫血已使世界在辛妮的眼中变成了一团黑雾,她感觉到心跳如连续的爆炸,每一次都使胸腔剧疼,大地如同棉花,踏上去没有着落。她知道,那片药的作用已经过去。黑雾中冒出金星,金星合为一团,那是奥运圣火。我的火要灭了,辛妮想,要灭了。韦斯特将军举着火炬,露着父亲般的微笑,"辛妮,要想让火不灭,你得把自己点燃,你想燃烧自己吗?""点燃我吧!"辛妮大喊。将军伸过火炬,辛妮感觉自己轰地燃烧起来……

那天夜里,辛妮收拾好自己简单的行李到教工宿舍奥卡的房间去,他几天前就从家里搬出来住了。辛妮用哑语说:"我要走了,老师回家吧,让小孙子有奶吃。"奥卡摇摇头,他的头发这几天变得花白,"辛妮,你知道,这是我们共同的事业……你非走不可吗?你还是觉得我为你所做的这些没理由?那好吧,我给你一个理由:他们说的是真的,我是你父亲,我只是在赎罪而已。"辛妮本来对那些传言半信半疑,听到奥卡这话她全信了,她并没有扑到父亲怀里哭,他欠她们母女的太多了,这使她很平静地接受了这个事实,但那仍然是辛妮有生以来最幸福的时刻,她毕竟有爸爸了。

这时,有一个女孩子的哭声隐隐传来,是埃玛,竟是埃玛,她边跑边哭,断续地说着什么,那几个词很简单,只有初一文化程度的辛妮几乎全能听懂:"上帝……我该怎么办……告诉我……我该怎么办……"辛妮这时几乎要可怜她了,"我的神,你要跑下去,没有你我该怎么办?我不知道目的地。"埃玛得到了回答,那声音是从她右耳中的微型耳机传出的,不是上帝,是她的土教练。"别怕,我们能肯定她已经耗尽体力了,她现在是在拼命,而你的潜力还很大,需要的只是冷静一下。听着,埃玛,慢下来,让她领跑。"

当埃玛慢下来时,辛妮曾有过短暂的兴奋感,但当她觉察到埃玛紧跟在自己身后时,才意识到已经遇到了致命的一招。辛妮目前只有三个选择:一是随对手慢下来,形成两人慢速并行的局面,这将使埃玛在体力和心理上都得到恢复;二是以现有速度领跑，这样埃玛将有机会在心理上得到恢复（这也是目前她最需要的）。以上任何一种选择，都将使埃玛恢复她作为马拉松巨星的超一流战斗力，在最后一段距离的决斗中辛妮必败无疑。唯一取胜的希望是第三种选择：迅速加速，甩开对手。以辛妮目前即将耗尽的体力，这几乎是不可能成功的，但她还是做出了这个选择，开始加速。即使对于经验丰富的长跑运动员，领跑也是一个沉重的心理负担，正因为如此，在马拉松比赛的大部分赛程中，参赛者都是分成若干个集团以一种约定速度并行前进，每个集团中如果有人发起挑衅开始加速，除非他（她）有把握最后甩开对手，否则只能作为领跑者，成为其跟随者通向胜利的垫脚石。而辛妮的比赛经验几乎为零，当前面的道路无遮挡地展现在她面前，夏天的热风迎面扑来时，她像一名跟着一艘小艇在大洋中游泳的人，小艇突然消失，只有她漂浮在无际的波涛之中。她急需一个心理上的依托，一个目的地，或一个目的，她找到了，她要去父亲那里。

奥卡把辛妮送到郊区的一名失业的田径教练那里，让教练对她的训练进行一段时间的指导。五天后，辛妮就得到了父亲去世的消息，她立刻赶回去，只拿到了斯特姆·奥卡的骨灰盒。辛妮在最后那段日子里看着父亲的身体一天天虚弱，但她不知道，她这一段的训练是靠他卖血支撑的。辛妮走后，奥卡在一次上体育课时突然栽倒在地，再也没有站起来。同妈妈去世的那天晚上一样，辛妮静坐在学校的那个小房间里，惨白的月光透过窗子照在父亲的骨灰上。但时间不长，门被撞开了，奥卡的妻子和那群亲戚闯了进来，逼问辛妮奥卡给她留下了什么东西，同时在屋里乱翻起来。学校的老校长跟了进来，斥责他们不要胡来，这时有人在辛妮的枕头下找到了奥卡留给辛妮的一件新运动衫，里面缝了一个口袋，撕开那个口袋拿出一个信封，上面注明是给辛妮的遗产。看来奥卡早就意识到自己的身体支持不了多久了。老校长一把抢过了信封，说辛妮是奥卡老师的女儿，有权得到它！双方正在争执中，奥卡的妻子端着骨灰盒贴着耳朵不停地晃，说里面好像有个金属东西，肯定是结婚戒指！话音未落骨灰盒就被抢去，白色的骨灰被倒了一桌子，一群人在里面翻找着。辛妮惨叫一声扑过去，被推倒在地，她爬起来又扑过去时，有人已经在骨灰里找到了那块金属，但他立刻把它扔在地上，他的手被划破了，血在沾满了骨灰的手掌上流出了醒目的一道。老校长小心地把那个东西从地上拾起来，那是一块小小的菱形金属片，尖角锋利异常，他告诉大家，这是一块手榴弹的弹片。"天啊，这么说奥卡真的在南方打过仗？！"有人惊呼道。一阵沉默后，他们悟出了这事的含义："辛妮，奥卡不是你父亲，你也不是他女儿，你没权继承他的遗产！"校长撕开了信封，说让我们看看奥卡老师留下了什么吧。他从信封中抽出了一张白纸，在一群人的注视下，他盯着白纸看了足足有三分钟，然后庄重地说："一笔丰厚的遗产。"奥卡的妻子一把从他手中抢去了那张纸，老校长接着说出了后半句话："可惜只有辛妮能得到它。"一群人盯着纸片也看了好长时间，最后，奥卡的妻子困惑地看看辛妮，把纸片递给她，辛妮看到纸片上只有几个字，那是她的老师、教练、虽不是父亲但她愿意成为其女儿的人，用尽生命的最后力气写下的，笔迹力透纸背：

光荣与梦想

辛妮以自己的极限速度跑出了三公里，没能甩掉埃玛。这段时间，有领跑者作为依托，埃玛的心理稳定下来，她由一名惊慌失措的女孩儿重新变回为一名马拉松巨星，地球神鹿唤醒了自己沉睡的力量，开始反击了。一阵疯狂加速后，她超过了辛妮，并将两人间的距离很快拉大。看着埃玛渐渐消失的背影，力竭的辛妮知道一切都结束了，三十五公里的标志牌出现，还有七公里，这段距离对辛妮已经是无限长了。她似乎在黏液中奔跑，速度很快减下来，最后变得几乎像行走一般。这时，她在路边的人群中看到了西亚体育代表团，她的同伴们在对她喊着，她听不到声音，但从口型看出他们在喊什么：

辛妮，跑到头！！

辛妮看到了克雷尔，他拼命冲她挥着双拳，其中的一只手中攥着一个小药瓶，给辛妮的那片神力无比的药就是从这瓶中拿出的，这只是一瓶维生素C。

辛妮看到前方道路两旁的人群中，所有人都用手指着左上方，形成一片手臂的森林。他们指着路边一面巨大的显示屏，辛妮抬头看去，她认出了显示屏上出现的地方，那是西亚共和国首都的英雄广场，她每天早晨的训练都是从那里起跑的。现在，广场上一片沸腾的人海。镜头移近，她又认出了所有人的口型，那是几十万同胞在一起高呼：

辛妮，跑到头！！

接着辛妮听到了声音,这是两侧的观众发出的。这成千上万名中国人居然在短时间内同时学会了一句西亚语,这届奥运会的寂静被打破了,他们齐声高喊:

辛妮,跑到头!!

黑雾又笼罩了辛妮的双眼,韦斯特将军在黑雾中出现,手拿已经熄灭的火炬:"辛妮,你的圣火要灭了,你燃尽了自己。"一团红光浮现,奥卡举着燃烧的火炬站起身来:"不,孩子,还有东西可以燃烧,记得我留给你的遗产吗?"韦斯特笑着摇摇头,"别再燃烧了,辛妮,你不是圣女贞德,燃尽一切,你什么都得不到。"奥卡挥动火炬,火焰呼呼作响:"不,孩子,分裂的祖国正因你而重新联为一体,你的圣火不能灭!"辛妮冲奥卡人喊:"点燃它!!"奥卡把手中的火炬伸向前来。

轰然一声,光荣与梦想熊熊燃烧起来。

埃玛冲过终点后,体育场中的十万人静静地等待着。这时北京的天空乌云密布,电闪雷鸣,闪电两次击中了体育场的避雷针,闪出耀眼的火球。十分钟后,辛妮进入了体育场,步伐沉重地绕场一周后越过终点线,然后扑倒在地。十万人同时站了起来,同全世界一起注视着静卧在体育场中的那个小小的身影。一片死寂中,只有奥运圣火在暴雨前的急风中轰轰作响。当人们把一面五环旗和一面西亚共和国的国旗盖在辛妮已经没有生命的身体上时,他们吃惊地发现她竟面带微笑。

她实现了自己的光荣与梦想。

跑到头的国家

"这届伟大的奥运会标志着一个新纪元的开始,和平视窗将使人类最终抛弃野蛮进入真正的文明,人类的道德水平将与技术进步同步上升。这一天来得太晚了,但终于来到了!从此,一个国家的体育水平将是其国力的重要标志,而竞技体育的最高水平是以全民的体育普及为基础的,所以,各国将把用于军备的巨大开支转移到提高人民的健康水平上,将出现一种新的更为健康文明的社会生活和国际政治形式。人类大同的理想社会还很遥远,但它的光辉已照到我们身上!"

这番讲话是国际奥委会主席在飞往西亚共和国的专机上发表的,他同奥委会的其他主要成员去西亚庆祝和平视窗计划的第一次成功。同机的还有从北京返回的西亚体育代表团,以及美国体育代表团的部分成员。后者都参加过比赛,他们不但获得了奥运金牌,还得到了总统颁发的自由勋章,因而都显得容光焕发。

奥委会主席指着美国代表团说:"你们是人类战争史上最崇高的战胜者,我想,从苦难中解脱出来的西亚人民会把你们当作英雄欢迎的!"他又转向西亚代表团方向,"你们也不是失败者,这届奥运会没有失败者,你们都是人类战胜野蛮的勇士,用体育为世界赢来了和平。"

两国运动员相互握手致意,开始还很勉强,后来大家都泪流满面地拥抱在一起。

这时机长走了过来,神色严峻地对所有人宣布:"先生们,西亚上空已经被宣布为飞行危险区,我们是在邻国降落还是返回北京?请你们尽快决定。"

大家都不知所措地看着他。

"对西亚的全面军事打击已经启动,现在正在进行第一轮空袭。"

人们花了很多时间才理解了这话的含义。"你们背信弃义!"一名西亚运动员指着美国代表团怒吼。克雷尔站起身制止了冲动的西亚运动员们,"大家冷静,我想,背信弃义的可能是我们。"

"是的,"机长说,"据我们刚得到的消息,按和平视窗协议接管首都的多国部队遭遇猛烈抵抗。"

"可……西亚军队已经解散了,所有的重武器都收缴了啊。"奥委会主席说。

"但轻武器都散落到民间。现在,如果有一阵狂风吹开西亚所有的屋顶,您会看到每扇窗前都有一个射手。"

"这是为什么?"奥委会主席泪如雨下,抓着克雷尔激动地说,"你们的城市将是一片火海,你们的人民将血流成河,母亲将失去孩子,孩子将失去父亲,活下来的人将在垃圾堆中寻找食物……而最后,你们还是注定彻底战败,所有的结果还是一样。"

"这就是命运了。"克雷尔微笑着对主席说,然后转向所有人,"其实我早就预料到这一点,和平视窗计划只是一个美丽的童话,竞赛代替不了战争,就像葡萄酒代替不了鲜血。"他走到舷窗前,看着外面的云海,"至于西亚共和国,她只是像辛妮一样，想跑到头而已。"

亚力克·萨里辗转回到战火中的祖国，已经是战争爆发一个星期后了。

奥运会闭幕式之后，在雷雨中的看台上，萨里站了很久，他凝视着辛妮倒下的地方，最后自语道："我，还是回家吧。"

首都保卫战正处于最后阶段，城市已经大半失陷，虽然大势已去，但从外地增援的部队仍源源不断地进入仍在战斗的城区。这些部队由杂乱的各种人组成，有穿军装的，更多的是扛枪的平民。萨里向一名军官要一支冲锋枪，那个人认出了他，笑着说："呵呵，我们可请不起救世主了。"

"不，普通一兵。"萨里微笑着说，接过了枪，加入了高唱国歌的队伍，在被火光映红了一半的夜空下，在颤动的土地上，向激战中的城市走去。

伤心者

母爱催生的伟人方程式

文／何夕

科 幻
硬阅读
DEEP READ
不求完美 追逐极致

◆ 1 ◆

  上午的菜场正是最繁忙的时候,我看着夏群芳穿过拥挤的人群——她的背影很臃肿。隔着两三米的距离我看不清她买了些什么菜,不过她跟小贩们的讨价还价声倒是可以听得很清楚。这两天的经历让我知道小贩们对夏群芳说话是不太客气的,有时候甚至就是直接的奚落。不过我从未见过夏群芳为此而表现出生气什么的,她似乎只关心最后的结果,也就是说菜要买得合算,至于别的事情至少从表面上看去她是不计较的。现在她已经买完菜准备离开,我知道她要去哪儿。

  这座城市的四月是最漂亮的时候,各个角落里都盛开着各种各样的花。气候不冷也不太热,老年人皮帽还没取下,小姑娘们就在天气晴朗的时候迫不及待地穿起了短裙,这本来就是乱穿衣的时候呢。"乱花渐欲迷人眼"在这样的季节里成了不折不扣的双关语。夏群芳对街景显然并没有欣赏的打算,她只是低着头很费劲地朝公共汽车站的方向走,装满蔬菜的篮子不时和她短胖的小腿撞在一起,使得她每走几步就会有些滑稽地打个趔趄。道路两旁的行道树都是清一色的塔松,这种树在这座温带城市里比原产地要长得快,但木质也相对要差一些。夏群芳今天走的路线与平时稍有不同，因为今天是星期天，她总是在这个时候到C大去看她的儿子何夕。

由于历史的原因，C大的校园网被一条街道分成了两个部分，在这条街上还开着一路公共汽车。夏群芳下车后进入校园的东区，现在是上午十点，她直接朝着图书馆的方向走去，她知道这个时候何夕肯定在那里。同样由于历史的原因，C大的图书馆有两个，分别位于东、西两个区。实际上C大的东、西两区曾经是两所独立的高校，用校方的话说这两所学校是合并，但现在的校名沿用了东区的，所以当年从西区那所学校毕业的不少学生常常戏称自己是亡校奴，并只对西区的那所学校寄予母校的情怀。何夕严格来讲也该算是亡校奴，不过何夕是在合并后才开始攻读C大的硕士学位，所以在何夕心中母校就是东区和西区的整体。

何夕坐在东区图书馆底楼的一个角落里悄悄地注视着她，窗外的人就是何夕的母亲夏群芳。她饶有兴趣地看着聚精会神的何夕，汗津津的脸上荡漾着止不住的笑意。我看得出她有几次都想拍打窗户打个招呼，但她伸出手却最终犹豫了。倒是临近窗户坐着的两个漂亮女生发现了窗外的夏群芳，她们有些讨厌地白了她几眼。夏群芳看懂了她们的眼神，不过心情好不和她们计较，她有个读硕士的儿子呢，夏群芳在单位里可风光了。想到单位，夏群芳的心情变得有些差，她已经四个月没有从那个单位拿到钱了。当然她四个月并没有去上班，她下岗了，现在开着一个杂货铺。按照夏群芳一向认为合理的按劳取酬的原则，她觉得这也是很自然的事情。夏群芳在窗外按惯例站了二十来分钟，她的表情显得心满意足。我算了一下，为了这一语不发的二十分钟夏群芳提着十来斤东西多绕了五公里路,这种举动虽然不是经济学家的合理行为,却是夏群芳的合理行为。

其实今天夏群芳是最没有理由来看何夕的,因为今天是星期天,何夕虽然住校但是星期天总会回家一趟。不过他不会在家里住,吃过晚饭又会回学校。在何夕的心里,学校比家好,不过对于这一点夏群芳并不在意,只要儿子觉得高兴她也就高兴。夏群芳永远都不会知道此刻摊放在何夕面前的那部大部头里有什么吸引人的东西,但很肯定的是每当夏群芳看到儿子聚精会神地沉浸在书中的时候她的心里就有一种没来由的欣慰感。这种感觉差不多在何夕刚上小学的时候就成形了。她以前就从未探究过何夕读的是本什么书,更不用说现在何夕读的那些英文原著。从小到大何夕在学业上的事情都是自己做主,甚至包括考大学填志愿选专业,以及后来大学毕业时由于就业形势不好又转回去读硕士等都是如此。想起儿子前年毕业时四处奔波求职时的情形,夏群芳就感到这个世界变化得实在太快,她从没有想到过大学生也有难找工作的一天,在夏群芳的心里这简直无异于天方夜谭。有个同事对夏群芳说这算啥,人家发达国家早就有这种事情了。说话的时候那个人脸上有幸灾乐祸的神情。不过事实却肯定地告诉夏群芳,的确没有一个好单位肯要她心中无比优秀的儿子,她隐约地听说这似乎和何夕的专业不好有关。不过在夏群芳看来何夕的专业蛮好的,好像叫作什么什么数学。在夏群芳看来,这个专业是挺有用的,哪个地方都少不了要写写算算,写写算算可不就是数学嘛。夏群芳有一次忍不住把自己的想法讲给何夕听,何夕只是淡淡地笑了一下。夏群芳的心中早就有了主见,自己的儿子可没有什么不好,儿子的专业也是顶好,那些不会用人的单位是有眼无珠,迟早要后悔死的。夏群芳有时候没事就在想,有一天等何夕读完硕士后找个好工作,一定要气气当初那些不识好歹的人,想到得意处便笑出声来。夏群芳有些不舍地又回头看了一眼专心看书的儿子,然后才满怀踏实地欣欣然离去了。

◆ 2 ◆

何夕抬起头来,向着我站的方向看过来。我愣了一下,立刻醒悟到他是在看夏群芳的背影。这时坐在窗边的那两个女生开始议论,说刚才那个在外边傻乎乎看了半天的人不知是谁,何夕有些恼怒地瞪了她们一眼。他其实很早就知道母亲站在窗外注视着自己,在他的记忆里母亲几乎每个星期天的上午都会到学校的图书馆来看自己读书。何夕知道母亲之所以选在这一天来纯粹是前几年的习惯所致,实际上母亲现在每一天都可以说是假日,因为她下岗了。何夕看着母亲远去的背影叹了口气,觉得自己的情形也差不了多少。有时候他在心里会隐隐升起一股对母亲的埋怨,他觉得母亲实在太迁就自己了。从小到大,许多事情她都让何夕自己做主,如果当初她能够在选择专业上不过分顺从自己就好了。何夕摇摇头,觉得自己不该这样埋怨母亲,他其实知道母亲并不是不想帮自己,而是实在没有这方面的见识。

何夕看了一下表,急促地向窗外扫视了一下。按理说江雪应该来了,他们说好上午十一点在图书馆里碰面的。何夕简单收拾了一下朝外面走去,刚到门口就看到了江雪。

和何夕比起来,江雪应该算是现代青年了。单从衣着上讲,江雪就比何夕领先了五年。这样讲好像不太准确，应该说是何夕落后了五年，因为江雪的打扮正是眼下最时兴的。发型是一种精心雕琢出来的叫作"随意"的新样式，脑后用丝质手绢绾了个小巧的结，衬得她粉白的面庞越发地清丽动人。看着那条手绢，何夕心里感到一阵温暖，那是他送给江雪的第一件礼物。手绢上是一条清澈的江河，天空中飘着洁白的雪花，他觉得这条手绢简直就是为江雪定做的一样。看到他们俩走在校园里的背影，很多人都会以为是一个学生在向老教授请教问题，不过江雪并不觉得这样有什么不妥，尽管要好的几个女生提到何夕时总是开玩笑地问"你的老教授呢"。小时候，她和大她两岁的何夕是邻居，有过一些想起来很温馨的儿时回忆，后来由于母亲工作变动而分开了，但很巧地在十多年后的C大又遇上了。当时江雪碰到了迎面而来的何夕，两人不约而同地喊道："哎，你不就是……哎……那个……哎吗？"等到想起对方名字后两人都大笑起来，所以后来两人还常常大声地称呼对方为"那个哎"。江雪觉得何夕和自己挺合得来的，别人的看法她并不看重，她知道几个计算机系还有高分子材料系的男生在背地里说他们是鲜花和牛粪。在江雪看来，何夕并不像外界认为的那样是一个迂腐的书呆子，恰恰相反，江雪觉得何夕身上充满了灵气。给江雪印象最深的是何夕的眼睛，在此之前她从未见过谁拥有这样一双睿智的眼睛，看到这双眼睛的时候江雪总止不住地想有着这样一双眼睛的人一定是不平凡的。

每当看到江雪的时候，何夕的心情就变得很好，实际上也只有这时候他才有如释重负的感觉。何夕很小就知道自己的性格缺陷。当他手里有事情没有完成的时候总是放不下，无论做别的什么事情总还惦记着先前那件事。他本以为自己这辈子都是这种性格了，但江雪的出现改变了一切。和江雪在一起时他也不知道为什么自己就像换了一个人，那些不高兴的事，那些未完成的事都可以抛在脑后，甚至包括"微连续"。一想到"微连续"，何夕不禁有些分神，脑子里开始出现一些很奇特的符号，但也立刻收回了思想。实际上只有江雪到来时他才会这样做，同时也只有在江雪到来时他才做得到这一点。江雪注意到何夕一刹那的走神，在她的记忆里这是常有的事。有时大家玩得正开心的时候何夕却很奇怪地变得无声无息，眼睛也很缥缈地盯住虚空中的不知什么东西。这种情形一般不会持续很长，过了一会儿何夕会自己"醒"过来，就像从睡梦中醒来一样。这样的情况多了大家也就不在意了，只把这理解成每个人都可能有的怪僻之一。

"先到我家午饭，我爸说要亲自做拿手菜。"江雪兴致很高地提议，"下午我们去滑旱冰，老麦才教了我几个新动作。"何夕没有马上表态，眼前浮现出的是老麦风流倜傥的样子。老麦是计算机系的硕士研究生，也算是系里的几个大才子之一，当初同位居几大佳人之列的江雪本来开始有了那么一点意思，但是何夕出现了。用老麦的话来说就是"自己想都想不到会输给了江雪的儿时回忆"。老麦的确是一个洒脱之人，几天过后便又大大咧咧地开始约江雪玩，当然每次都很君子地邀请何夕一同前往。从这一点讲，何夕对老麦是好感多于提防，不过有时候连何夕自己也不得不承认老麦和江雪站一起的时候显得更协调，无论是身材相貌还是别的，这个发现常常令何夕一连几天都心情黯然。但是江雪的态度却极其鲜明，她毫不掩饰自己对何夕的感情。有一次老麦有点不屑地说"小孩子的感情靠不住"，结果江雪出人意料地激动了，她非要老麦为这句话道歉，否则就和他绝交，结果老麦只得从命。

当时老麦的脸上虽然仍旧挂着笑,但何夕看得出老麦差点儿就扛不住了。在这件事情之后老麦便再也没有作任何形式的"反扑"——如果那算是一次反扑的话。

何夕在犹豫要不要答应江雪,他每个星期天都答应母亲回家吃晚饭的,如果去滑旱冰晚上就没有赶回去吃饭的时间了。但是江雪显然对下午的活动兴致很高,何夕还在考虑的时候江雪已经快乐地拉着他朝她家跑去,那是位于学校附近的一套商品房。路上江雪银铃一样美妙的笑声驱跑了何夕心中最后的一丝犹疑。

◆ 3 ◆

江北园解下围裙走出厨房,饶有兴致地看着江雪很难称得上淑女的吃相。退休之后他简直可称为神速地练就了一手烹调手艺,高兴得江雪每次大快朵颐之后都要大放厥词,称他本来就不该是计算机系的教授而应当是一名厨师。也许正是江雪的称赞使他终于拒绝了学校的返聘。何夕有些局促地坐在江雪的身旁,半天也难得动一下筷了。江家布置得相当有品位,如果稍作夸张的话可称得上一般性的豪华。以江北园的眼光来,看何夕比以前常来玩的那个叫什么老麦的小伙子要害羞得多,不知道性格活泼的江雪怎么会做出这样的选择。不过江北园知道世上有些事情是不能够讲道理的,女儿已经长大了,家里人已经不能像以前那样代她去作判断了。

"听小雪说你是数学系的硕士研究生。"江北园问道。

何夕点点头,"我的导师是 L。"

"L。"江北园念叨着这个名字,过了一会儿有些不自然地笑笑说,"退休后我的记忆不如以前了。"何夕的脸微微发红,"我们系的老师都不太有名,不像别的系。以前我们出去时提起他们的名字很多人都不熟悉,所以后来我们都不提了。"江北园点点头,何夕说的是实情。现在 C 大最有名的教授都是诸如计算机系、外语系、电力系的,不仅是本校,就连外校和外单位的人都知道他们的大名——有些是读他们编写的书,有些是使用他们开发的应用系统。不久前 C 大出了一件闹得沸沸扬扬的事情,一位学生发明的皮革鞣制专利技术被一家企业以七百万买走,而后皮革系的教授们也荣升这一行列。

"你什么时候毕业?"江北园问得很仔细。

"明年春季。"何夕慢吞吞地夹了一口菜,感觉并不像江雪说得那样好吃。

"联系到工作没有?"江北园没有理会江雪不满的目光,"已经没有多少时间了。"

何夕的额头渗出了细小的汗珠,他觉得嘴里的饭菜味同嚼蜡。"现在还没有。我正在找,有两家研究所同我谈过。另外刘教授也问过我愿不愿意留校。"

江北园沉吟了半晌,老实说何夕的回答只是让他放心但并没有让他欢心。他转头看着笑眯眯的女儿,她正一眼不眨地盯着何夕看,仿佛在做研究。

"你有没有选修其他系的课程?"江北园接着问。

"老爸,"江雪生气地大叫,"你要查户口吗?又不是你同何夕谈恋爱，问那么多干吗？"

江北园立时打住，过了一会儿才说："我去烧汤。"汤端来了，冒着热气。没有人再说话。包括我。

◆ 4 ◆

老麦姿态优美地滑过一圈弧线，动作如行云流水般酣畅。何夕有些无奈地看着自己脚下凭空多出来的几只轮子，心知自己绝不是这块料。江雪本来一手牵着何夕，一手牵着老麦，但几步下来便不得不放开了何夕的手——除非她愿意陪着何夕练摔筋斗的技巧。

这是一家叫作"尖叫"的旱冰场，以前是当地科协的讲演厅，现今承包给个人改装成了娱乐场。条件比学校里的要好许多，当然价格与条件是成正比的。由于跌得有些怕了，何夕便没有上场，而是斜靠着围栏很有闲情地注视着场内嬉戏的人群。当然，他目光的焦点是江雪。老麦正在和江雪练习一个有点难度的新动作，他们在场里穿梭往来的时候就像是两条在水中翩跹游弋的鱼。这个联想让何夕有些不快。

江雪可能玩累了，她边招手边朝何夕滑过来，到眼前时却又突然打了一个三百八十度的急旋方稳稳停住。老麦也跟着过来，同时举手向着场边的小摊贩很潇洒地打着响指。于是那个矮个子服务生忙不迭地递过来几听饮料，老麦看着牌子满意地笑着说："你小子还算有点记性。"

江雪一边擦汗一边啜着饮料，不时仰起头神采飞扬地同老麦扯几句溜冰时的趣事。"你撞着那边穿绿衣服的女孩好几次,"江雪指着老麦的鼻尖大声地笑着说,"别不承认,你肯定是有意的。"老麦满脸无辜地摇头,一副打死也不招的架势,同时求救地望着何夕。何夕觉得自己在这个问题上帮不了老麦,只好装糊涂地看着一边。"算啦,"江雪笑嘻嘻地摆摆手,"我们放过你也行,不过今天你得买单。"老麦如释重负地抹抹汗说:"好啦,算我破财免灾。"何夕有点尴尬地看着老麦从兜里掏出钱来,虽然大家是朋友,但他无法从江雪那种女孩子的角度将这件事看作理所当然,至少有一点,他觉得总是由老麦做东是一件令他难以释怀的事。但想归想,何夕也知道自己是无力负担这笔开支的。老麦家里其实也没有给他多少生活费,但是他的导师总能揽到不少活,有些是学校的课题,但更多的是帮外面的单位做系统。比方说一些小型的自动控制,或是一些有关模式识别方面的东西,以及帮人做网页,甚至有些根本就是组一个简单的计算机局域网,虽然名称叫作什么综合布线。这所名校的声誉给他们招来了众多客户,在老麦看来他们都是些对高校充满盲目迷恋的外行。很多时候老麦要同时开几处工,虽然他所得的只是导师的零头,但是已经足够让他的经济水准在学生中居于上层了,不仅超过何夕,而且肯定也超过了何夕的导师刘青。在何夕的记忆里除了学校组织的课题,他从未接到过别的工作。何夕有一次闲来无事的时候把自己几年参与课题所得加在一起之后发现居然还差一块钱才到一千元。接下来的几个小时里何夕简直动破了脑筋想要找出自己可能忽略了的收入凑个整数,但直到他启用了当代数学最前沿的算法也没能再找出哪怕是一分钱。

"今天玩得真高兴。"江雪意犹未尽地擦拭着额上的汗水。

老麦正在远处收费处结账,不时和人争论几句。何夕默不作声地脱下脚上的旱冰鞋,这才感到这双脚现在又重新属于自己了。

"四点半不到,时间还早呢。"江雪看表,"要不我们到'金道'保龄球馆去?"何夕迟疑了片刻,"我看还是在学校里找个地方玩吧。"江雪摆头,乌黑的长发掀起了起伏的波浪,"学校里没有什么好玩的,都是些老花样。还是出去好,反正有老麦开钱。"何夕的脸突然涨红了,"我觉得老让别人付钱不好。"江雪诧异地盯着何夕看,"什么别人别人的,老麦又不是外人。他从来不计较这些的。"

"他不计较可我计较。"何夕突然提高了声音。

江雪一怔,仿佛明白了何夕的心思。她咬住嘴唇,有些不知所措地看着四周。这时老麦兴冲冲地跑回来,眼前的场面让他有些出乎意料。"怎么啦?"老麦笑嘻嘻地问,"你们俩在生谁的气?"他看看表,"现在回去太早啦,我们到'金道'去打保龄球怎么样?"何夕悚然一惊,老麦无意中的这句话让他心里发冷。又是"金道",怎么会这么巧,简直就像是心有灵犀。他看着江雪,不想正与她的目光撞个正着,对方显然明白了他的内心所想——她真是太了解他了,江雪若有所诉的眼光像是在告白。

"算了。"何夕叹了口气,"我今天很累了,你们去吧。"说完他转身朝室外走去。

江雪倔强地站在原地不动,眼里滚动着泪水。

"我去叫他回来。"老麦说着话转身欲走。

"不用了。"江雪大声说,"我们去'金道'。"

我下意识地挡在何夕的面前,但是他笔直地朝我压过来并毫无阻碍地穿过了我的身躯。

◆ 5 ◆

十八英寸电视里正放着夏群芳一直看着的一部电视连续剧,但是她除了感到那些小人儿晃来晃去看不出别的。桌上的饭菜已经热了两次,只有粉丝汤还在冒着微弱的热气。夏群芳忍不住又朝黑漆漆的窗外张望了一下。

有电话就好了,夏群芳想,她不无紧张地盘算着。现在安电话是便宜多了,但还是要几百块钱初装费,如果不收这个费就好了。夏群芳想不出何夕为什么这么晚没有回来吃饭,在印象中这是从来没有的事情。何夕只要答应她的事情从来都是作数的,哪怕只是像回家吃饭这样的小事,这是他们母子多年来的默契。夏群芳又看了一眼桌上的饭菜,她没有一点食欲,但是靠近心口的地方却隐隐地有些痛起来。夏群芳撑起身,拿瓢舀了点粉丝汤,而就在这个时候门锁突然响了。

"妈。"何夕推着门就先叫了一声,其实这时他的视线还被门挡着,这只是许多年的老习惯。

夏群芳从凳子上站起来,由于动作太急凳子被碰翻在地。"怎么这么晚才回来?"虽然是责备的意思但是她的语气却只有欣喜,"饿了吧,我给你盛饭。"何夕摆摆手,"我在街上吃过了,有同学请。"夏群芳不高兴了,"叫你少在街上乱吃东西的,现在流行病很多,还是学校里的干净。你看对门家的老二就是在外不注意染上肝炎的……"夏群芳自顾自地念叨着,她没有注意到何夕有些心不在焉。

"我知道啦。"何夕打断她的话,"我回来拿衣服,还要回学校去。"夏群芳这才注意到何夕的脸有些发红,像是喝了点酒,她有些不放心地问:"今天就不回学校了吧?都八点钟了。"何夕环视着这套陈设简陋的两居室,有好一会儿都没有出声。"晚上刘教授找我有事。"他低声说,"你帮我拿衣服吧。"夏群芳不再说话,转身进了里屋,过了几分钟拿着一个撑得鼓鼓的尼龙包出来。何夕检视了一下,拎出几件厚毛衣,"都什么时候了还穿得住这些。"夏群芳大急,又一件件朝口袋里塞,"带上带上,怕有倒春寒呢。"何夕不依地又朝外拎,他有些不耐烦,"带多了我没地方放。"夏群芳万分紧张地看着何夕把毛衣统统扔了出来,她拿起其中一件最厚的说:"带一件吧,就带一件。"何夕无奈地放开口袋,夏群芳立刻手脚麻利地朝里面塞进那件毛衣,同时还做贼般地往里面多加了一件稍薄的。

"怎么没把脏衣服拿回来?"夏群芳突然想起何夕是空手回来的。

"我自己洗了。"何夕转身欲走。

"你洗不干净的。"夏群芳嘱咐道,"下次你还是拿回来洗,你读书已经够累了。再说你干不来这些事情的。""噢。"何夕边走边懒懒地答应着。

"别忙,"夏群芳突然有大发现似的叫了一声,"你喝口汤再走。喝了酒之后是该喝点热汤的。"她用手试了一下温度,"已经有点冷了,你等几分钟我去热一下。"说完她端起碗朝厨房走去。等她重新端着碗出来时却发现屋子里已经空了。

"何夕。"她低声唤了声,然后用目光急速地搜寻着屋子,她没有见到那两件已经塞进包里的毛衣,这个发现令她略感放心。这时一阵突如其来的灼痛从手上传来,装着粉丝的碗掉落在地上发出了清脆的响声。夏群芳吹着手,露出痛楚的表情,这使得她眼角的皱纹显得更深。然后她进厨房里拿拖把。

我站在饭桌旁,看着地上四处横流的粉丝汤,心里在想:这个汤肯定好喝至极,胜过世上所有的美味珍馐。

◆ 6 ◆

刘青关上门,象征性地隔绝了小客厅里的嘈杂。在这种老式单元房里,声音是可以四处周游的。学校的教师宿舍就这个条件,尤其是数学系,不过还算过得去吧。

何夕坐在书桌前,刚才刘青的一番话让他有些茫然。书桌上放着一叠足有五十厘米高的手稿,何夕不时伸出手去翻几页,但看得出他根本心不在焉。

"我已经尽力了。"刘青坐下来说,他无不爱怜地看着自己最得意的学生。

"我为了证明它花费了十年时间。"何夕注视着手稿,封面上是几个大字——微连续原本,"所有最细小的地方我都考虑到了,整个理论现在都是自洽的,没有任何矛盾的地方。"何夕咽了口唾沫,喉结滚动了一下,"它是正确的,我保证,每一个定理我都反复推敲过多次,它是正确的。现在只差最后的一个定理还有些意义不明确,我正试图用别的已经证明过的定理来代替它。"刘青微微叹口气,看着已经有些神思恍惚的何夕,"听老师的话,把它放一放吧。"

"它是正确的。"何夕神经质地重复着。

"我知道这一点。"刘青说,"你提出的微连续理论及大概的证明我都看过了,以我的水平还没有发现有矛盾的地方,证明的过程也相当出色,充满智慧。说实话,我很佩服。"刘青回想着手稿里的精彩之处,不禁有些神情飞扬——无论如何这是出自他的学生之手。有一句话刘青没有说出来,那就是他并没有完全看懂手稿。许多地方作的变换式令他迷惑,还有不少新的概念性的东西也让他接受起来相当困难。换言之,何夕提出的微连续理论似乎是一套全新的东西,它不能归入以往的任何一个体系里去。

"问题是,"刘青小心地开口,他注视着何夕的反应,"我不知道它能用来干什么。"何夕的脸立刻变得发白,他像是被什么重物击中了一般,整个人都蔫了一头。过了半晌他才回过神来强调说:"它是正确的,我保证。"他仿佛只会说这一句话了。

"我们的研究终究要获得应用才是有意义的,否则只能误入为数学而数学的歧途。"

"可它看起来是那样的和谐。"何夕争辩道,"充满了既简单又优美的感觉。老师,我记得您说过的,形式上的完美往往意味着理论上的正确。"刘青一怔,他知道自己说过这段话,也知道这段话其实是科学巨匠爱因斯坦的经验之谈。他不否认微连续理论符合这一点,当他浏览着手稿的时候内心的确充满有种说不出的和谐之感,就像是在听一场完全由天籁之声组成的音乐会。

但问题的症结在于他实在看不出来这套理论会有什么用。自从两个月前何夕第一次向他展示了微连续理论的部分内容后，他一直关心这个问题。这段时间他经常从各种途径查找这套理论可能获得应用的范畴，但是他失败了。微连续理论似乎跟所有领域的应用都沾不上边，而且还同主流的数学研究方向背道而驰。刘青承认这或许是一套正确的理论，却是一套无用的正确理论。就好比对圆周率的研究一样，现在据称已经推算到小数点后几亿位了，而且肯定是正确的，但是这也肯定是无意义的。

"想想中国古代的数学家祖冲之，他只是把圆周率推算到小数点后几位，但他对数学的贡献无疑要比现在那些还在为小数点后几亿位努力的人大得多。"刘青幽幽地说，"因为他做的才是有意义的工作，而不是纯粹的数学游戏。"何夕有些发怔，他听得出刘青话中的意思。"我不同意。"何夕说，"老师，您知不知道，许多年前的某个清晨我突然想到了微连续，它就像是一只无中生有的虫子般钻进了我的脑子。那时它只是一个朦朦胧胧的影子，这么多年来我为了证明它费尽心力。现在我就要完成了，只差最后一点点。"何夕的眼神变得缥缈起来，"也许再有一个月……"

刘青在心里轻叹一声，他看得出何夕已经沉迷太深。何夕是他见过的最聪明的数学奇才，按刘青私下的想法，何夕的水平其实可以给这所名校所有的数学教授当老师，他深信只要假以时日何夕必定会是数学领域内的一朵奇葩。而现在何夕却误入歧途，陷在了一个奇怪的问题里，这种情形使刘青忍不住回想起很多年前的自己，那时他也常常因为一些磨人却无用的数学谜题而废寝忘食形销骨立。现在何夕没有看到问题的关键，刘青知道自己作为师长有义务提醒他这一点,尽管这显得很残酷。

"你想过微连续理论可能应用在什么领域吗?我是说,即使作最大胆的想象。"刘青尽量使自己的声音柔和些,虽然他知道这并没有什么用。

何夕全身一震,脸色变得苍白。"我不知道。"他说,然后抱住了头。

我看到何夕脚下铺着劣质瓷砖的地面上洇出了一滴水渍。

◆ 7 ◆

"这两天我没和江雪在一起。"老麦低声说,坐在桌子对面的他的目光有些躲闪。

何夕有点愤怒地盯着老麦,"你这算是什么意思。江雪和我吵架只是我们两个人的事,你这样做是乘人之危。"老麦啜口茶,眼里升起无奈的神色,"我的确没和江雪在一起。不过我猜想她可能是和老康在一起。"

"谁是老康?"何夕问,他在脑子里搜索着。

"老康是一家规模不小的计算机公司的老板,那天你和江雪闹别扭之后我们在保龄球馆碰上的。大家是校友,自然谈得多一些。"老麦不无称羡地说,"听说……"他突然打住,目光看向窗外。

何夕回头,江雪从一辆漂亮的宝蓝色小车上下来,她身边一位胖乎乎的年轻人正在锁车。何夕还没想好该怎么办的时候江雪已经很高兴地叫起来："真巧啊，你们两个也在这儿。"江雪兴奋得满脸发红，她拉着身边的那个人进屋来，对何夕说："这是康——"她突然声音一滞，随后有些发窘地问，"你叫康什么来着？算啦，我还是叫你老康吧。"然后她指着何夕说，"这是何夕，我的男朋友——"她似乎觉得不够，又补上一句，"数学系的高才生。"

"数学系——"老康上下打量着看上去有些猥琐的何夕，伸出手说，"常听小雪提起你。"

小雪？何夕心里咯噔了一下，他看了一眼江雪，她却是若无其事的样子。"怎么不回我的传呼？"何夕带点气地说。

"让你也急一下。"江雪的表情有些调皮，"谁叫你净气我。好啦，现在让你急了两天，我们俩算是扯平了。今天大家新认识，应该找个地方大吃一顿作为庆祝。我看看，"她煞有介事地盯着三个男人看，然后指着老康说，"我们几个数你最肥，这顿肯定你请啦。"

老麦不依地说："以前请客都是我的专利，这次还是我吧。"

老康的表情有些奇怪，他死盯着何夕的脸，仿佛在作某种研究。江雪碰碰他的胳膊，"你干吗老盯着何夕看？"

"我同何夕做不了朋友啦。"老康突然说，语气很是无奈，"我们是情敌，注定要一决高下。"

"你说什么？"江雪吃了一惊，她的脸立时红了，"何夕是我的男朋友，你不该这样想。"

"我怎么想只有我自己能够决定。"老康咧嘴一笑，目光死死地看着江雪，直到她低下头去。他转头看着何夕说，"我喜欢江雪。"

何夕觉得自己的头有点晕,眼前这个胖乎乎的人让他乱了分寸。情敌?这么说他们之间是敌人了,至少人家已经宣战了。何夕感到自己的后背上已经沁出了汗水,他不知道下一步该做什么。末了他采取了一个也许是最蠢的办法,转头对江雪说:"我该怎么办?"

江雪镇定了些,正色道:"何夕是我男朋友,我喜欢他。"

老康看上去并不意外,"如果你是那种轻易移情别恋的女孩的话,我也不会像现在这样喜欢你了。"他举起一只手,服务生跑过来问有什么事。"去替我买九十九朵玫瑰,要最好的。"老康拿出钱。

何夕剧烈地喘着气,他从来没有遇到过这样的事情,这简直就像是戏剧里的情节。"那好吧。"何夕吐出口气,"既然你要和我一决高下的话我一定奉陪。"何夕突然觉得这样的话说起来也是很顺口的,仿佛他天生就最擅长这个。

"我不想待下去了。"江雪说,她的脸依然很红,"我们还是走吧。别人都在看我们。"

服务生新送来两杯茶。老康吹了一声短促的口哨,站起身说:"今天的茶我来请。"出乎他的意料的是,何夕突然粗暴地将他的手挡开,并且拿出钱说:"谁也不要争,我来。"

◆ 8 ◆

何夕默不作声地看着夏群芳忙碌地收拾着饭桌,他不知道自己该怎么开口。

"妈,你能不能帮我借点钱。"何夕突然说,"我要出书。"

夏群芳的轻快的动作立时停下来。"借钱?出书?"她缓缓地坐到凳子上,过了半晌才问,"你要借多少?"

"出版社说至少要好几万。"何夕的语气很低,"不过是暂时的,书销出去就能还债了。"

夏群芳沉默地坐着,双手拽着油腻的围裙边用力绞着。过了半晌,她走进里屋,一阵窸窸窣窣的响动之后拿着一本存折出来说:"这是厂里买断工龄的钱,说了很久了,半个月前才发下来。一年九百四,我二十七年的工龄就是这个折子。你拿去办事吧。"她想说什么但没有出声,过了一会儿还是忍不住低声补充说,"给人家说说看能不能迟几个月交钱,现在取算活期,可惜了。"

何夕接过折子,看了眼金额便朝外走,"人家要先见钱。"

"等等——"夏群芳突然喊了声。

何夕奇怪地回头问:"什么事?"

夏群芳眼巴巴地看着何夕手里那本红皮折子,双手继续绞着围裙的边,"我想再看看总数是多少。"

"25380,自己做个乘法就行了嘛。"何夕没好气地说,他急着要走。

"我晓得了,你走吧。"夏群芳有点不好意思地说,她也觉得自己太啰唆了。

......

刘青有点忙乱地将桌面上的资料朝旁边抹去,但是何夕还是看到了几个字：研究生入学指南。何夕的眼神让刘青有些讪讪然，他轻声说："是帮朋友的忙。你先坐吧。"

何夕没有落座的意思。"老师。"他低声开口说，"您能不能借点钱给我，我想自己出书。"

刘青没有显出意外，似乎早知道会有这事。过了几分钟，他走回桌前整理着先前弄乱的资料，脸上露出自嘲的神情，"其实我两年前就在帮人编这种书了。编一章两千块，都署别人的名字。并不是人家不让我署名，是我自己不同意，我一直不愿意让你们知道我在做这事。"

何夕一声不吭地站着，看不出他在想什么。刘青叹口气说："我知道你想把微连续理论出书，但是，"他稍顿一下，"没有人会感兴趣的。你收不回一分钱。"

"那您不打算借钱给我了？"何夕语气平静地问。

刘青摇摇头，"我不愿意眼睁睁地看着你失败。到时候你会莫名其妙地背上一身债务，再也无法解脱。你还这么年轻，不要为了一件事就把自己陷死在里面。我以前……"

门铃突然响了，刘青走出去开门。让何夕想不到的是进门的人他居然认得，那是老康。老康提着一个漂亮的盒子，看来他是来探访刘青的。

刘青正想介绍，何夕和老康已经面色凝重地握手了。"原来你们认识。"刘青高兴地搓着手，"这可好。我早有安排你们结识的想法了。在我的学生里你们俩可是最让我得意的。"

何夕一怔，他记得老康是计算机公司的老板。老康笑了笑说：

"我是数学系毕业的,想不到会这么巧。这么说算起来我还是你的同门师兄。"他促狭地眨眨眼,"怎么样,知道孔融让梨的故事吧?"

刘青自然不明白其中的曲折,他兴奋得仿佛年轻了几岁,四下里找杯子泡茶。老康拦住他说不用了,都不是外人。何夕在一旁默默地看着这一切,他看得出这个老康当年必定是刘青深爱的弟子。

"老师。"何夕说,"您有客人来我就不耽搁了。我借钱的事……"

刘青脸上的笑容不见了,他盯着何夕的脸,目光里充满惋惜,"你还是听我的话,放弃那些不切实际的想法吧。借钱出这样的理论专著是没有出路的。"他又转头对老康解释道,"何夕提出了一套新颖的数学理论,他想出书。"

老康眼里闪过一个亮点,他插话道:"能不能让我看看?一点点就行。"

何夕从包里拿出几页纸递给老康。老康的目光飞快地在纸页上滑动着,口里念念有词。他的眉头时而紧蹙,时而舒展,整个人仿佛沉浸到了那几页纸里。过了半天他才抬起头来,目光有些发呆地看着何夕,"证明很精彩,简直是音乐。"

何夕淡淡地笑了,他喜欢老康这样的比喻。其实正是这种仿佛离题万里的比喻才恰恰表明老康是个内行。

"我借钱给你。"老康很干脆地说,"我觉得它是正确的,虽然我并没有看得懂多少。"

刘青哑然失笑,"谁也没说它是错的。问题在于这套理论有什么用,你能看出来吗?"

老康摇头，然后咂了咂嘴，"暂时没看出来——但是它看上去很美。"老康突然笑了，因为他无意中说了王朔的小说名，眼下正流行。"不过我说借钱是算数的。"

刘青突然说："这样，如果你要借钱给何夕必须答应我一条，不准写借据。"

何夕惊诧地看着刘青，印象中的老师从来都是温文有礼并且拘泥小节的，不知道这种赖皮话为什么会从他的口中冒出来。

"那不行。"何夕首先反对。

"非要写的话就把借款方写成我的名字，我来签字。如果你们不照着我的话做的话就不要叫我老师了。"刘青的话已经没有了商量的余地。

在场的人只有我不吃惊，因为我知道会发生什么样的事情。

江雪默不吭声地盯着脚底的碎石路面，她不知道何夕会做出什么样的反应。从内心讲，如果何夕发一通脾气的话她倒还好受一些，但她最怕的是何夕像现在这样一言不发。

"你说话呀，"江雪忍不住说，"如果你真的反对的话我就不出去了。很多人没有出去也干出了事业。"

何夕幽幽地开口，"老康又出钱又给你找担保人，他为你好，我又怎能不为你着想。"

"钱算是我借他的，以后我们一起还。"江雪坚决地说，"我只当他是普通朋友。"

"我知道你的心意。"何夕爱怜地抚着江雪的脸。

"等我出去站稳了脚跟你就来找我。"江雪憧憬地笑，"你知不知道，你是我见过的最聪明透顶的人。如果你是学我们这种专业的话，早就成功立业了。我说的是真的。"江雪孩子式地强调，"你有这个实力。我觉得你比老康强得多。"

何夕心里滑过一丝柔情，"问题是我喜欢我的专业。在我看来，那些符号都是我的朋友，是那种仿佛已经认识了几辈子的感觉。只有见到它们，我才感到心里踏实，尽管它们不能带给我什么，甚至还让我吃苦头，但是我内心里有一个声音告诉我，这就是我降临到世上应该做的事情。"

江雪调皮地刮脸，"好大的口气，你是不是还想说天将降大任于斯人也……"

何夕叹口气，"我的意思是……"他甩甩头，"我入迷了，完全陷进去了。现在我只想着微连续，只想着出书的事。为了它，我什么都顾不上了。就这个意思。"

江雪不笑了，她有些不安地看着何夕的眼睛，"别这么说，我有些害怕。"

何夕的眼睛在月光下闪过莹莹的亮点，"说实话，我也害怕。我不知道明天究竟会怎样，不知道微连续会带给我什么样的命运。不过，我已经顾不上考虑这些了。"

江雪全身一颤，"你不要用这种口气对我说话好吗？这让我觉得失去了依靠。"

失去依靠？何夕有些分神，他有不好的预感。"别这样。"他揽住江雪的肩，"我们现在不是还好好的嘛。无论如何，"他深深地凝视着江雪姣好的面庞，"我永远都喜欢你。"

江雪感受到了何夕温热的气息扑面而来，月色中她柔软的唇像河蚌一样微微翕开，漫天谜一样的星光下她的眼睛里充满泪水。

这是个错误。我轻声说，但是热吻中的人听不到我的话。

◆ 10 ◆

"我说服不了他们。"刘青不无歉疚地看着何夕失望的眼睛，"校方不同意将微连续理论列为攻关课题，原因是——"他犹豫地开口，"没有人认为这是有用的东西。你知道的，学校的经费很紧张，所以出书的事……"

何夕没有出声，刘青的话他多少有所预料。现在他最后的一点希望已经没有了，剩下的只有自费出书这一条路了。何夕下意识地摸了一下口袋里的存折，那里母亲二十七年的工龄，从青春到白发，母亲连问都没有问一句就给他了。何夕突然有点犹豫，他不知道自己究竟有什么权力来支配母亲二十七年的年华——虽然他当初是毫不在乎地从母亲手里接过了它。

"听老师的话。"刘青补上一句，"放弃这个无用的想法吧。还有很多有意义的事情值得去做，以你的资质一定会大有作为的。"

出乎刘青意料的是，何夕突然失去了控制，他大笑起来，笑出了眼泪，"大有作为……难道您也打算让我编写什么研究生入学考试指南吗？那可是最有用的东西，一本书随便印上几万本，可以让我出名，可以让我赚大笔钱。"何夕逼视着刘青，他的目光里充满无奈，"也许您愿意这样，可我没法让自己去做这样的事情。我不管您会怎么想，可我要说的是，我不屑于做那种事。"何夕的眼神变得有些狂妄，"微连续耗费了我十年的时光，我一定要完成它。是的，我现在很穷，我的女朋友出国深造的钱居然用的是另一个男人的钱！"何夕脸上的泪水滴到了稿纸上，"可我要说的是，没有什么力量能够阻止我。我只知道一点，微连续理论必须由我来完成，它是正确的，这是我的心血。"他有些放肆地盯着刘青，"我只知道这才是我要做的事情。"

刘青没有说话，表情有些尴尬，何夕的讽刺让他没法再谈下去。"好吧。"刘青无奈地说，"你有你的选择，我无法强求你，不过我只想说一句——人是必须面对现实的。"

何夕突然笑了，竟然有决绝的意味，"还记得您当年第一次给我们讲课时说的第一句话吗？"何夕的眼神变得有些缥缈，"当时你说探索意味着寂寞。那是差不多七年前的事情了。这么多年来我一直都记着这句话。"

刘青费力地回想着，他不记得自己说过这句话了，有很多话只是在某个场合随便说说罢了。但是他知道自己一定是说过这句话的，因为他深知何夕的记忆力非凡。七年，不算短的时间，难道自己真的已经改变？

"问题在于——"刘青试图作最后的努力,"微连续不是一个有用的成果,它只是一个纯粹的数学游戏。"

"我知道这一点。是的,我承认它的的确确没有任何用处,老实说我比任何人都清楚这一点。"何夕平静但是悲怆地说,这是他第一次这样直接地说出这句话。何夕没想到自己能够这样平静地表述这层意思,他曾以为这是他根本做不到的事情。一时间他感到心里似乎有什么东西在一点一点地破碎掉,碎成碴子,碎成灰尘。但他的脸上依然如水一样的平静。

"可我必须完成它。"何夕最后说了一句,"这是我的宿命。"

◆ 11 ◆

这段时间何夕一直过着一种挥金如土的日子。他还从来没有像现在这般阔气,往往随手一摸就是厚厚的一沓钞票。尽管从衣着上他还和以前一样寒酸,加上满脸的胡须,看上去显得老了很多。何夕每日都匆匆地赶着路,神情焦灼而迫切,整个人都像是被某种预期的幸福包裹着。如果留意他的眼神的话,你会发现不少有意思的东西,他仿佛变了一个人。如果要准确地描述这种眼神是相当难的,不过要近似地描述一下还是可以办到的——见过赌徒走向牌桌时的眼神吗?就是那样,而且还是一个兜里每一分钱都是借来的那种赌徒。

何夕正和一个胖墩墩的眼镜大声争吵,他的脸涨得通红。

"凭什么要我交这么多?"何夕不依地问,"我知道行情。"

他笨拙地抽烟,尽量显出老于世故的样子。

胖眼镜倒是不慌不忙,这种事他有经验,"你的书稿里有很多自创的符号,我们必须专门处理,这自然要加大出版成本。要不你就换成常用的。"

"那不成。"何夕用皱巴巴的西服袖子擦着汗,他已经没法像刚才那样大声了,"这些符号都是有特殊意义的,是我专门设计的,一个也不能换。微连续是新理论,等到它获得承认之后那些符号就会成为标准化的东西。"

胖眼镜稍稍地撇了下嘴,脸上仍然是职业化的笑容,"你说得很对。问题是咱们不赶在标准的前面了嘛,那些符号增大了我们的成本。"他收住笑容,拿出一页纸来,"就这个数,少一分也不行。你同意就签字。"

何夕怔怔地看着那张纸,那个数字后面长串的零就像是一张张大嘴,它们扭曲着向何夕扑过来,不断变化着形状,一会儿像是江雪漂亮的眼睛,一会儿像是刘青无奈的目光,更多的时候则像是老康白白胖胖的笑脸。何夕已经记不清自己向老康开过几次口了,每当胖眼镜找出理由抬价的时候他只能去找老康。老康是爽快而大方的,但他白胖的笑脸每次都让何夕有种如芒在背般的感觉。老康总是一边掏钱一边很豪放地说有什么困难只管开口,你是小雪的朋友嘛。小雪每次来信都叫我帮你,小雪安排的事情要是办不好,等我以后到了那边可怎么交代哟。

何夕面色灰白地掏出笔,他仿佛听到有个细弱的声音在阻止他下一步的行动,听上去有些像是江雪的。但是他终究还在那张纸上签了名,也就在这个时候他内心的那个小声音突然消失了，再也听不见了。

胖眼镜一等到何夕的背影转过楼梯口才露出得意的笑容。他小心翼翼地收好有何夕签名的那张纸，"雏儿。"不屑地转身，随手将另几页纸扔进了垃圾桶。

我看着那几页纸，它们同何夕签字的那张纸的内容完全一样，只是在填写金额的地方填着另外的数字。那些金额都更小。

◆ 12 ◆

"……六月的大湖区就像是天堂。绿得发亮的草地上是自在的人们。狗和小孩嬉戏着，空气清新得像是能刺透你的肺。这里的风景越好越让我想起你。亲爱的，你什么时候来到我身边。我想你。"

"……老康昨天才走，他出来参加一个秋季产品展示会。难为他从西岸赶到东岸来看我。在这里能够见到老朋友真是愉快的事，尤其是能亲耳从朋友口里听到关于你的事情。我让老康多帮帮你，你也不要见外，朋友间相互帮忙是常有的。其实老康人挺不错的，就是说话比较直一点。"

"……今天这里下了冬天的第一场雪，我特意和几个朋友赶到了郊外照相。大雪覆盖下的原野变得和故乡没有什么不同，于是我们几个都哭了。亲爱的夕，你真的沉迷在那个问题里了吗？难道你忘了还有一个我吗？老康说你整日只想着出书，什么也不管了，他劝你也不听。你知道吗，其实是我求老康多劝劝你的。

听我的话,忘掉那个古怪的问题吧,以你的才智完全还有另外一条铺着鲜花的坦途可走,而我就在坦途的这头等你。听我的话,多为我们考虑一下吧。让我来安排一切。"

"亲爱的夕,有人说在月色下女人的心思会变得难以捉摸。我觉得这个人说得真好。今夜正好有很好的月光,而我就站在月光下的小花园里。老康在屋里和几个朋友听音乐(他又出来参加什么展示会了),我不知道是不是他有意选择了这首曲子,真是像极了我现在的心情。那么缠绵,带着无法摆脱的忧伤,还有孤独。是的,孤独,此时此刻我真想有人陪着我,听我说话,注视着我,也让我能够注视他。亲爱的夕,我不知道你为什么拒绝我为你安排的一切,难道那个问题真的比我更重要吗?拿出我的相片来看看,看着我的眼睛,它会使你改变的,相信我……老康在叫我了,他总是很仔细,不放心我一个人出来。"

"……今天和室友吵了一架,我真是没用,哭得惨兮兮的。也许是一个人在外久了我变得很脆弱,一点小事就想不开。我真想有个坚强的臂膀能够依靠。你离得那么远,就像是在天边。老康下午突然来了(他现在成了展示会专业户了),见我一直哭他就编笑话给我听,全是我以前听过的,要是在以前我早就要奚落他几句了,可这次不知怎么却笑得像个傻孩子。老康也陪着我笑,样子更傻……"

"……回想当日的一切就像是在做梦,我们有过那么多欢乐的时光。我真的不知道自己究竟应该怎么做。我不是善变的人,直到今天我还这么想。我曾经深信真爱无敌,可我现在才知道这个世界真正无敌的东西只有一样,那就是时间。痛苦也好,喜悦也好,爱也好,恨也好,在时间面前它们都是可以被战胜的，即使当初你以为它们将一生难忘。在时间面前没有什么敢称永恒。当我写下这段文字的时候我的泪水止不住地往下流，但这并非因为对你的爱，而是我在恨自己为何改变了对你的爱——我原以为那是不可能的事。

"老康已经办妥了手续，他放弃了国内的事业。

"他要来陪着我。就让我相信这是时间的力量吧，这会让我平静。"

◆ 13 ◆

夏群芳擦着汗，不时回头看一眼车后满满当当的几十捆书。每本书都比砖头还厚，而且每册书还分上中下三卷，敦敦实实得让她生出了满腔的敬畏来。这使夏群芳想起了四十多年前自己刚发蒙时面对课本时的感觉，当时她小小的心里对于编写出课本的人简直敬若天人。想想看，那么多人都看同一本书，老师也凭着这个为考试卷打分。书就是标准，就是世上最了不得的东西，而写书的人当然就更了不得了，而现在这些书全是她的儿子写出来的。

在印刷厂装车的时候，夏群芳抽出一本书来看，结果发现自己每一页都只认得不到百分之一的东西。除了少数汉字全是夏群芳见所未见的符号，就像是迷信人家在门上贴的桃符。当然夏群芳只是在心里这样想，可没敢说出来。这可是家里最有学问的人花了多少力气才写出来的，哪能是桃符可以比的。让夏群芳感到高兴的是有一页她居然全部看得懂，那就是封面。微连续原本，何夕著。深红的底子上配着这么几个字简直好看死了,尤其是自己儿子的名字,原来"何夕"两个字烫上金这么好看,又气派又显眼。

夏群芳想着便有些得意,这个名字可是她起的。当初和何夕的死鬼老爸为起这名字的事还没有少争过,要是死鬼现在能看到这个烫金的气派名字,不服气才怪。

车到了楼下,夏群芳变得少有的咋咋呼呼,一会儿提醒司机按喇叭疏通道路,一会儿亲自探出头去吆喝前边不听喇叭的小孩。好事的邻居全围拢来,不知道发生了什么事。

"买啥好东西了?"有人问。

夏群芳说到了,叫司机停车,下来打开后盖,"我家小夕出的书。"夏群芳像是宣言般地说,她指着一捆捆的皇皇巨著,心里简直满得不行,有生以来似乎以今日最为舒心得意。

"哟!"有好事者拿起一本看看封底发出惊叹,"四百块钱一套。十套就是四千,一百套就是四万。你家以后怕不是要晒票子了。夏阿姨你可要请客哟。"

夏群芳觉得自己简直要晕过去了,她的脸发烫,心脏怦怦直跳,浑身充满了力气。她几乎是凭一个人的力气便把几十捆书搬上了楼,什么肩周炎腰肌劳损之类的病仿佛全好了。这么多书进了屋屋子立刻显得太小了,夏群芳便孜孜不倦地调整着家具的位置,最后把书垒成了一座方方正正的书山,书脊一律朝外,每个人一进门便能看到书名和何夕的烫金名字。夏群芳接下来开始收拾那一堆包装材料,她不时停下来,偏着头打量那座书山,乐呵呵地笑上一回。

◆ 14 ◆

老康站住了,他身后上方是"国际航班通道"的指示牌,身前是大群送行的亲友。何夕和老麦同他道别之后便走到不远处一个僻静的角落里,与人们拉开了距离。

"我不认为他适合江雪。"老麦小声地说了一句,他看着何夕,"我觉得你应该坚持。江雪是一个好女孩。"

何夕又灌了一口啤酒,他的脸上冒着热气。因为酒精的作用,他的眼睛有些发红。

"他是我的同行。"老麦仿佛在自言自语,"我也准备开家电脑公司,过几年我肯定能做得和他一样好。我们这一行是出神话的行业。别以为我是在说梦话,我是认真的。不过有件事我想跟你说说,"老麦声音大了点,"几个月前我认识了一个老外,也是我的同行,很有钱。知道他怎么说吗,他对我说你们太'上面'了。我不清楚他是不是因为中文不好才用了这么一个词,不过我最终听明白了他的意思。他说他并不因为世界首富出在他的国家就感到很得意,实际上他觉得那个人不能代表他的国家。在他眼里,那个人和让他们在全世界大赚其钱的好莱坞以及电脑游戏等产业没有什么本质差别。他说他的国家强大不是在这些方面,这些只是好看的叶子和花,真正让他们强大的是不起眼的树根。可现在的情况是几乎所有的人都只盯着那棵巨树上的叶子和花,并徒劳地想长出更漂亮的叶子和花来超过它。这种例子太多了。"

何夕带点困惑地看着老麦，他不知道大大咧咧的老麦在说些什么。他想说几句，但脑子昏昏沉沉的。这些日子以来他时时有这种感觉，他知道面前有人在同自己讲话，却集中不起精神来听。他转头去看老康，从个头上看他并不比老康矮，但是他看着老康的时候感觉自己就像是一个侏儒，须得仰视才行。欠老康多少钱，何夕回想着自己记的账，但是他根本算不清。老康遵照着刘青的意思不要借据，但何夕却没法不把账记着。"你拿去用。"老康胖乎乎的笑脸晃动着，"是小雪的意思。小雪求我的事我还能不办啊，啊哈哈哈。"烫金的《微连续原本》几个字在何夕眼前跳动，大得像是几座山。每一座就像是家里那座山。几个月了，就像是刘青预见的那样，没有任何人对那本书感兴趣。刘青拿走了一套，塞给他四百块钱，然后一语不发地离开。他的背影走出很远之后，何夕看见他轻轻地叹口气，把书扔进了道旁的垃圾桶。正是刘青的这个举动让何夕真正意识到微连续的确是一个无用的理论，甚至连带回家当摆设都不够格。天空里有一本汗津津的存折飞来飞去，夏群芳在说话："这是厂里买断妈二十七年工龄的钱。"何夕灌了口啤酒咧嘴傻笑，二十七年，三百二十四个月，九千八百五十五天，母亲的半辈子。但何夕内心里却有一个声音在说："这个世上你唯一不用感到内疚的只有母亲。"

书山还在何夕眼前晃动着，不过已经变得有些小了。那天何夕刚到家，夏群芳便很高兴地说有几套书被买走了，是C大的图书馆。夏群芳说话的时候得意地亮着手里的钞票。但是何夕去的时候管理员说篇目上并没有这套书，数学类书架也找不到。何夕说"一定有一定有，准是没登记上，麻烦你再找找"，管理员拗不过只得又到书架上去翻，后来果真找出了一套。何夕觉得自己就要晕过去了，他大口呼吸着油墨的清香，用手颤抖着轻轻抚过书的表面，就像是抚摸自己的生命，巨大的泪滴掉落在了扉页上。管理员纳闷地嘀咕："这书咋放在文学类里。"他抓过书翻开了封面，然后说："这不是我们的书，没印章。对啦，准是前天那个闯进来说要找人的疯婆子偷偷塞进去的。"管理员恼恨地将书往外面地上一扔，"我就说她是个神经病嘛，还以为我们查不出来。"何夕简直不知道自己是怎样回到家里的，他仿佛整个人都散了架一般。一进门，夏群芳又是满面笑容地指着日渐变小的书山说："今天市图书馆又买了两册，还有曙光中学，还有育英小学——"

这时不远处的老康突然打了个喷嚏。"国内空气太糟。"他大笑着说，然后掏出手帕来擦拭鼻子，手帕上是一条清澈的河流，天空中飘着洁白的雪花。

我伸出手去，想挡住何夕的视线，但是我忘了这根本没有用。

……

"老康打了个喷嚏，"老麦挠挠头说，"然后何夕便疯了。我也不明白是怎么一回事，反正我看到的就是那样。真是邪门。"

"后来呢？"精神病医生刘苦舟有些期待地盯着神神叨叨的老麦，他觉得此人说不定有望发展成自己的下一个客户。

"何夕冲上去捏老康的鼻子，嘴里说叫你擤叫你擤。他还抢老康的手帕，"老麦苦笑，"抢过来之后他便把脸贴上去翻来覆去地亲。"老麦厌恶地摆头，"上面糊满了黏糊糊的鼻涕。之后他便不说话了，一句话也不说，不管别人怎么样都不说。"

"关于这个人你还知道什么？"刘苦舟开始写病历，语句都是现成的，根本不经过大脑，"我是说比较特别的一些事情。"

老康想了想，"他出过一套书。是大部头，很大的大部头。"

"是写什么的。"刘苦舟来了兴趣，"野史？计算机编程？网络？烹调？经济学？生物工程？或者是建筑学？"

"都不是。是最老套的东西，数学。"

"那就对了。"刘苦舟释怀地笑，顺利地在病历上写下结论，"那他算是来对地方了。"

这时夏群芳冲了进来，身上还系着油腻的围裙，这使她整个人显得很滑稽。她的眼睛红得发肿，目光惊慌而散乱。"何夕怎么啦？出什么事啦？好端端的怎么让飞机撞了？"她方寸大乱地问，然后她的视线落到了屋子的左角，何夕安静地坐在那里，眼神缥缈地浮在虚空，仿佛无法对上焦距。他已经不是以前的何夕了，这飘浮的眼光证明了这一点。

"让飞机撞了？"老麦想着夏群芳的话，他不知道是不是自己在机场报信时说得太快让她听错了。

"医生说治起来会很难。"老麦低声说。

但是夏群芳并没有听见这句话，她的全部心思已经落到了何夕身上。从看到何夕的时刻起，她的目光就变了，变得安宁而坚定。何夕就在她的面前，她的独生子就在她的面前，他没有被飞机撞，这让她觉得没来由的踏实，她的心情与几分钟之前已经大不一样。何夕不说话了，他紧抿着嘴，关闭了与世界的交往，而且看起来也许以后都不会说话了。不过这有什么关系呢，何夕生下来的时候也不会说话的。在夏群芳眼里何夕现在就像他小时候一样，乖得让人心痛，安静得让人心痛。

◆ 15 ◆

完结篇

我是何宏伟。

一连两天我没有见过一个客人,尽管外界对于此次划时代事件的关注已经到了白热化的程度。这两天里我一直在写一份材料,现在已经写好了。其实这两天我只是写下了几个人的名字,连同简短的说明。但是每写下一个字我的心里都会滚过长久的浩叹,而当我写下最后那个人的名字时几乎握不住手中的笔。

然后我带着这样一份不足半页的资料站到了诺贝尔物理学奖的领奖台上。无论怎么评价我的得奖项目都不会过分,因为我和我领导的实验室是因为大统一方程而得奖的。这是人类最伟大的梦想,从某种意义上讲是人类认识的终极。

"女士们,先生们。"我环视全场,"大家肯定知道,从爱因斯坦算起,为了大统一理论已经过去了两百多年,至少耗尽了十几代最优秀的物理学家的生命。我是在三十年前开始涉足这个领域的。在差不多十七年前我便已经在物理意义上明晰了大统一理论,但是这时候我遇到无法逾越的障碍。实际上不仅是我,当时有很多人都做到了这一步,却再也无法前行一步。你们有过这样的体会吗?就是有一件事情,你自己心里似乎明白了,却无法把它说出来,甚至根本无法描述它。你张开了嘴,但是却发现吐不出一个字，就像你的舌头根本不属于你。此后我一直同其他人一样，仿佛徘徊在神山的脚下，已经看得见上面的光芒却无法靠近一步。事情的转机说来有几分戏剧性——两年前的某天我送十一岁的小儿子去上学，当时他们的一幢老图书楼正被推倒。在废墟里我见到一套装在密封袋里的书，后来我才知道这套书已经出版了一百五十年，但是当时它的包装竟然完好无损，也就是说从未有人留意过它。如果当时我不屑一顾地走开，那么我敢说世界可能还将在黑暗里摸索一百五十年。但是好奇心让我拆开了它，然后你们可以想象我当时的心情，就像是一个穷到极点的乞丐有一天突然发现了阿里巴巴的宝藏。

"我不知道这样一部我难以用语言来评述的伟大著作怎么会被收藏在一所小学校里，不知道上天为何对我这样好，让我有幸读到这样非凡的思想。我只知道当时我简直失去了控制，在废墟上大喊大叫不能自已。这正是我要找的东西，它就是大统一理论的数学表达式，甚至比我要的还要多得多。那一刻我想到了牛顿。他的引力思想并非独有，比如同时代的胡克就有，但是牛顿有能力自创微积分而胡克不能，所以只能由牛顿来解决引力问题。现在我面临的问题又何尝不是这样——书的名字叫《微连续原本》，作者叫何夕。是的，当时我的惊讶并不比你们此刻少。这是一个完全陌生的名字。后来的事正如你们看到的，在不到半年的时间里我发表了一系列重要论文，堪称神速地完成了大统一理论的方程式，甚至在几个月前我还和我的课题小组试制出基于大统一理论的时空转换设备。有人说我是天才，但是今天我只想说一句，超越时代的不是我，而是一百五十年前的那位叫何夕的人。不要以为我这样说会感到难堪，其实我只感到幸运，因为我现在已经知道超越时代意味着什么。如果何夕生在我们的时代，根本轮不到我站在这个地方。在他的那个时代，支持大统一理论的物理事实少得可怜，现在我们知道必须达到一千万亿级电子伏特的能级才可能观察到足够多的大统一场物理现象。而在何夕的时代这是不可想象的，这也就注定了他的命运。他是一个什么样的人？为何他写下了这样伟大的著作却被历史的黄沙掩埋？为了解开心中的这些疑团，我将第一次时空实验的时区定在了何夕生活的那个年代——我们安排了一个虚拟观察体出现在那个过往的年代，那实际上是一处极小的时空洞，它可以随意地出现在指定的时间和地点，从而观察到当时的事情。我亲身目睹了事情的全部过程，如果诸位不反对的话我想把我知道的全讲出来。"

台下没有一个人说话，甚至听不到大声出气的声音。我轻声描述着自己近日来的经历，描述着何夕，描述着何夕的母亲夏群芳，描述着那个时代我见到的每一个人。他们在我的眼前鲜活过来了，连同他们的向往与烦恼。我轻轻做一个手势，按照事先的约定，这是让助手们开启机器。大厅暗下来，一束光线投放在了巨大的屏幕上。由于特意喷出的薄雾，光线在空中的轮廓很清晰。我凝视着这束光线，无法准确描述自己此时的心情。我知道此时此刻那束光里有无数的光子，这些宇宙间最轻盈曼妙的精灵正以我们不可想象的速度飞舞。这不算什么，每个人都看到过光子的舞蹈，但是，这一次不同，因为这些光子来自很久以前，此刻它们经过一扇神秘的大门从过去来到了现在。它们穿透的不仅是飘浮着薄雾的空气，还包括一百五十年的时间。

是的，它们穿透了亘古的时间魔障，它们飞舞着，我几乎听得到它们在歌唱，它们本该在百余年前悄无声息地湮灭掉，就像它们的亿万个同类。但是它们循着一条奇异的道路挣脱了宿命，所以它们有理由歌唱，它们在大声呼喊"我们来了"。是的，它们来了，循着那条曲折艰难的道路，向今天的人们飞舞而来。

屏幕上的图像渐渐清晰，分为一左一右两幅画面。一边是年轻漂亮的少妇夏群芳抱着她刚满周岁的胖儿子何夕坐在公园的长椅上，脸上是幸福而憧憬的笑容。另一边是风烛残年的半文盲老妇人夏群芳，正专注地给她满脸胡须目光痴呆的傻儿子何夕梳头，目光里充满爱怜。

尽管我想忍住，但还是流下了泪水。我觉得照片上的母亲和儿子是那样的亲密，他们都是那样的善良，而同时他们又是那样的伤心。是的，他们真的很伤心。而现在他们早已离开这个他们一生都无法理解的世界，就仿佛他们从来没有来过。

"如果没有何夕，大统一理论的完成还将遥遥无期。"我接着说，"而纯粹是由于他的母亲的缘故，《微连续原本》才得以保存到今天。当然这并非她的本意，当初她只是想骗骗自己的儿子，想让他开心。以她的水平根本不知道这里面究竟写的是什么东西，根本不知道这是怎样的一本著作，所以她才会将这部闪烁不朽光芒的巨著偷偷放到一所小学校的图书楼里。从局外人的观点看，她的行为荒唐可笑，但她只是在顺应一个母亲的本能。自始至终她只知道一点，那就是她有一个好孩子，这是她的好孩子选择去做的事情。

"我不否认对何夕那个时代来说《微连续原本》没有什么意义，但我想说的是，对于一些东西是不应该过多地讲求回报的，你不应该要求它们长出漂亮的叶子和花来，因为它们是根。这是一位母亲教给我的。母亲对自己的孩子永远都不会要求回报，但是请相信我们可爱的孩子自会回报他的母亲。"

"还有一点，"我稍稍顿了一下，"记得当初在长达几个世纪的时光里有无数人为了永动机耗尽了他们的一生。也许我们可以说这只是一些愚蠢的人，可是正是这些人的探索才最终让我们认识了热力学定律。他们虽然没能告诉后人应当走哪条路，却指明了其中某些路是死路。所以我要说，即使微连续理论在今天仍然被证明是无用的，我们依然应当对何夕表示敬意。因为他曾经尽力求索过，这就够了。"我看着手里的半页纸，上面的每一个名字都是那样的令人伤心。"也许我们应该永远记住这样一些人。"我照着纸往下念，声音在静悄悄的大厅里回响。

"古希腊几何学家阿波洛尼乌斯总结了圆锥曲线理论，一千八百年后由德国天文学家开普勒将其应用于行星轨道理论。

"数学家伽罗华公元 1831 年创立群论，一百余年后获得物理应用。

"凯莱公元 1860 年创立的矩阵理论，在六十年后应用于量子力学。

"数学家 J. H. 莱姆伯托、高斯、黎曼、罗巴切夫斯基等人提出并发展了非欧几何。高斯一生都在探索非欧几何的实际应用，但他抱憾而终。非欧几何诞生一百七十年后，这种在当时毫无用处的理论以及由之发展而来的张量分析理论成为爱因斯坦广义相对论的核心基础。

"何夕提出并于公元 1999 年完成的微连续理论，一百五十年后这一成果最终导致了大统一场理论方程式的诞生。"

在接下来长达数分钟的时间里整个大厅里没有一丝声音,世界沉默了,为了这些伤心的名字,为了这些伤心的名字后面那千百年的寂寞时光。

我拿出一张光盘,"何夕后来一直没有说过话,医生说他已经丧失了语言能力。但是我这里有一段录音,是何夕临死前由医院制作为医案的,当时离他的母亲去世不到一个星期。我现在已经无法知道这究竟是因为何夕在母亲去世之后失去了支撑,还是他虽然疯了却一直在潜意识里坚持着比母亲活得长久——这也许是他唯一能够报答母亲的方式了。还是让我们来听听吧。"

背景声很嘈杂,很多人在说话。似乎有几位医生在场。"放弃吧。"一个浑厚的声音说,"他没救了,现在是十点零七分,你记下时间。""好吧,"一个年轻的声音说,"我收拾一下——"年轻的声音突然升高,"听,病人在说话,他在说话。""不可能,"浑厚的声音说,"他已经二十年没说过一句话了,再说也不可能有力气说话。"但是浑厚的声音突然打住,像是有什么发现。周围安静下来,这里可以听见一个带着潮气仿佛已经锈蚀多年来的声音在说着什么。

"妈——妈——"那个声音有些含糊地喊道。

"妈——妈——"他又喊了一声,无比的清晰。

乱纪元

崛起

文 / 野火

科幻
硬阅读
DEEP READ
不求完美 追逐极致

楔　子

　　金属残片漂浮在虚空中，左端覆着高温熔化的平滑琉璃，右端布满低温分离的菱形裂纹，如同印象派艺术家无意缔造的天成之作。一块碎石轻轻飘过，撞在残片下方，残片旋转起来，与其他碎块相撞，引发层层涟漪，吵醒了被遗忘的战场。

　　动荡的波纹不断扩散，触动层叠的人类尸体，推开堆积的机甲残骸，终于扫中后方山峦般的半座星舰，露出被遮蔽的近地宇域。

　　地球仿佛刚滚过调色盘的皮球，白色的气旋、黄色的荒漠、赤色的潮汐、黑色的裂缝，无数涂抹痕迹将原本美丽的色彩揉搓得一塌糊涂。光与暗的交界线上，都市圈细碎如粉的灯火组成了圆形印记，仿佛深渊的眼睛，自黑暗中缓缓睁开。

　　大气层的云雾散开，深渊之眼的光芒越发清晰，巨大的水晶天启城悬浮在瞳仁中心数百米的高空处，仿佛绽放的莲花，映射着天与地的流光溢彩。天启城下方是与地面相连的衍生塔，近百米直径的塔身如倒立的长矛深深刺入地底。

　　以衍生塔为中心的都市圈防护罩闪烁变幻，限制解放，极光般的光雾瞬间笼罩了数千平方公里内每一寸土地。光雾中的人都不自觉地停滞了下来，仿佛被按下了暂停键。三个呼吸之后，一道无色火苗从某个婴儿身上燃起，在惨烈的哭声中猛地蔓延开来。孩子的母亲从错愕中惊醒，刚挥起手臂，自己的胸口也燃起了烈火，继而蔓延全身。

光雾中的人纷纷自燃，来自线粒体异变的热能用任何方式都无法熄灭，都市圈刹那间化为无边炼狱火海。光雾旋转形成了遮天蔽日的旋涡，疯狂吸附着生命燃烧压榨出的能量，从无形到可见，汇聚成团，带着璀璨的光辉升腾，顺着防护罩的弧度涌向天启城。

天启城开始闪烁，庞大的能量顺着塔中螺旋向下蔓延，灌入塔下的钻井，顺着牵引杠杆推动能量冲击钻头，穿过地壳的固态岩层，穿过上地幔的超基性岩，穿过软流圈的熔岩，穿过下地幔的高密度物质，终于钻入外地核液态层。

可怕的高温与压强下，各种已知或未知的物质熔为一体，白光般的液体缓缓流动，被某种独特的韵律引导，开始高频振荡。原本肉眼无法观测的生命因子不断集结凝练，在液态金属雾化的光影中化作无数锋刃，排山倒海地轰向随钻头攻入的蓝色光芒。

蓝光不断涌入连成贪婪的巨蛇，一边抵御强大力场的碾压，一边缓解吸收溢散的能量，一点点撕咬，一层层吞噬。在漫长的交战中，越来越多的钻头冲破外地核，越来越多的巨蛇加入吞噬队列，此消彼长，外地核防御力场终于崩溃，蛇群急速膨胀，肆无忌惮地在金属液体中穿行，扑向内地核。

内地核中对立冲击的能量风暴产生了类似黑洞的虹吸磁场，所有波及的物质和能量都被化为虚无，可惜这依然无法阻止蓝色光芒的入侵。五彩斑斓的粒子螺旋被撕咬分食，化为毒龙的光链将地球生命本源层层缠绕，逐渐包裹起来。炽烈的白光慢慢黯淡、沉寂、消散，地核开始塌缩，无数裂缝顺着钻井向外蔓延，越来越快，越来越大，一道道上千公里的巨大裂缝自地幔疯狂上行，引领着熔岩撞开地壳，冲向天空，爆发出惊天动地的嘶吼。

地面剧烈颤抖，掀起层层海潮般的震荡波浪，沙暴冲天而起，摩天大楼如同被孩童踩蹦的劣质积木，顷刻间分崩离析，庞大的都市圈像被砸碎的盘子，转眼便四分五裂。毁天灭地的巨变中，无数人类卷在粉碎的建筑残骸中倾泻而下，坠入深渊，却连半条缝隙都无法填满，所谓珍贵的生命此时微不足道，渺小得连浮尘都算不上。

一座座都市圈接连崩塌消失，最终在地球表面留下上百个可怖的巨型黑洞，这些狰狞伤痕不断向外喷涌赤红的岩浆和明黄的液态金属，像极了鲜血与脓水。大地片片碎裂，飓风将森林草原卷得粉碎，海啸掀起滔天巨浪吞噬了连绵山川……

无数灾难同时爆发蔓延。飞鸟从天空坠落，走兽被碾作血泥，游鱼无声沉入海底，没有任何生命能幸存，人类在哭喊，在祈求，在挣扎，却也同样找不到一丝生机，只能绝望地死去。

地壳碎裂只是前戏，当地表生命痕迹被完全抹除，所有文明符号都荡然无存，短暂的死寂之后，真正的毁灭才终于开始。大陆板块互相撕扯撞击，海洋水位急速下降，横跨陆海的庞大裂隙不断扩张蔓延，纵横相连，逐渐覆盖全球。地磁彻底混乱，数不清的磁力裂缝不断叠加，形成层层瘢痕，逐渐遮蔽天空。

此刻的地球，就像一个被敲碎的鸡蛋。第一片剥落的"鸡蛋壳"是日本列岛，然后是地中海区域，接着是东南亚、北美、亚洲、太平洋板块……没有规律，也毫无美感，一片片大陆被地底爆发的冲击掀飞，大气层不断扭曲发散，拉扯出无数旋涡，映射出恐怖的黑色投影。

灾难的最后高潮终于来临，两极冰川与大陆仿佛被无形巨手旋转着向内狠狠一拧，突然凹陷下去，崩溃的磁力脉冲化作铺天盖地的电蛇，在千疮百孔的地球上四处流窜，还没来得及消散，一道湛蓝的光芒便从某个深渊射出，然后是千道，亿道……

没有声音，没有爆炸，地球轻轻一颤，碎了，突兀且简单至极。

一切都变成了宇宙的尘埃，一切都变成了冰冷的残骸，太阳光在密如浓雾的分解物质中投下层层暗影，暗影中偶有完整的生物尸体飘过，分不清是人类的还是其他动物的，拉扯出道道黑线，然后便不知所踪。

随着大气溢散，能量体与空气接触产生的湛蓝光芒逐渐褪散，如果不是穿过残骸时形成的空间形状，肉眼根本无法察觉其存在。无形能量体慢慢凝结出水晶般的外壳，抵挡宇宙中各种射线，也防止无谓的能量溢散。完成化形后，数千公里长的梭形晶体开始启动加速，向太阳系外进发。此时，它还没有能力吞噬太阳，必须去寻找下一颗行星，补充能量。

星光被蔓延的地球残骸遮蔽，一切陷入无尽黑暗，时间和空间都消失了。一个光点亮了起来，低沉的声音缓缓响起："这就是最终推演结果的全息演示。一旦广域逆振提取公式演算完成，启动全城献祭，无质生命只需两周就能突破至外地核，然后，推演的一切都将变为现实。我们最多还有3个月的时间，我建议立刻启动断刃作战。"

短暂的沉默后,一个苍老的声音轻叹道:"上千万军队发动环球攻势,把所有筹码都孤注一掷在成功率只有17%的作战计划上,这太冒险了,而且就算成功,也不过拖延几年……"

"这不是冒险,这是赌命。"另一个声音果决地说,"一旦无质生命钻探成功开始吞噬地球,一切就无法挽回了。赌,还有一线希望;不赌,便是死路一条。"

一个稍显焦虑的声音说:"我们对生命因子的应用还很初级,被动防御都很勉强,正面对抗无质生命根本毫无胜算。摧毁钻井的成功率太低,代价太大,用多年积累去孤注一掷地赌博,这对未来发展极为不利。"

一个嘶哑的女声插了进来:"生命因子的积累决定了人类未来发展的格局,但要是连未来都没有了,那么一切都毫无意义!联盟的意义不就是对不同意见进行决议嘛。别废话了,投票吧。"

环形会议平台前浮起一圈光轨,十余个代表联盟各方势力的符号在轨道上闪现,投射出赞成与反对的不同色彩,领导者们的全息投影在光彩交错中微微闪动,流露出不同的神态,闪烁着不同的心思。

1. 虚伪的和平

磁力锁指示灯不正常地连续闪烁,越来越快,"咔嗒"一声,电磁消失,安全门缓缓滑开,阳光刺破黑暗,照亮狭窄的通道。

唐毅抬手挡在额前，适应了几秒才迈步向门外走去。天台布满了太阳能导流板，各种管道纵横交错，夹杂其间的散热器微微鸣响，似乎并不欢迎这位没有授权的陌生访客。

看看腕部微型智脑的光屏，唐毅确认天台中央立柱的球形监视器已被攻击程序强制休眠，便撸起袖子，开始翻越层层管道。对13岁的瘦弱少年来说，这些障碍可是不小的麻烦，唐毅颇费了一番力气，才来到能量转换器下方。

吐着舌头使劲喘了几口气，唐毅举起右手凌空划出指令手势，感应背包自动打开了最外侧的分层，一架银灰色的椭圆形机械缓缓浮起，飘到唐毅面前。

"光学迷彩启动，相位磁场启动。"

机械的外型很像时下流行的气浪滑板，随着唐毅的语音命令，它的外壳开始分裂、延展、旋转，转眼变成了直径50厘米的碟式无人机，紧接着一阵光影闪烁，无人机逐渐透明，能量反应也迅速减弱，最终消失无踪。

唐毅校对了一下光幕地图，继续命令道："授权进入自主模式，开始……"

"庆典偷拍大作战，现在开始！玉面小飞侠哎呦吼前来拜访！"未等唐毅说完，名叫哎呦吼的无人机便冲上半空，兴奋地来了一个720度全景旋转。光学镜头摄取的影像传入微型智脑，即时投射到唐毅视网膜上，晃得唐毅一阵晕眩。

街道上的民众密如蚁群，从下方街道延伸到A2城区闸门，潮水般漫至和平广场的礼台前。礼台两侧是恢宏的礼赞雕像，意喻无质生命的水晶人像俯瞰着身下芸芸众生，满眼慈悲。雕像后方的和平门高达百米，刻满无质生命拯救人类的浮雕，华美恢宏，一尘不染。

和平门后的神圣禁区，依旧不可随意踏足，衍生塔高耸入云，连接着悬浮半空的天启城。水晶般的天启城如同盛开的莲花，剔透无瑕，多段折射形成了无影效果，几乎与天空融为一体。

苍穹之下，都市圈一直延展到视野尽头，笼罩了数千平方公里的土地，环形高速列车道将城市划分出9个环区，又以12条放射式主干道切割成上百块分区，区域间的隔离墙纵横交错，为这张拼图增添了罗盘般的精密线条。

各种全息投影在冰冷的都市上涂抹下万千色彩，令人眼花缭乱，霓虹魅影中无数监视器的指示灯如洒落的星屑，不时闪耀着点点荧光。这些"人类管理系统"的球形监视器不但有影音信息监察功能，更可以甄别身份、查寻违禁，它们浩如繁星，它们无所不在。

唐毅不喜欢都市圈的霓虹，更不喜欢被这万千复眼不分昼夜地窥伺。在镜头旋转产生的眩晕中，他仿佛看到无数监视信息化为飞蝗般的代码，依附在遮天蔽日的信息波上，汇集向各区检测枢纽，过滤后通过光子通道注入监察中心，终端分析处理后，一条条命令向各执行机构发布，出动安全巡警搜查，出动纪律宪兵镇压，再或者直接出动防卫兵团灭杀。

姐姐曾说过："只有家畜，才毫无隐私；只有恶兽，才崇尚暴力。"唐毅每每想起这句话，便不由得心中愤懑，但此刻更让他生气的是哎呦叽，这家伙又得意忘形地盲目爬升，差点触及都市圈防护罩的限空高度。

唐毅敲了敲腕部智脑，恶狠狠地说："你是不是忘了上回尾巴怎么烧没的了？还不赶紧下来干活！"

哎呦吼臊眉耷眼地飘下来，在天台四周布置好能量感应箔片，扭头向庆典现场飞去，一边飞一边不忿地碎碎念："自主权限下稍微浪里个浪一下，凶什么凶嘛，不要吹毛求疵，人家还是个花里胡哨的孩子……"

唐毅懒得吐槽他那始终没校对成功的成语词库，点着光幕地图说："收起你的风骚漂移，关闭你的美颜滤镜，老老实实拍摄庆典演出。今天你如果再溜号偷拍美女耽误正事，我就永久关闭你的自主权限。"

哎呦吼立刻端正了态度，"老大消消气，有话好说！爱美之心人皆有之，知错能改善莫大焉，坦白从宽抗拒从严……"

哎呦吼的词库很不靠谱，内核却全是失落的旧世纪顶级科技——自循环动力系统、微振反重力装置、光学迷彩涂层、反射相位磁场发生器，这些无质生命降临时因战争湮灭的技术聚合在一起，足以让哎呦吼在低速移动中化为无形。

不论是安保巡警、纪律宪兵，还是演出艺人、高等民众，甚至警戒无人机都没有发现如轻风拂过的哎呦吼，能量扫描网也没有察觉这道能量波动几乎为零的魅影。哎呦吼在演出花车和人潮中来回穿梭，全息摄像镜头完美摄录了所有精彩表演，花式女高音与民歌高腔共唱、踢踏舞与腰鼓阵齐鸣、马戏团硬搭杂技社……在纯净文化禁令下已近灭绝的旧时代艺术绽放着最后一点余晖。

为规避信息监察，腕部智脑与哎呦吼采用了单点连接，并未连接都市光子网络，唐毅必须一直待在天台上，保持传输距离并随时调整命令。就在唐毅沉迷于同步投射的演出影像时，微型智脑突然急速振动，能量感应箔片传来3级能量预警。唐毅早有预案，连忙钻进能量转换器与地面的夹缝，他刚刚趴平，两架单兵悬浮机车便飞了上来。

机车梭巡一周，悬停在天台中央，巡警开启红外扫描，未发现异常，便开始输入巡查信息并稍事休息。

左边的胖巡警踩着踏板站起来，揉着发麻的屁股发起了牢骚："好不容易轮上庆典警戒，还以为终于能看几眼表演呢，结果却被分到B环区巡逻，真他娘的倒霉。"

右边的瘦巡警一边检索巡查完成度，一边无奈地说："上三等才能抽签进现场，四等以下连看转播的资格都没有，咱们一会儿好歹还能借机看看烟花，知足吧。好好努力攒荣誉积分，升到上三等，不但有资格看庆典表演，还能吃天然食品，住高级住宅。"

胖巡警撇撇嘴，"就靠咱们每年定额的1.2分？别做梦了！想升级，除非学六队的吴驰，抓个小偷都硬说成反抗分子往死里整，亲爹亲妈刚有一点异痕征兆，直接就交纪律宪兵了。唉，想想这人我就觉得恶心……"

瘦巡警忙抬手拦住胖巡警，指了指监视器低声说："慎重，慎重啊，那个监视器看着是待机，可敏感词激活没准开着，安全第一。"

胖巡警忙捂住嘴，上下打量好几圈，小声招呼道："对，对，走,查下一片去。"

两架机车呼啸而去,唐毅从夹缝钻出来时已是汗流浃背,能量转换器周围的温度足有50多度,能蒙混红外扫描,但也差点把他烤出油来。唐毅一边擦汗,一边抽着鼻子闻烤肉味。就在这时,会场上一阵山呼海啸,总督终于隆重登场。

作为地球联合共荣体系第13都市圈的第五任统治者,总督的名字很和善——黄为民。淡定的神情,华美的衣着,无不彰显着身居高位者的气度,额头上的进化水晶细如星屑,却散发着圣洁的光晕,让他看起来恍若古画中的天使。

人类管理系统开启了所有公共影音频道,让黄总督的致辞响彻都市圈每一个角落:"今年,是地球和平共荣20周年,是人类告别旧时代,迈向进化时代的第20年,在这神圣的时刻,我们必须用虔诚的心回望过去,把握现在,展望未来。

"过去,在无质生命的指引下,我们看到了向高阶生命体进化的希望;在共荣政府的守护下,我们抵御了陈旧势力的野蛮反攻;在民众共同努力下,我们建立了正确稳定的社会秩序。

"现在,第13都市圈已晋升至108都市圈中的第三核心,人口突破3 000万,荣誉积分总值达到10亿,能源储备与矿物采集仅次于第57都市圈,科研能力更是独领风骚。

"未来,我们要继续努力奋斗,创造价值,获取荣誉,争取更多无质生命赐予的进化资格,早日成为无质生命的同行者,建立突破星系的高级文明,创造永生不灭的伊甸园……"

权贵们虚假的笑容让唐毅有点反胃,民众们狂热的欢呼更让他起了一身鸡皮疙瘩，熬了十几分钟，黄总督才终于用一句经典范文结束了致辞："往昔已远去，未来在召唤！让我们携手前行，共创辉煌！"

权贵行躬身礼，民众行跪拜礼，天上地下响彻着羊群的祷告："赞美无质生命！感恩伟大总督！"

"砰！"烟花在镜头前炸出绚烂的花朵，吓得哎呦吼一哆嗦。

天色未央，火药燃烧的流光璀璨绽放，如肆意飞散的花雨，似闪烁流淌的流苏，缀满墨蓝与莲青交织的天空，令刚刚显露的环月与星河黯然失色。不论是镭射光效，还是虚拟粒子渲染，都无法替代原始烟火的美丽，更无法取代它在人们心中的意义，那有些呛鼻的味道，透着某种令人怀念的欢喜。陷入花丛的哎呦吼旋转穿梭，完全没了最初的惊诧，开心到忘乎所以。

光影炸裂最绚烂的时刻，三道炙热的红线突然闪现，带着刺耳的尖啸，从不同的方向撕开了和平的图卷。震耳欲聋的炸裂声中，主席台的防护罩被一击洞穿，弹头直指黄总督的头颅。

可惜，没有血肉横飞，也没有脑浆迸裂，超合金梭形弹头刚碰触到进化水晶散发的光晕就莫名其妙地停在了空中，瞬间分解为最原始的金属元素，如雾气般飘散。直到此时，暴烈的枪声才传到近前。

人群瞬间陷入寂静，不知是谁失声惊呼起来："是，是至律力场！有刺客！"

台上的近身保镖举起防护盾，迅速将黄总督包围起来，台下的卫队抬起枪口指向人群，防卫兵团立刻扑向狙击枪响的位置。黄总督见怪不怪，没有丝毫惊慌，在保镖的掩护下不紧不慢地向后台撤离，甚至还有闲暇掸了掸衣摆上并不存在的灰尘。

就在这时，陡变再生，右侧第二辆表演彩车上的那群杂技演员突然变魔术般扛出十几架冲击钻发射器，没等身形站定便毫不犹豫地按下了发射钮。改装过的弹头以突破界限三倍的冲力瞬间突破音障，发射人员在音爆声中炸成团团血雾，将锥形云染出一片殷红。

冲击钻头狠狠撞在至律力场上，弹头高速旋转发出的噪声撕扯着耳膜，让人牙根发酸；可惜，这恐怖的冲击旋转力还是被抵消了，百倍重力压缩的高密物质钻头解体粉碎，转眼分解为细微粉尘。十几发冲击钻足以凿毁数架重装机兵，但面对这层光幕，粉身碎骨的代价也只是将黄总督的八名贴身保镖震成了碎末。

护卫队涌上礼台，用便携装甲聚拢成坚实的保护圈，黄总督抚摸着额头上的水晶，冷哼一声，淡淡地对卫队长说了一句话："杀了吧。"

无须甄别到底是无辜的演员还是刺客，格杀勿论是最安全高效的手段，接到指令的纪律宪兵，不敢有丝毫延误，立刻向表演队伍发起清剿。停满彩车的中央大街瞬间变成血色地狱，死亡之花狰狞盛开，无数人倒在血泊中，有挣扎求生的舞者，有怒吼反抗的艺人，有惊恐瘫倒的演员，还有举着花束茫然无措的少男少女。车辆燃烧的火光中，叫喊声、惨叫声、咒骂声混成一团，仿佛冥界大门打开时的刺耳杂音。

这一边是惨烈的屠杀，另一边是寂静的顺驯。新闻署的摄像器材全部停机，所有观礼民众在防卫兵团的枪口下转身退场，没有人回头,甚至连呼吸都放轻了许多。

一切都被哎呦吼完整记录下来,同步传递到了唐毅眼前,尽管血腥场面都被滤镜自动模糊处理了,可唐毅仍觉得一阵阵窒息。他抬起冰凉的手,想关闭影像投射,却突然转向,捂住了耳朵。

骤然响起的耳鸣声仿佛无数片指甲在刮玻璃,又好像放大千万倍的电波杂音,令唐毅头疼欲裂。这种幻听原本因为坚持服药已经很少出现,但今天却不知为何突然发作了。

杀戮在蔓延,耳鸣在减缓,广场外围某座别墅三层突然光芒爆闪,一道炙白光柱横空乍现,可怕的亮度几乎将人们的视网膜灼穿,能量强度甚至引发了气流旋涡。

G粒子集束炮,粒子属性介于中性粒子与荷电粒子之间,不受外部磁场影响,极大减少威力随距离下降的扩散效应,能量强度超过荷电粒子聚变炮3倍以上,不久前才列装军方陆行战列舰,是现下最强陆地战术兵器。

粒子束在力场上精准照射出一个直径70厘米的圆点,能量光团如肥皂泡般不断膨胀破裂,开水沸腾似的巨大哨音震耳欲聋。热能扩展下,黄总督的卫队伴着偌大的礼台被瞬间气化。没等人们捂住耳朵,能量强度已突破阈值,骤然爆发,空气震荡将百米之内的人全部掀翻在地。视觉上的漫长,在现实中不过只是1.7秒,此刻,随着最高警报从四周地下设施升起的重装机兵刚刚露出肩膀。

惊天动地的轰击再次证明了无质生命的超限能量如何无可匹敌,展示着被赐予进化水晶的人是多么幸运。滚烫的飓风余波中，黄总督头发都没有乱上一丝，他看了看远处集束炮过载熔解引起的大火，微微一笑，似乎在嘲笑刺杀者的痴心妄想。

笑容还未完全绽开，一道人影从黄总督背后悄然升起。在人们闪烁着光斑的视野中，在唐毅骤然停止的呼吸里，人影抬起泛着诡异红光的右手，探向坚不可摧的至律力场，在某个点上轻轻一触。之前的一切无用功似乎都是在为这一刻铺垫，红蓝两色光芒骤然相融，形成绚丽光斑，恍若水彩晕染的旋涡，手从旋涡中心轻轻穿过，无声无息地划过黄总督的脖颈。

黄总督突然觉得颈部有些温热，伸手去摸，发现有一丝鲜血，他想大叫，可喉咙刚一用力，脖颈便错裂开来。头颅凝固着不可置信的表情跌落在地，弹了两下，滚到一旁，眨了几下眼睛，身躯晃了晃，在冲天而起的鲜血喷泉中直直栽倒。血雨还未来得及洒落在高温结晶化的地面，刺客猛一挥手，在骤然爆发的强光中消失无踪。

当监视器恢复视界，当人们捂着红肿的双眼重新望去，跪在地上的无头尸体还在抽搐，头颅上那象征不死不灭的水晶已化为光粒消散，只留下一个血洞。现场鸦雀无声，十几秒后，不知谁咳嗽了一声，人群才突然水入滚油般骚乱起来，死寂变为喧嚣，逐渐向后扩散。

总督被斩首了！至律力场被突破了！这不应该！这不可能！被选来观看表演的都是上三等民众里最虔诚的代表，他们无法接受眼前的现实，纷纷不可置信地向后退却，试图逃离不真实的幻境。随着第一个崩溃者的尖叫声响起，恐慌彻底爆发，人群四散奔逃，拥挤践踏，广场上乱成一团。

唐毅没关注投影中的乱象，正盯着哎呦吼传回的一组数据发愣。刺客出现的时间太短，动作太快，近处的监控设施早被袭击炸毁，远处重装机兵也来不及锁定，但距离现场只有几十米的哎呦吼不但拍下了刺杀过程，还自动对刺客进行了身体结构扫描，虽然因面具遮挡没有获取脸部信息，但数据已足够构建节点特征模型。

如果唐毅把数据交给官方，一定会获得巨额荣誉积分，可唐毅对积分毫无兴趣，在他看来，刻意去追求积分的人，不是傻就是坏，自己如果真拿数据去换分，十之八九会被姐姐判定为败坏门风，来上一顿家法。当然，对于一个立志成为英雄的少年来说，家法不足为惧，只是古语有云"挨揍事小，丢脸事大"，没必要非跟屁股过不去……

唐毅只胡思乱想了几秒，人类管理系统便已封闭了城区闸门，无数浮空艇和单兵悬浮机车开始穿梭搜索，所有监控设施启动最大功率扫描，所有休眠维护的监视设备也开始自检，准备强行启动。唐毅连忙召回哎呦吼，沿来时的路线逃离大楼，混进街上的人群。

A环区12个分区全部封锁，各种型号的机甲和上百架重装机兵将出入路径围得水泄不通，防卫兵团、纪律宪兵、镇暴警察全体出动，开始地毯式搜索。相邻的B环区也开始查验民众身份芯片，回溯行动轨迹，逐个建筑排查可疑人员。

作为未成年人，唐毅后颈椎还没有植入身份芯片，只需查验手臂上的身份识别码，他的识别码等级为三等，又是一个样貌可爱的少年，安检人员自然没兴趣为难他，哎呦吼伪装的气浪滑板也没有引起怀疑。

经过数道检查,唐毅终于进入 C2 区。因为戒严,街上很冷清,长长的自动人行道上除了唐毅,只有零星几个民众,片刻就四散进了各处街巷。

哎呦吼从背包里探出半边脑袋,全方位扫描仪的指示灯闪烁了几下,确定四周无人,便觍着脸说:"老大,我超额完成了任务,是不是应该论功行赏,以儆效尤啊?上次你没收的那些街拍小姐姐视频可以还我了吧?"

唐毅叹了口气,回道:"以儆效尤这个词用在这里,你就没觉得别扭?"

哎呦吼检索了一下词库,眨巴着眼改正道:"确实不合适,那要不……杀一儆百!"

这个词让唐毅脑中刚刚淡化的负面情绪又翻涌起来,他忙深呼吸平复了一下,正要抬手关掉哎呦吼的自主权限,哎呦吼突然杀猪般叫了起来:"老大!2 点钟方向 142 米,全方位扫描发现漏网之鱼,是刚才那个昙花一现!这家伙生命指数连 3 都不到啊,是不是要得道升天了?"

这波胡说八道说的主语,难道是刚才那个刺客?唐毅一愣,不自觉地从自动人行道上迈了下来。健康成年男性生命体征指数通常在 50 到 60 之间,生命指数为 3 是什么概念?哎呦吼的词库里有个词可以完美解释——命悬一线。

好奇心在这一刻变出无数猫爪子,使劲挠着唐毅的痒痒肉,还不断喵喵地蛊惑他:"瞻仰活蹦乱跳的杀手,肯定有生命危险,围观死狗一样的刺客,被咬的概率应该不高,万一那人临死塞给你一块秘密芯片,传给你一点神奇力量,那你当英雄的梦想还不是分分钟实现……"

唐毅终究没能克制好奇心的蛊惑,让哎呦吼锁定目标,屁颠屁颠地跑了过去。

两楼之间这条清运夹道极不起眼,乍一看很像楼体框架的阴影,巷口还被娱乐机构的全息美女广告挡住了,若非哎呦吼的全方位扫描仪一直开着,只凭光学镜头很难发现。

夹道很长,光线十分昏暗,仅有的紧急通道指示灯幽幽闪烁着,给所有景物蒙上了一层惨绿的朦胧滤镜。垃圾分类系统的传输带缓缓滚动,压缩垃圾块在墙上投射出片片阴影,阴影斜角一次次划过墙上老旧的监视器,执着地切割着早已断裂的电源线。狭窄的检修步道上散落着许多杂物,掀翻的下水道口旁隐约趴着个人,姿势很扭曲,像极了随手乱扔的抹布。

唐毅看到如此阴森森的场面,不禁后颈有些发凉,正默默给自己壮胆,哎呦吼又开腔了:"老大,别怕!置之死地而后生,你不入地狱谁入地狱,冲啊……"

唐毅抬手就关了他的语音,硬着头皮慢慢走进去,半晌才蹭到近前。他从垃圾块里抽出一根塑料棍,后腿弓,前腿蹲,摆好随时能跑的姿势,抻着胳膊轻轻捅了捅那个人,等了十几秒,见没什么反应,才壮起胆子凑到跟前。

刺客在轻微抽搐,似乎忍受着剧烈的疼痛,哎呦吼启动人体扫描,却发现他并没有受伤,只是身体超负荷透支,各项数值都低到了濒死极限。唐毅不会急救,但也知道保持呼吸通畅肯定不会错,他犹豫了一下,轻轻掀开了刺客的全覆面罩。

刺客脸上涂满了黑色吸光油彩,还混杂着各种污渍,昏暗中根本看不出模样。一阵浓烈的恶臭扑面而来,差点把唐毅熏晕过去,他这才明白,原来凭空浮现和闪光消失都是障眼法,瞬间移动的真相是钻下水道啊……

唐毅捂着鼻子后退半步,考虑着是不是该就此拜别,却突然看到刺客的嘴唇轻轻嚅动了几下,似乎还没打算咽气。唐毅犹豫了一下,取出背包里的水壶,倒了半杯水灌下去,见刺客竟然还有吞咽能力,便又摸出一根高热食品棒挤进他嘴里。

奇迹不需要逻辑,刺客的生命指数缓缓涨到了 5。眼见如此,唐毅干脆把背包侧兜里十几根食品棒一股脑给他灌了下去,这些味道甜腻的合成食品能迅速补充大量热量,是前几天学校体验活动发的,本想过些天送给"四月"那丫头,这下半点都没剩下。

眼见刺客的生命体征指数慢慢涨到 11,唐毅长出一口气,扭了扭脖子,视线掠过刺客翻转过来的右手,突然定住了。这是一只十分拟真的古怪义肢,纳米组织构成的皮肤和肌肉破损得惨不忍睹,不明金属材质的骨骼隐隐闪着乌光,掌心位置一颗米粒大小的晶体泛着淡淡的红光,散播出无数微弱的光纤镶入肌理纹路。

唐毅揉揉眼睛,差点跳起来,他用膝盖想都知道,这应该就是刺客突破至律力场的力量根源!不到一秒的时间,好奇心就再次说服了唐毅:"救人一命既然能胜造什么浮屠,那观赏一下这新鲜玩意,顺便让哎呦吼扫描一下绝对不算过分。"

唐毅抓起义肢,摸一摸,暖暖的,敲一敲,脆脆的,正打算让哎呦吼开工,那手掌突然一翻,捏住了他的脖子。唐毅的脸瞬间涨成了酱紫色,在喉咙和气管被捏碎前,他拼尽全力从嗓子眼挤出了几个字:"我救了你啊!"

言简意赅命久长,废话连篇死得快,唐毅但凡多说一个字,他的脖子就已经向后弯曲180度了。趁着刺客一顿,哎呦吼锃亮的大饼脸狠狠拍在那手腕上,帮唐毅逃出生天。

哎呦吼摔在地上打了两个滚,撅着屁股飘起来,瞪着眼睛挡在唐毅面前,要不是语音系统被关了,他绝对会给自己配上一段虎啸龙吟烘托出场气氛。

刺客跌倒在地,似乎耗尽了刚积攒的所有力量,连手指都抬不起来,他看看一地的热能棒包装,又看看唐毅,眼神中有疑惑,有警惕,还有点尴尬。

唐毅捂着脖子,狠狠瞪着这个恩将仇报的王八蛋,恨不得跳起来给他几脚,却又没这个胆子。

昏暗的巷子里,三对眼睛互瞪了足足十几秒,一个不能说话,一个不想说话,一个不敢说话,气氛很有些荒诞。

单兵悬浮机车的引擎声打断了土八看绿豆的戏码,巷口隐隐传来一阵话语声:

"垃圾运输系统的夹道没必要查了吧?"

"慎重啊,起码看一眼,万一任务核查说搜查范围有空白,那不倒霉了。"

"好，好，那就看看。"

"安全第一，当心有变异老鼠，记得据枪警戒。"

声音听着耳熟，好像是方才天台上的胖瘦二人组。

唐毅并不打算呼救，在姐姐教给他的计算模式中，把生命寄托于他人极低概率的善良，是十分愚蠢的。召唤巡警抓捕刺客未必能撇清自己，为侵吞奖励而被人家当同党就地枪毙倒是概率很高，当下安全的方法是立刻跳上垃圾传送带，躲在垃圾压缩块之间，滚进垃圾系统地下入口……

"小鬼，快走！"刺客勉强撑起身子，用尽全力将唐毅推向另一侧巷口，左手拔出腰间的军刀，准备拼死一搏。

唐毅有些意外，他看看刺客，又看看巷口，叹了口气，"算了，小爷我大度，再救你一次吧。"没等刺客明白过来，唐毅一头将他拱翻，摔进垃圾传输带，随后夹起哎呦吼冲向巷口，惊慌失措地喊着："救命啊，有老鼠！好大好大！站起来比我还高！"

胖巡警刚从广告光幕旁探出脑袋，一听这话，忙拉着唐毅往外退，嘴里大骂："妈的，肯定是下水道隔离网又被变异老鼠钻破了，赶紧报告维护中心！"瘦巡警举枪退回机车旁，小心戒备着开始呼叫。

刺客蜷缩在压缩垃圾块中间，没来得及琢磨清楚到底怎么回事，就被传输带倒进了垃圾系统地下入口。

2. 砂　砾

接受了 7 次身份识别和扫描检查，唐毅终于在天黑前回到了家。科研中心居住区西区 34 号，上下两层的独栋住宅，很安静，也很冷清。

唐毅看着色香俱全的饭菜，并没有什么胃口，可管家老铁在旁边监督，不吃就会报告姐姐申请家法，他只好硬往下咽。这时候唐毅才觉得合成食物也挺好，虽然无趣，但省时省力。

老铁的最新造型很简约，模仿了当下最流行的第四代智能管家，修长的人形合金框架，仿生软塑外壳，除了眼睛是绿色的，全身上下再没有一丝多余的色彩，单调到令人乏味。

唐毅终于吃完了，边打嗝边冲老铁比画空碗，"老铁，你下次能不能少放胡萝卜和青椒，我实在不喜欢吃，哪怕来点合成食物也好啊！"

老铁的光头摇得像拨浪鼓，"小少爷啊，唐家家规第 8 项第 5 条，严禁食用合成食品。食谱是大小姐专门为你制定的，荤素比例均衡，你不喜欢吃可以抗议，但抗议肯定无效，大小姐那么辛苦才让咱家享受上全自然食材配给，这都是为了……"

唐毅撇了撇嘴，"是，是，都是为了我好，可姐姐总不回来吃饭，你和哎呦吼又不用吃，我一个人吃有什么意思？你知不知道饭要人多吃起来才香……算了，你确实不知道。"

老铁咧开嘴，给了唐毅一个难看的微笑，"最近研究项目到了关键阶段，大小姐作为项目主管非常繁忙，过段时间就好了。根据我的计算，她明天有25%的可能会回来，小少爷你可不要再卡着归家时限，这么晚才回来了。"

"小少爷和大小姐这种古代称呼也太土气了，你总说改也不见改！还有你的演算概率，就从来没靠谱过。过段时间，过段时间，都过了好几段了，少在这忽悠我！"唐毅越说越烦躁，站起身就要回自己的房间。

老铁一把拽住他，"不忽悠，绝不忽悠，后天的概率有43%呢，这够可以了吧。小少爷你该吃药了，来，一点也不苦，吃完再吃个苹果……哎，发现不明信号，逆向冲击……刚才说到哪了，对了，多吃苹果不容易便秘，不便秘就不容易有火气……"

唐毅对如此不走心的忽悠实在无语，翻了老铁一个白眼，接过4片灰色药片，含着水仰头吞下去，三口两口啃完苹果，上楼回到自己的房间，使劲摔上了门。

窗外隐隐传来一阵靡靡之音，隔壁的单身大龄宅女叶清又在花园用等比全息投影看泡沫剧了。唐毅脑袋依旧有些刺痛，没有趴在窗台上吐槽狗血剧情的兴致，让哎呦吼去剪辑演出视频，自己则弹出腕部智脑的光屏，调出联系列表，准备联系"四月"，显摆吹嘘一番，可惜小丫头依旧不在线，他只好去打游戏杀时间。

药效终于开始发散，头痛缓解，情绪逐渐平复，挥之不去的血腥场景也在慢慢淡化消散，唐毅终于停止了抠弄指甲的动作，玩着玩着游戏就趴在桌子上睡着了。老铁进来将他抱上床时，他有些惊厥，打了好几个哆嗦，紧紧蜷起了身子。

太阳照常升起，闹钟吵醒了晨曦，唐毅一巴掌拍倒了唱《早起歌》的哎呦吼，想倒头再赖会床，却被老铁用水汽喷雾和自动牙刷一顿提神醒脑，押到了餐厅。喝着熬出米油的小米粥，嚼着火候刚好的煎蛋，戳着没滋没味的黄瓜片，听着老铁对出行安全的啰唆，周一的清晨依旧如此无趣，唐毅的脑压终于在日常乏味中完全恢复了正常。

路上依旧车水马龙，人们仍然行色匆匆，各城区闸门和车站都加派了巡警，纪律宪兵比平时多了一倍，不时有车队载满全副武装的士兵呼啸而过，主要路口都在更换新型监视器，破解难度似乎很高。前面的异痕检查站起了一场小骚乱，听路人议论，是新增的深度透视扫描仪发现了隐匿的异痕病人。

异痕是异化综合征的特殊痕迹，位置不固定，多是十字形裂伤。人类规划局对异化综合征的说明为——地球磁场混乱引发的高危生物疾病，初期症状为头痛、幻听，接下来会情绪失控、思维混乱，继而身体机能异变，皮肤和肌肉出现十字形裂伤，最后会失去理智，暴力袭击他人，最终身体爆燃溶解。为了民众的安全，政府设立了无数检查站随机抽查，及早发现，及早处理。唐毅每天服用姐如调配的基因药物，据说就是为了预防这种疾病。

今天出门有些晚，唐毅没有看热闹的闲工夫，踩着伪装成气浪滑板的哎呦吼，一路飞驰，终于在闭门铃响起前冲进了学校大门。机械校警一丝不苟地执行着监督程序，拦住了想蒙混过关的唐毅，将他推进礼拜队列，唐毅只好老老实实地向无质生命雕像三叩九拜，然后才揉着膝盖走进教室。

"唐毅，昨天你看庆典转播了没？刚播到放烟花就没了，是不是奇怪？告诉你啊，出事了，出大事了！"唐毅还没坐稳，王大志就从后排颠了过来，眼睛里明晃晃地闪着四个大字——快来问我。

作为C2区安全委员的儿子，王大志一点也没给官二代争气，他爸爸求神拜佛把他塞进科研中心附属学校，结果他成绩十分稳定，稳居倒数第一，体重却日益进步，勇夺全校魁首。唐毅自幼便赞同姐姐的观点，不与蠢人做朋友，所以他在学校没什么朋友，王大志很笨，但不蠢，对进化和积分没半分兴趣，于是他成了唐毅在学校唯一的朋友。

"有话赶紧说，我肯定不会问。"唐毅打着哈欠，对大事毫无兴趣。

王大志也不矜持，立刻连比带画地说："内部消息啊，据说是反抗组织发动了恐怖袭击，动用了十几支冲击钻，还引爆了一座粒子炮台。军方出动了好多机甲，甚至还有重装机兵，我老爸跟我视频的时候，后面就是一架近战型K18……"

班花安吉正好路过，哼了一声，讽刺道："这算什么内部消息，我妈妈昨天晚上就知道了，你也好意思到处显摆？视频里看到重装机兵有什么了不起，我爸爸还带我摸过呢。"她今天穿着白色蕾丝连衣裙，像极了画本里的小公主。性格嘛，依旧傲娇得很不可爱！

王大志拿鼻孔瞪了她一眼，嫌弃地摆着手，"我们又没跟你说话,赶紧找你那粉丝团,聊你那偶像哥哥去。昨天吵完的时候我可说了,谁先跟谁说话谁就是臭屁!"

安吉闻听宿敌挑衅,顿时公主变夜叉,掐着腰怒道:"谁跟你说话了!你说谁臭屁!昨天放学你又说了我忠君哥哥的坏话,哪里就算吵完了!有本事你再说一遍!"

"再说一遍就再说一遍,那个林忠君靠举报其他歌手加分拿奖,不是臭屁是什么。"

"忠君哥哥抵制不当言论,捍卫社会和谐,他获得'好男儿选秀特别奖'是理所应当的。你羡慕嫉妒恨,你思想觉悟有问题!"

"那个娘娘腔不男不女,除了唱赞歌、拍马屁,别的什么都不会,他算什么好男儿!"

"矮冬瓜!臭胖子!忠君哥哥比你厉害一万倍!"

"啊呸,脸皮比我厚了一万倍吧。"

唐毅看着两人每天必演的幼稚戏码,用掏耳朵排遣着"池鱼"的无奈。他真的不能理解,一个这么没营养的话题,怎么就值得吵上一个月?不无聊吗?

两个熊孩子吵架很无聊,今天的课程更无聊。学校这个传授知识的机构,如今最大的存在价值竟然是思想形态灌输,实在有些可悲。

教授思想课的刘豫先生是 13 都市圈最具声望的教育家,也是官方授权的本校政教总督导。刘豫先生脸上总挂着慈祥的笑容,嘴角弯起的角度和无质生命雕像丝毫不差,但是没人敢在他面前放肆，因为考试不及格，家里就会被扣荣誉积分，上课敢捣乱，纪律宪兵就会上门惩戒。

刘豫先生讲课总是令人振聋发聩："孩子们，暴力是人性基因中的原罪，人类文明被其束缚引导，不断发起战争，一步步走向灭亡，直到无质生命降临，才迎来了改变的契机。是无质生命遏制了人类发动战争的能力，是无质生命清洗了人类充满野心的团体，是无质生命改写了人类沉沦罪恶的基因！啊，赞美无质生命！"

"赞美无质生命！"全班同学起立，双手捧在胸前，在刘豫先生的带领下虔诚感恩。唐毅行着礼，心中却想起了姐姐早就说过的一句话："将强大的外星生命封神称圣，装扮为宗教巩固统治，不过是自欺欺人的愚民把戏。"

刘豫先生对大家的表现很满意，挥手让大家落座，继续讲课：

"人类要进化，就必须学会忏悔反思。我们今天重点回顾一下改变人类历史的起源之年，从内心深处加强理解。

"22年前，穿行宇宙的无质生命来到地球。目睹了人类的堕落与罪恶之后，无质生命准备赐予人类新的进化方式来拯救人类，可旧世纪人类却出于暴力本能，悍然发起战争，使用了无数毁灭性战略武器，试图伤害无质生命，结果在至律力场下自食恶果。

"这场史称'天火'的灾难给人类带来近三十亿死亡，给地球造成了巨大创伤，引发了长达数年的冲击之冬。当我们历经寒冷黑暗，绝望无助的时候，仁慈的无质生命再次对我们伸出了援手。他们驱散冲击云层，帮助我们建造都市圈，开发地热能源，重塑文明秩序,建立共荣体系,给人类带来了新生的希望。啊,赞美无质生命!"

全班再次起立,虔诚行礼。

黑白颠倒的可笑历史不断增加着唐毅的表演难度,他需要很努力才能忍住嘲讽吐槽的冲动,此时他才觉得,"无知是福"这句混账话其实也有几分道理。

与刘豫先生这番"官方修订版"相比,唐毅更相信姐姐讲述的历史:22年前,无质生命侵攻地球,以压倒性力量覆灭月球星舰基地,又以108座天启城降下冲击毁掉了半个地球的军事力量,人类集结的上千万反攻军队在他们神奇的力场下不堪一击,如果不是冲击尘引发的寒冬停滞了无质生命的杀戮扩张,人类只怕已经灭亡了。冲击之冬结束后建立的各个都市圈以及共荣体系,不过是从狩猎到畜牧的统治手段转换。

刘豫先生继续引申旧世纪人类的贪婪罪恶,痛斥反抗者的愚昧无知,随后又为大家稳固着最根本的知识点:

"我们必须对自己的社会地位有正确认识。人分三六九等,这个常识大家从一年级就学过:所有都市圈民众按荣誉积分划分为九个阶层,每10分为一个等级,0到60分为下六等,60到90分为上三等。每个阶层都有相应的物质资源配给和精神享受待遇,想提升等级,就必须通过工作积累、贡献奖励、功勋转换等形式获取荣誉积分。

"每年审判日来临时,90分以上的忠诚者将被无质生命赐予永生,移居衍生塔,分数最低的百分之一人群,将被献祭给无质生命，回归自然。

"升华还是沉沦，重点是什么？是忠诚！是努力！是用雪亮的眼睛和智慧的头脑，自觉自愿地维护和平！孩子们，不要辜负无质生命的恩赐，不要浪费宝贵的人生……"

本年度审判日即将到来，刘豫先生的思想教育加强得很及时，孩子们的世界观和价值观又有了进一步的稳固。

熬过思想课，接下来是物理课，唐毅终于可以松口气了。物理课不需要不断起立感恩，虽然课程都是5岁时姐姐就教过的初级知识，但王老师讲得生动有趣，权当娱乐也值得听听。

课上到一半，教室门突然被推开，门外的纪律宪兵穿着乌黑的长款制服，配上尖檐钢盔，看起来如同一群报丧的乌鸦。领头的士官扫了一眼孩子们，垂下枪口，对王老师冷冷地说："根据举报调查，你涉嫌传播谣言、恶意污蔑无质生命及共荣政府、同情反抗分子等7项罪名。是你自己出来，还是我们进去？"唐毅坐在第一排，视角恰好能看到宪兵队列后的刘豫先生，他脸上依旧挂着微笑，款式却从虚伪换成了贪婪。

王老师收起教案，对大家笑了笑，说："孩子们，今天的课就上到这里吧，以后也一定要好好学习物理，不要被谎言蒙蔽了眼睛。再见了。"然后从容地走出门外。

教室门自动合拢，闭合之前，唐毅透过缝隙看到的最后一幕是纪律宪兵给王老师扣上了拘禁头套和磁力锁套。他知道，王老师不会再回来了，就如同被带走的很多人一样。再见，就是再也不见。

人类管理系统无处不在，除了监控与扫描还包括对所有人的信息收集、行为轨迹记录、危害风险评估，但是，不管如何严密的系统总有漏洞可钻，有能力黑掉监控或躲避扫描的大有人在。荣誉积分制度最大限度补完了疏漏，诱人的奖励和残酷的惩罚侵蚀着人们的行为模式，慢慢深入骨髓，将民众变成驯顺的家畜。在系统与制度双重控制下，所有反抗意识都会在整个社会的碾压中粉身碎骨。

某本古代禁书中有一句话，"你在凝视深渊时，深渊也在凝视你"，听起来有些恐怖，但现实是"你看不见深渊，深渊却一直凝视着你"，这才令人不寒而栗。

唐毅觉得胸口很闷，他很想呐喊发泄，却又清楚自己必须克制忍耐。这种纠结令脑压一再攀升，唐毅努力想通过自我催眠和跳跃思维来分散注意，缓解不适，可效果并不好。

第二天，官方通报姗姗来迟却终究还是来了："和平共荣20周年庆典上，反抗组织制造了令人发指的恐怖袭击，疯狂屠杀上千平民。伟大的领路人、崇高的指引者、无质生命代言人黄总督，无私地用至律力场保护民众，自己不幸被弹片击中……"

今天思想课的主题是哀悼伟大总督。在刘豫先生带领下，全班同学哭得声泪俱下，连演技最差的王人志都掐着大腿一把鼻涕一把泪。心理学上说，哭可以宣泄情绪，但今天这场哭，并没有让唐毅的情绪缓解。

放学后，唐毅没有和王大志去玩新款脑波游戏，而是独自坐上了环城高速列车。列车在透明封闭通道中飞驰，驶出C环区科技园，穿过满是商业区块的 D 环区、遍布娱乐机构的 E 环区、工厂林立的 F 环区、塞满原料处理线的 G 环区。一小时之后，接受了层层检查，唐毅来到了 H8 农牧区的原野上。

球形培养槽层层叠叠铺满大地，收获台车穿梭其间，异常繁忙。槽中的复合作物饱含碳水化合物和蛋白质，简单加工就可以制成高热食品，不但能迅速充饥，还能促进人体发育，缩短妊娠周期，是下六等民众的标配口粮。

立体牧场里的合成肉类也在催化机不间断的喷洒下快速增殖，工人驾驶收割机，用螺旋桨式收割刀不断收割溢出框架的肉块，通过传输带送往加工区域固化塑形。这些合成肉肥瘦相间，色泽鲜亮，有安定情绪、增强体质的作用。

每次看到这幅场景，唐毅总会觉得，这些看起来很像食品的"科学产物"似乎更像饲料。

唐毅不是来吐槽科技伦理的，而是来找人的。除了王大志，他唯一的好朋友就是四月，这个丫头的家就在这个农场。

第八等居民没有姓名权，通常以官方序列号为名称，四月的序列号是 H8W258794，"四月"是乳名，也是小丫头和唐毅在网络初遇时，伪造网络身份为她妈妈买药的 ID 名。四月天分很高，去年智商测试本已够格进人类规划局培训学校，可惜被顶替了名额，只能今年审判日后再碰运气。

十天前，两人虚拟聊天时说起庆典表演，唐毅想着下六等民众连转播都不允许观看，便说要偷录一份全息影像给四月，可四月不但没接受好意，还说他盲目冲动，结果两人大吵一架，不欢而散。直到今天，四月都没再上线。

"哼，说什么觉得危险，其实就是小看我。"唐毅想起来就不开心，边走边嘀咕，差点撞在住宅区的隔离栏杆上。他内心很清楚却又不想承认，自从四月的赛博攻击模拟对抗刷了他个7比0，他就一直觉得没面子，这次争吵多少有点借题发挥。

八级民众住宅区拥挤狭窄，仿佛无数火柴盒拼凑搭建的重复模型，如果不是唐毅记忆力好，早就迷路了。沿传送坡道上行时，唐毅想好了，见面时趁敌不备让哎呦吼突然投射表演影像，待四月目瞪口呆后顺势原谅她，以展现唐大英雄的厉害与大度。

"咚咚咚。"

敲完门，唐毅突然想起吵架时自己那句"我带你见识一下什么叫艺术"带着浓浓的等级优越感，四月生气也有些道理，于是他决定见面先说个笑话缓解下气氛。

"咚咚咚。"

再敲一遍，唐毅觉得说笑话不够诚恳，自己那句"名额被顶替都不敢申诉的胆小鬼"很刻薄，应该正经道个歉。

"咚咚咚。"

敲第三遍，唐毅焦躁了，担心最后那句"谁先跟谁说话谁就是臭屁"四月是不是当真了。自己学什么不好，竟然学了王大志怼安吉的专用词组，当真是作得一手好死。这么看来，把微型智脑送四月赔罪，都未必能善了……

没等唐毅敲第四遍，隔壁的门开了。之前见过两次的大婶探头出来,冲唐毅挥挥手,"别敲了,家里没人。"

唐毅有些纳闷:"四月今天应该只上半天工吧,农场现在是检修时段,她爸妈也应该在家啊。"

大婶咬着半块合成蛋白饼,边吃边说:"都不在,好些天没见他们家的人了。"

"啊?他们去哪了?"唐毅十分惊诧,连忙追问。

大婶知道的也不多,"不清楚,最近有十几家人都是这样,不知道去哪了。"

"人就这么不见了?人类管理系统都不管的?"

"监工没提,纪律宪兵也没发逃亡通缉,也许是紧急调去什么地方赶工了吧。哦,对了,今天楼上的小草丫头和那个谁家的小子也不见了,这次倒是有宪兵来搜查通缉……"

"小草?"

"是啊,就今天早上的事,你说这孩子……"

没等大婶说完,屋里的男人没好气地吼了一句:"瞎聊什么,赶紧吃饭,忘了上次多嘴多舌被拉去电击了!"

大婶的手抖了一下,冲唐毅讪讪地笑了笑,忙关门回去了。

唐毅记得那个叫小草的女孩。她和四月从小一起长大,又是同一工组,今年刚满16岁,很瘦,笑起来很温柔。她偷偷种了一棵野山楂树,想做出传说中的冰糖葫芦,可那山楂果变异得又小又硬,把她自己和四月酸得龇牙咧嘴……

唐毅想起野山楂的味道，便更想念四月，想念她枯黄的头发、瘦弱的胳膊、吵架时呲出的虎牙、畅想未来时眼中的光芒，待回过神时，天色墨蓝，夕阳西斜。

唐毅慢慢往回走，转过街角时，一辆运输车迎面而来，呼啸而过，左侧悬浮轮挡板有一大块残缺，带起的狂风扬了唐毅一脸尘土。唐毅挥起手臂大吼一声，想借机大骂几声脏话发泄情绪，可看着周围人木然的神情，突然觉得很没意思，怏怏作罢。

站了几秒，唐毅转身向车站入口拐去，刚踏上第一级台阶，身后突然传来一声巨响，紧接着枪声骤起，连成一片。等待扫描进站的人群顿时炸了锅，车站前的纪律宪兵立刻举枪驱散人群，升起了电子路障。

警报拉响，交通停滞，闸门闭锁，公示牌滚动发布戒严通告，民众四散奔逃，街上一片混乱。唐毅掂量了一下，觉得自己这小身板如果跟着乱跑，被踩成肉饼的概率太高，便扭头钻到街角垃圾箱后面，静观其变。

隔壁街区升起数道黑烟，不时有流弹和爆炸闪现，唐毅悄悄放出哎呦吼，启动光学迷彩和相位磁场，下达了侦查命令。哎呦吼看热闹从来不嫌事大，虽然对未开放语音和自主权限有些不满，但依旧兴高采烈地打着滚飞向了目标地点。

狭窄的街道上，数辆卡车在熊熊燃烧，防卫兵团的士兵大肆倾泻着火力，试图掩护装甲车撞开这些障碍。火焰另一边是十几个平民衣着的人，一边阻击，一边将路边的车辆和杂物推上街道，建立新的路障。

装甲车发出猛兽般的轰鸣,车头撞角终于撞开卡车组成的火墙,前侧球形悬浮轮刚探过烈焰,车顶的粒子速射炮就咆哮起来。炙热的粒子弹掀翻了临时掩体,将数名反抗分子炸得四分五裂,残尸在高温中凌空燃烧,化成一串橘红色的火雨。

侧面两个反抗分子不退反进,扔出数颗冲击手雷,趁着爆炸烟雾冲出掩体,迎着炮火扑了上来。速射炮横扫而过,当先那个反抗分子的右臂瞬间消失,伤口处的脂肪猛地爆燃起来,他忍着令人发狂的剧痛,嘶吼着继续前冲,却被装甲车侧面的士兵扫中胸腹,栽倒在地。一声巨响,火光冲天,剧烈的爆炸冲击波将装甲车掀得后退了半米,防弹玻璃都碎成了蛛网状。

"这些疯子身上绑着压缩能量块!不能让他们靠近!"作战指挥从装甲车顶窗探出脑袋,抓着通话器声嘶力竭地吼着。未等他因震荡而恍惚的视线恢复聚焦,另一个反抗分子已经从烟雾中冲出来,连滚带爬地扑到装甲车前。

"轰!"装甲车和左右燃烧的卡车都飞上了天,两侧跟进的防卫部队全都被冲击波撕碎,残肢断臂铺了一地,鲜血被瞬间蒸发,只留下片片黑褐色斑块,与各种残骸混合成了抽象零碎的画卷。

在强烈震撼下,后方残存的士兵陷入了混乱,有的在拖拽伤员,有的在盲目射击,有的在疯狂呼叫支援。反抗分子们却没有把握这难得的撤退机会,他们占据街道三个制高点,继续攻击防卫兵团。

士兵们被打得晕头转向,眼看就要溃散。就在这时,后方突然又有两辆装甲车疾驰而来,碾压着地上哀号的伤兵,直接撞飞了拦路的车辆残骸,然后呈V字形停在道路中央,弹出延展装甲板，打开了后方舱门。

重装士兵鱼贯而出，他们身形极为强壮，戴着封闭式作战头盔，披挂了重型动力装甲，还附带有喷气背包等全方位作战设备，各色主副武器更是武装到牙齿，仿若人型战斗机器。

在哎呦吼拉近的镜头中，唐毅看清了这些士兵臂章上的两个小字——机动。想起姐姐的实验视频中这些超级士兵配合做杀伤测试的恐怖力量，他不由得倒吸了一口凉气。

没等唐毅竖起的汗毛倒伏，最后下车的机动部队指挥官挥了挥手，副官对作战指挥仪一声令下，机动战兵们便启动喷气背包，流星般冲向反抗分子的阻击点。

反抗分子根本来不及锁定这些以不规则曲线高速冲刺的目标，就算偶有命中，也不过在装甲上溅射出几朵火花，转眼便被战兵轻易击杀。最后的幸存者是一个穿工装的女孩，她被炸断了一条腿，挣扎着要举枪自尽，却被接到捕俘指令的机动战兵按倒在地。

战斗就这样突兀地结束了，防卫兵团的一名少校见状，跑过来想交涉一下，却被副官拦住了。"有什么事，跟我说。"副官推了推鼻梁上复古样式的全息眼镜，面无表情地拒绝对方靠近。

少校讪讪地说："十分感谢贵部援助，但这次作战是我们防卫兵团负责的，能不能将俘虏交给我，带回去进行审讯。"

副官瞥了他一眼，打开腕部智脑，弹出全息文件模块，滑开一个全息命令书扔了过去，"从现在开始，机动部队对所有围剿反抗军行动拥有最高指挥权、行动权、裁判权。俘虏与你无关，我们会自行处置。"

"齐桓少将？机动司新任司长？"少校看了看文件内容和授权，又探头看了看那位指挥官，十分震惊于对方的年轻，犹豫了一下，不甘地说，"这授权明天才会生效，起码现在……"

副官推了推眼镜，再次打开腕部智脑，操作了几秒，干脆利索地将另一份命令扔给少校，"你被停职了，回去向军规局报到，等待处置。滚！"副官连冷漠都懒得维持，让机动战兵直接将那少校扔到一边。少校狼狈不堪地爬起来，用力捏紧拳头，却终究没有再说什么。

贵为司长的齐桓少将没空理会无谓的琐事，他踱到被俘房的女孩面前，抬了抬军帽帽檐，露出年轻英俊的面容，微笑着说："虽然你们干扰了周围的监控网络，但人类管理系统已经开始筛查锁定本时段出入区域人员的颈部芯片和车辆信息，追捕到运输者只是时间问题。你们的牺牲看起来很悲壮，可惜，没有任何意义。"

女孩咬着牙，默默忍受着断腿的剧痛，没有说话。

齐桓并不在意对方的沉默，眼中满是高高在上的怜悯，继续说道："我欣赏有信仰的人，更欣赏甘愿为信仰牺牲的人，所以我并不打算逼你背叛信仰。我不要人名，也不要地址，你只需要告诉我，你们掩护送走的物资是什么，就可以活下去。"

女孩的伤口大部分被烧焦，但暗红色的血依旧从伤口裂缝中不断涌出，涂满了她身下的地面，她脸色越来越白，却仍一声不吭。

齐桓轻轻拍了拍女孩的头，"你有两个选择，回答我的问题获得重生，或者拒绝我的好意选择死亡，没有其他选项，且只有一次机会。如果你拒绝我的好意,却在他人的刑讯中背叛信仰,那将是对我的侮辱,也会让我感到惋惜。"

女孩沉默了几秒,平静地回答:"生而为人,永不为奴。"声音很轻,没有呐喊,没有咆哮,却带着无法撼动的坚定。

齐桓点点头,"很好,砂砾不会被人铭记,但也有自己的倔强,这很诗意。我尊重你的选择,并愿意帮你免除痛苦,让你的灵魂得到安眠。"说罢,轻轻摆了摆手。

机动战兵抬手捏住女孩的脖子,稍一用力便拧断了颈椎,然后拖着破烂的尸体走向路口,随手扔在尸堆中,地面留下了一条长长的血痕,分外刺眼。

唐毅做了十几个深呼吸,却依旧无法平复心情。他希望自己看错了,但不管怎么回放确认,死去的女孩都确实是小草。精神刺激产生的胃部痉挛让唐毅十分难受,他忍了几秒,终于跪在地上干呕起来,呕得涕泪横流。

用了足足十几分钟,唐毅才慢慢平复下来。警报解除,他夹起再次伪装成气浪滑板的哎哟吼,浑浑噩噩地随着人群通过安检,走进车站,坐上悬浮列车。车里很安静,只有几个犬奴主义者七嘴八舌地议论着刚才的混战,如同在虚拟娱乐场中看火爆综艺八卦吐槽。

"这些人啊,就是不肯好好过日子,非要听信那些无质生命毁灭地球的谣言,参加乱七八糟的反抗组织,最近闹得尤其凶哦,光 H 环区就围捕了 6 次,G 环区听说更多。"

"可不是嘛,这都过去二十年了,地球不还好好的嘛。这些人总鼓动大家逃出都市圈,追求自由,我可听说,外面的荒原根本不是人待的地方,据说流民连饭都吃不饱,还动辄被变异生物当饭吃。"

"是啊,社会发展总得有个过程,人类管理制度也是逐渐完善的,现在可比冲击之冬那时不知好了多少倍。这些人就是不知足,这次少说又得连累好几百人。"

"哎,大家莫谈政治,好好赚积分过日子。马上要到审判日了,眼睛放亮点,万一发现些线索,那可值整整 1 个积分啊,努力提高等级才是实惠。"

"对,对,这才是正经事,少管闲事。"

……

看着这些人,听着这些话,唐毅突然想起姐姐说过:"人类最可怕的弱点是自欺,未死到临头总会抱着幻想苟且下去,就算有人用生命怒吼,也很难唤醒装睡的人。他们捂着眼睛,堵着耳朵,假装自己看不见、听不见……"

回到家时天色已经很晚,差点超出归家时限,所以一开门,迎接唐毅的就是老铁噼里啪啦的数落,如果不是发音器并未安装仿生口腔,他绝对能喷唐毅一脸吐沫星子。

唐毅没有回嘴,默默走进家门。关门时,他回头看了看夜幕中的都市。街道依旧繁花似锦,人们仍然安分守己,刚才的一切仿佛只是虚幻梦境。

朦胧中,唐毅脑海里一次次闪过小草的面容,响起那句"生而为人,永不为奴",他努力记忆着,生怕小草真如砂砾一般被世界遗忘。

3. 瞎猫与死耗子

王大志和安吉依旧在吵架,刘豫先生依旧在诲人不倦,姐姐依旧还没回家。孤独让时间变得漫长,刺杀引起的大搜捕却结束得意外迅速,又持续了三天便草草收场,波及的人数远比之前几次少得多。

新上位的总督姓齐,是"第二家族"的领导人,也是制度改革的倡议者,他反对牵连杀戮和内部战争,认为维持社会安定和清洗贪腐才是下一阶段共荣政府的工作重点。民众对这位新总督充满希望,虽然正式就职大典要等到一个月后的审判日同期举行,但人们已经开始翘首盼望柔和时代的来临了。

唐毅对政治没兴趣,只是在老铁看新闻时瞄了几眼。他不喜欢齐总督,因为此人和那个杀死小草的齐桓有着相同的眼神,浓厚的仁慈色彩无论如何涂抹,都无法遮掩最深处的无情与冷漠。同样的姓氏,同样的眼神,十之八九会有同样的血缘,两人同时上位不知在所谓"家族"的政治集团中引发了多少厮杀……

臆测的八卦转眼就被唐毅忘到脑后,他这几天正忙于调查四月一家失踪的事,可查遍了都市圈网络都没找到有价值的线索。未知的恐慌让唐毅越来越焦躁,药物对负面情绪和不良记忆的淡化效力也越来越差,听到隔壁宅女叶清又在花园里用等比全息投影仪看剧,唐毅便戴上目镜,同步信号,趴在窗边跟着看起了晚餐档热播剧《霸道总裁独宠我》。

泡沫剧人物纸片化,剧情超狗血,对降低脑细胞活性和减缓逻辑思维速度十分有效,老铁的晚餐还没做好,唐毅就被脑残剧情和无聊对白绕得昏昏欲睡了。他正准备就势打个盹,林荫道的路灯监视器下突然出现了一道淡淡的身影。

听到那带有精准节奏的脚步声,唐毅就知道,是姐姐回来了。他顿时来了精神,跳上窗台,准备大吼一声,不料却被叶清抢了头彩:"唐灵,你不是说这阶段基因调整实验要 12 天吗?怎么才 7 天就回来了,难不成实验进度的计算有误差?这可不是你的风格啊。出事了,肯定出事了,对不对?"

棕色皮靴有些旧,灰色风衣有些皱,齐耳短发有些乱,唐灵清秀的脸上波澜不兴,偏头淡淡回道:"对,你们能量研究所在戒严调查,周边各研究所统一系统安检。"

叶清"噌"地从躺椅上蹿起来,跑到花园栅栏边,打开口袋里的声波扰乱器,满脸跑眉毛地问道:"怎么,怎么,出什么事了?能量超载把姜伟那个老王八炸死了,还是自动防卫机械失控把监察长那臭官僚压死了?快说啊,急死我了!"

唐灵的回答没让叶清如愿:"安监系统遭到入侵,核心禁区出了点问题。"

"科研中心的网络不与外界连接,难道是从内部入侵?核心禁区除了姜老王八和他手下的小王八,谁都无法进入,能出什么问题?该不会是那个狗屁公式演算引发了能量反噬?要真是这样,那可真是老天有眼，就地天谴啊！"叶宅女满眼都是八卦之火。

唐灵把她探过来的脑袋按了回去，"装病停职就少操闲心，好好看你的脑残剧。"

"什么叫脑残剧！你可以侮辱我，但不能侮辱我对爱情的向往！绝交，我这次必须跟你绝交，发自内心感人肺腑！"叶清张牙舞爪地第 147 次扬言要和唐灵绝交。

因为小时候目睹亲人被屠杀，受过强烈刺激，叶清有严重的社交恐惧症，虽然她此刻又八卦又话痨，可在外人面前却会严重结巴，甚至话都说不出来。

唐毅好不容易才等到插嘴的机会，扒着窗框喊道："快绝交吧，老铁今天准备了酱爆鸡丁！我现在就喊他下锅！"

叶清扔下乳酪饼，追过来一把抓住唐灵的衣角，"今天我先蹭个饭，明天再绝交。"

女光棍叶清每次来蹭饭，第一个话题都是催婚另一个女光棍，以前唐毅只觉得可笑，可今天他突然觉得有点可怕。不管是姐姐嫁给哪个陌生蠢男人继而抛弃自己，还是她用不道德基因工程造几个跟她一样生猛的娃，然后母子联手修理自己，想想都挺恐怖。好在话题很快转向了关于能量驱动的讨论，唐毅才长出了一口气——对嘛，两个科学家讨论什么荷尔蒙下的两性关系？说正事。

探讨科学应该是很严肃的，可探讨的地点不够严肃，探讨的人也不严肃，那探讨的内容就显得极不严肃了。一个物理学家以一个基因学家的梦为假设基础,进行了长达数年有关能量驱动的探讨,这绝对可以编成一本蹩脚九流科幻小说。

在这部小说里,宇宙最本源的构成是比夸克更微妙无数倍的生命因子,星球诞生与死亡的循环并非单纯的物质变化,而是源于地核中由生命因子构成的生命本源。星球活着的时候会外溢生命因子,在生命因子链接下,地表基础物质才会诞生出生命族群。

无质生命是进化到本维度极致的高阶生物族群,他们将自己与生命因子融合,彻底脱离了躯体束缚,最终凝聚成了恒星级的存在。无质生命不断寻找、吞噬星球本源,甚至已经达到星系体量,他们试图超越宇宙能量阈值,却遭受到了宇宙意识的毁灭性打击。濒死残存的余烬巧合下发现了地球,于是拼尽最后力量来到这里,试图吞噬地球的生命本源。

无质生命驱动生命因子产生的生命能量,凌驾于物理学四大基本力之上,可以抵消一切人类已知能量,分解一切非生命物质,其唯一的弱点是生命因子作为最基础存在无法分离自身,所以不能直接分解以因子链接的活跃生命体。

地壳和地幔看似只是没有生命的无机物,但其实是地球的外壳,同样充满生命因子,无质生命无力发起大纵深因子泯灭,所以才放弃狩猎人类,推动建立共荣政府,一边吸收献祭的人类补充生命能量,一边用钻井向地心推进。

随着地球自卫意识觉醒,地心释放大量生命因子形成排斥力场驱赶无质生命,地球磁场逐渐紊乱,气象灾害频发,甚至很多地区的重力场都开始扭曲,到处是磁暴云层和重力陷阱。在这场无形的对抗中，生态环境不断恶化，但地球原生生物的生命指数却大幅增长，异化综合征就是人类在快速进化中基因失衡的外部表现，这是人类灭亡的危机，也是人类进化的契机……

这些假说无法以现有科学定理论证，对普通人来说可谓荒诞可笑，但叶清却一直坚持以此为基础进行驱动公式的演算，这不但艰难还极度危险，一旦被其他人知道并举报，她必死无疑。

唐毅对此深表质疑，"这要是能演算成立，瞎猫周围得摆十几万只死耗子吧。"

对于唐毅的吐槽，叶清反怼得振振有词，很像个靠谱的科学家："人类所知只是宇宙的亿万分之一，用有限的理论解释无限的未知，是故步自封，用无限的想象尝试无限的可能，才能探索未来。一切无法解释，都只是我们没有能力解释，已知的科学理论，不应该变成禁锢人类思想的枷锁。我最崇拜的偶像马克斯·普朗克最初提出量子假说时，也被很多人说是妄想，最后怎么样？把那些人的脸打得啪啪响。"

唐毅当时就送了叶清一个大大的白眼，"大姐，你崇拜马克斯·普朗克明明是因为他长得帅啊，难不成你的演算要靠偶像托梦？"

是胡说八道还是科学探讨其实并不重要，姐姐回来一起吃饭才最重要。晚餐上桌，老铁惯例打开声光干扰，杜绝了外界监控的可能，叶清端着盘子，嘴里吸溜着鸡丁，含糊地说："研究学习了这么多年，人类对生命因子的认知还处在初级阶段，就如同古代对火的应用，知其然却不知其所以然。虽然我计算出了指引驱动的运行公式，但共鸣驱动却始终无法找到奇点，你确定这个方向能走得通？"今天的开场白似乎要正经一些。

"确定，而且奇点的触发概率绝不超过千万分之一。"唐灵吃饭的速度很慢，每一口食物都要咀嚼 15 下，确保肠胃能彻底吸收才会咽下去。

"说得这么绝对，好像你见过共鸣驱动似的。因子变数有上亿种可能，我已经尝试了 24 个方向，两万多种格式，但都是无用功。我都快未老先衰了，你看，你看看啊！"叶清指着自己的黑眼圈，忿忿地说。

唐灵咽下一口食物，顿了顿说："旧世纪灵魂学研究者提出过'灵魂素粒子'概念。他们认为，人死后重量有极细微的减少是因为灵魂离开身体，灵魂是存在的，只是无法观测到物质形态。借鉴这个概念进一步假设——生命因子就是灵魂，其能量是由意识、情绪、记忆、思想等各种因素活动形成的，那么如果想要引发共鸣，相似诱发点必然在这些因素中。"

叶清歪头皱起了眉，大脑高速运转，嘴却没停，足足吃下半盘才一拍脑袋，有点神经质地大笑起来，"如果这样假设，那么因子共鸣就不必考虑所有因素，只要找到契合点，然后在这个点中进行演算，最佳的振动频率就是奇点，以此推理演算，可以排除了 80% 的不确定项！哎，这么偏的旧世纪假说，你是从哪找到的？"

"是从生态研究所的安教授从荒原搜集回来的资料里，他这些年一直在研究生物进化与异化，收集了大量失落的资料，累积了十几万份数据对比，其中部分信息完全可以从侧面证明我们的假说。"唐灵喝了口水，语气很平淡。

叶清很开心，把盘子里剩下的饭菜倒进嘴里，鼓着腮帮子说："之前你调查他的信息，我以为你终于开窍，对男人感兴趣了呢，本想提醒你，人家女儿都和小毅一样大了，就算真爱也得再考虑考虑，没想到你是为了骗人家的资料和数据。"

"我之所以能得知这些资料，是因为他公开了研究报告，并向能量研究所正式提出了与我们类似的假说。"

"呃，那，那岂不是很可能被……唉，太可惜了，我记得这个老男人长得还挺帅的，还为此偷偷赞了一下你的眼光。"

"我再重申一次，我没有时间浪费在建立长期交配关系上。"

"那是爱情！是男女之间的神圣约定，不是单纯的交配！"

"爱情是荷尔蒙造成的情绪错觉，于人类繁衍没有实际意义。第三实验室的人工胚胎培养槽已经完善，你如果想体验妊娠，我可以帮你做基因配比。

"人造人不道德！不道德你明白吗！你还配比……被你活活气死！绝交！我跟你绝交！"

"老铁，收了她的盘子。"

"哎，我就是说说，别当真。"

……

唐毅喜欢物理，哪怕是胡思乱想的假说也能听得津津有味，可眼看话题又歪了，他顿时就没了精神。这些天各种情绪起伏使大脑负担十分严重，吃过药后，他已经困得眼睛都睁不开了，想着姐姐好不容易回来一晚，他不愿意这么早就回房睡觉，便歪在唐灵身边一下下冲盹,脑袋点着点着就迷糊了过去。

"……调整不完善……抑制药物……效果越来越差……活下去更重要……崩溃已到临界点……没有时间了……39号预设指令……"

断断续续的语言碎片仿佛是催眠曲,唐毅知道姐姐和叶清又趁自己睡着开始讨论一些"少儿不宜"的内容了,他对此也没兴趣,只是对音量不满地哼哼了两声。

唐毅做了很多梦,他梦见姐姐找了个比那个忠君还娘娘腔的男朋友,叶清不同意,把那人团成一团灌进了容电液里,老铁把容电液喝了,然后变得巨大无比,一脚踢飞了都市圈上的天启城,地球变成了一只大布偶,眉眼很像四月,抢了他的火腿煎蛋还冲他说"咱们做好朋友吧"……

梦境是荒诞的,现实是乏味的。唐毅很懒,所以他的朋友很少;安吉很勤快,而且很大方,经常分派好东西,所以她有很多朋友。今天安吉带来学校的是难得一见的天然牛肉干,全班每人一块,分到唐毅和王大志这里,"恰好"就没有了。

"我爸爸最近工作太忙,没时间带我去生态基地玩,想用物资券多兑换一点都没机会,你们只好等下次喽。"安吉拍拍手,无奈中流露着一丝重创宿敌的小小得意。

唐毅懒得理会这种小矫情,眼皮都没抬,王大志倒是想炮轰两句,结果刚开口就被一群嚼着牛肉干的女生喷得灰头土脸,只好拉着唐毅逃到教学楼天台上吃午饭。

蹲在阴凉下，王大志啃着土豆条，不甘心地说："哼，安吉绝对是故意的，不就是牛肉干嘛，有什么了不起！"

唐毅一边掏老铁给自己准备的饭盒一边说："牛肉干就是很了不起啊，它比土豆条好吃。"

王大志被噎得差点一口老血喷出，恶狠狠地瞪了唐毅一眼，双手捧着土豆条顶在脑门上，口中开始念念有词："天灵灵地灵灵，那个谁谁都显灵，这不是土豆条，这不是土豆条，这是牛肉干，这是牛肉干，哦了个妈咪妈咪轰！"念完咒，王大志闭着眼，将土豆条塞进嘴里，嚼得有滋有味，"啊，牛肉干真好吃啊。"

唐毅用怜悯的目光看着这个二货，再想想他那望子成龙都快望瞎了的爹，无奈地摇摇头，把自己饭盒里的红烧肉拨给他一半。王大志登时毫无节操地抛弃了神仙法术土豆条，一嘴拱进了红烧肉的油汤里。红烧肉不是白吃的，唐毅边吃边叮嘱王大志，不要忘了回家偷翻他爸的安全统计资料，看有没有失踪事件的相关消息。

下午的课程依旧无趣，昏昏欲睡之际放学铃声终于响起，唐毅踢踏着步子走出校门，突然不知道要干点什么。今天姐姐回家的概率低于11%，早早回去听老铁啰唆，还不如带哎呦吼闲逛。唐毅之前总想做些什么来证明自己长大了，但现在他只觉得，人生的意义可能不是创造什么成就，而是怎么消耗无聊的时间。

下午四点的日光带着淡淡的橘色，很灿烂，却无法抵消都市圈的氤氲幻彩。在人类管理系统控制下，街道上车水马龙，智能自助商场人来人往，精神娱乐中心的脑波沉浸舱座无虚席，愉悦药剂销售点无处不在，一个个生意火爆，一切都井井有条，安乐祥和。

安乐祥和的另一面是愈发沉重的压抑,监控星海无所不在,异痕扫描滴水不漏,稽查围剿迅猛如电,每个路口都有小型机甲在待命,每个街区都有纪律宪兵在巡查,没有人喧哗,没有人交谈,孩子们乖巧到不敢在公共场所玩耍。威压彻底笼罩了所有缝隙,没留下一丝喘息的余地,只剩下某种带着腐臭的死气沉沉,阳光背面的黑暗伸手不见五指。

唐毅越逛游越觉得无趣,他跳下自动人行道,正考虑是否再去四月家看看,却突然发现自己竟然转到了科研中心大门前。没等琢磨明白这是不是潜意识作祟,一滴雨点就砸在了鼻尖上,唐毅这才想起路上好像听到了天气控制系统的降雨预报,只是自己恍惚间没在意。

雨势很小,时间应该不长,他懒得狼狈躲避,干脆把书包顶在头上,蹲在科研中心对街的大树下发呆。姿势不雅,很像一只看门狗,所以,他被嘲笑了。

"原来是坏蛋唐毅,你蹲的姿势也太难看了,我还以为是什么人在随地大小便呢。"安吉踢踏着粉红色的雨鞋,从树后蹦了出来。

唐毅扭头看了看,用一声"呵呵"回敬了她,正好腿有些麻了,便往回收了收。

安吉转着带蕾丝边的花伞,继续说道:"喂,唐毅,你蹲在这看什么呢?是不是没有探访权限,进不去?"

唐毅知道自己如果点头,她就会开始炫耀探访权限,炫耀负责重点项目的爸爸,所以不打算给她这个机会,"我不进去。"

"那你在这干吗?"

"只是顺路来看看我姐姐今天会不会回家。"

安吉愣了好几秒,才又问道:"她也很忙?也经常不回家?"

唐毅不耐烦地甩了甩书包上的水,"对,忙,忙得快把我忘了。"说完他就后悔了,话说得太孩子气,安吉这下可有取笑的话题了。

意外的是,安吉没有取笑他,沉默片刻,蹲到了旁边,"我爸爸也很忙,已经快一个月没回家了。本来约好了今天回家吃饭,可放学后我发通话请求想提醒他,却一直接不通,我就来看看。"

"你不是有探访权限嘛,进去找他啊。"

"……其实……我也没有。"

"哦,那就一起等等看吧。"

既然都是来看看,自然谁也没法笑话谁,甚至还有些同病相怜。两人有些尴尬地一起蹲在树下,一个举着包,一个撑着伞,隔着半人高的灌木丛,眼巴巴地看着马路对面,看门小狗从一只变成了两只。

对立情绪在此情此景下不觉缓和下来,时间久了有些无聊,随便聊聊就在所难免。

"唐毅,我腿有点麻,你麻不麻?"

"还好,你每三分钟换一下重心就不会那么累。"

"哦,可是,我们为什么非要蹲着呢?"

"因为地上是湿的,没法坐,站着又太显眼,看起来像傻瓜。"

"怎么就像傻瓜了？"

"没目标的等待不是傻是什么？不叫傻瓜难道叫傻蛋？"

"呸，真粗俗。对了，你姐姐一般几天回家一次？"

"平时五六天回一次，研究进程紧的话，十几天也未必回一次。你爸爸呢？"

"他负责生态系统，有时候还要跟军队去荒原，一个月最多也就回两三次。"

"外面的世界到底什么样？地上真的寸草不生？天上真的到处都是磁暴乱流和能量裂隙？气候真的就乱七八糟到白天烤肉晚上下雪？说来听听，去荒原可比牛肉干值得炫耀。"

"啊？这个……爸爸没跟我讲过……什么炫耀啊，谁炫耀了？！"

"好，不是炫耀，是分享。你回头问问你爸爸，看有没有什么影像资料，分享一下呗。"

"哼，才不要，跟谁分享也不跟你分享，你和王大志总跟我作对，最讨厌了！"

好好的聊天刚开个头就又下了道，唐毅翻了个白眼，打算去别处晃悠晃悠，刚要撑着膝盖起身，科学中心的侧门突然滑开，四名纪律宪兵押着个头戴拘禁头套的男研究员走了出来。

停车场传送板将悬浮车送到门前，男人却不肯上车，用被磁力手铐锁住的手抵住车门，歪着头喊道："我没有造谣！我只是根据数据提出了假设！你们不能随便冤枉人！"头套下部的防自杀机构卡住了他的牙齿，让声音听起来含糊怪异。

带队的纪律宪兵扶着尖锐的钢盔前檐,漠然地说:"有什么话,到了审讯室慢慢说,现在你最好老实点,别给我们找麻烦。"

"我的假说是有事实依据的!"男人越发激动,牙齿咬在硬塑的机构上咔咔作响,"地球意识已经苏醒,这是人类进化的契机……"没等男人继续喊叫,宪兵收束口腔限制器,将他硬塞进了车厢,科研制服在拉扯中被扯开,露出棕色西装和不搭调的粉红色领带。

安吉突然站起来,拔腿就要冲出去,却因为蹲得太久腿麻了,一跤摔进旁边的灌木丛。唐毅连忙拽住她,"发什么神经!纪律宪兵抓人呢,你现在过去他们会开枪的!"

安吉抬起头,焦急地说:"爸爸,那是我爸爸!那领带是我送的生日礼物!"说完,便又想起身再冲。

唐毅瞬间计算出了最坏的可能——安吉冲过去,她爸爸因为看到她而挣扎反抗,两人被宪兵当场打死。他一把将安吉按住,低吼道:"别动!你现在冲过去只会害死你爸爸!"

安吉吓得一怔,这一停顿的时间,军车已绝尘离去,她呆了几秒,"哇"地一声哭起来。

唐毅无奈地劝道:"别哭了,哭又不能把你爸爸哭回来。你之前不是说你妈妈是商务联合会的成员,认识很多有地位的人嘛,赶紧让她想办法啊。"

"哦,对对对,想办法!"安吉顿时收了声,一抹眼泪,手忙脚乱地打开腕部智脑,向母亲发出通信请求,却只收到了一条自动回复:"会议中,请稍后联系。"

"现在怎么办？"安吉伸手死死抓住唐毅的衣角，仿佛在抓救命稻草。

眼看着安吉又要哭，唐毅敲敲额头说："去你妈妈公司找她啊。"

安吉使劲点头，然后又摇头，"可是……可是她平时都不让我去打扰她……"

"现在是平时吗？"

科研中心门前没有公共交通线，唐毅拉着安吉一路狂奔穿过半条街，跑到民用车辆枢纽。唐毅把安吉塞进球形单人交通舱，一边关门一边叮嘱："下车前记得付费，到了那儿别瞎嚷嚷，把你妈妈单独叫出来，找个没人的地方告诉她具体情况。"安吉连连点头，输入地址后刚要跟唐毅再说什么，球形舱就滑进封闭磁轨，飞驰而去。

唐毅甩了甩头发上的水珠，这才发现身上已经湿透了，想想就这么狼狈回家肯定又会被老铁数落，他就条件反射地掏耳朵。拧了拧水，顺了顺气，揉了揉腿，唐毅取出哎呦吼伪装的滑板，无奈地往回溜去。

哎呦吼心情很好，一边在耳机中吧啦吧啦地评论过往路人，一边开启大范围扫描，街拍美丽小姐姐。唐毅就纳闷了，"你一个机械躯体的未成年 AI，到底是基于什么算法产生的这种爱好？"为了让耳根子清静一会儿，他关闭了哎呦吼的语音系统，任由这熊孩子自娱自乐。

穿过两道街区闸门，前面不远就是科研中心居住区，唐毅刚拐过街角，哎呦吼突然一个急刹，差点把他甩出去。不等唐毅吼他，他噼里啪啦地发来一串文字信息："老大，危在旦夕啊！前方发现高危目标！是庆典时的那个生命垂危！忘恩负义！"。

唐毅愣了好几秒反应过来这乱七八糟的成语说得是谁，不由一惊，忙打开腕部智脑的全息地图，哎呦吼同步了锁定光标，那个快被唐毅遗忘的刺客就在前方1点钟方向百米处。

4. 摊上个大事儿

之前在好奇心驱使下的那场"邂逅"很不愉快，唐毅想起差点被掐断脖子的瞬间就汗毛直竖。古代不知哪位圣贤曾经曰过："不作死，就不会死。"唐毅原本不以为然，如今却深有感触，他决定珍稀生命，回头是岸。

刚转身要走，唐毅脑中突然冒出了一个念头："既然小草参加了反抗组织，那四月会不会也参加了？刺客应该是反抗组织的人，跟着他找到反抗组织，会不会有可能找到四月？"

虽然在这几天的分析中，唐毅已经以"有无通缉"为变量将失踪事件分离为两类，这个念头的成立概率绝不超过15%，可在毫无线索的当下，哪怕有一丝可能，他都觉得应该试试。

唐毅鬼使神差地转回身，借书包遮挡启动了哎呦吼的相位磁场和光学迷彩。哎呦吼无声无息地接近目标，同步视讯投射到唐毅的视网膜上，画面非常清晰。

三名电路检修人员正从科研中心住宅区的侧门走出来，其中一个不起眼的中年人被哎呦吼标注了极度危险的红色箭头，正是那个刺客。

普通人在自家附近看到这种危险人物必然忧心忡忡，但唐毅实在不算个普通孩子，他并不关心刺客进入科研中心住宅区要做什么，反正跟自己没关系，此时他关心的是刺客接下来要去哪，自己能不能跟上。

跟踪职业军人或者杀手，无异于自寻死路，唐毅很有自知之明，所以他只是让哎呦吼空中追踪并回传实时画面，自己始终坠在80米之外，并时刻保持身处行人遮挡之下。

走过一个街区，刺客与同伴分散了，穿过几家商铺，刺客变成了发传单的雇员，绕出娱乐中心，刺客化身为不起眼的保安……随着身份的变换，他的面容也渐渐与最初完全不同，如果不是身体节点数据精准锁定，哎呦吼早就被甩没影了。最终，刺客穿上工装，戴上安全盔和防尘口罩，走进了D4区的一座物资转运站。

转运站吞吐着各种物资，一辆辆运输车不断进出装卸，车水马龙，一架架自动装卸机来回穿梭，有条不紊。刺客走到装卸区后门车道旁，与调度员打了个招呼，旁边一辆车便拐过来，开始装载货物，然后两人便站在车道旁聊了起来，类似的画面在装卸区随处可见。

车辆和机械的环境音干扰太强，刺客身上应该还有反监装置，哎呦吼将收音功率开到最大才勉强收集到只言片语。

"……A序列的完成度……混乱结束……第二家族吞并速度比预期快……"

"各方联络……负责……专门来接这批物资……"

"顾问的方案……从这里转运……避开了搜查……"

"……H8运输路线……机动部……三个转运点全员牺牲才……"

"……内部战线人员隐匿……等待……作战……"

言语碎片中的信息有限,却让唐毅惊喜过望,他们所说的物资应该就是小草拼死掩护的那批,而关于四月一家的线索也似乎有了点眉目。唐毅正暗自开心,一辆运输车从侧面插入车道,错车的瞬间,哎呦吼的传输信号突然受到极强干扰,投影抖动模糊,声音也变成了细碎的杂音。

几秒后,干扰消失,一切如常,但唐毅却总觉得哪里不对劲,他不断调动大脑记忆和投影画面对比,终于发现了问题——装载完货物的车和后来进入装卸区的车在监控被干扰的空白期交叉换位,连车辆辨识信号和司机都互换了。完成装载的运输车转去了卸货区,而刺客登上了后来这辆车,避过了货物出入库扫描,直接开向出口。这辆车左侧悬浮轮挡板有一大块残缺,正是小草死的那天,拐过街角扬了唐毅一脸尘土的那辆。

唐毅略一思索便明白原来如此:后来这辆运输车满载着那批被转移的物资,假装前来转运货物,一进一出,便是一次金蝉脱壳,类似的手段在之前几天应该用过多次,人类管理系统的追索早就被真假变换的无数变量引向了分析死角。

运输车驶出转运站,拐上了低速干道。唐毅面前有两条路,一是回去消极等待四月一家可能的归来;二是积极追上去,找到反抗组织,继续寻找四月。这次相遇的偶然性堪称逆天,再发生一次的可能性几乎为零,他有,且仅有一次选择机会。

四月到底在哪里?她是单纯地受到牵连,隐匿了起来,还是已经死了?她会不会像小草一样,在战争中死得无声无息?又或者她遇到了其他更可怕的事?这些念头每天不停地在唐毅脑中回旋,折磨着他的神经,此刻搅动得越发激烈。

唐毅相信,如果放弃这次机会,自己一定会被这些问题折磨死,于是他当机立断,命令哎呦吼追上去,贴附在车顶定位导航,自己在自动人行道跟踪狂奔。人行道的速度比悬浮车慢得多,但有无数近路可抄,穿过两条街,唐毅终于追上了正在接受临检的运输车。

司机递上货物清单,毫无烟火气地往检查官的个人芯片里传着物资兑换码。检查官一本正经地训斥着手下:"仔细检查,好好核对车厢内货物数量。"咳嗽两声又道:"动作快点,一堆工程机械零件,别浪费时间。"巡警们知情识趣,扫了几眼便当作完成检查,连车厢都没进。

唐毅跑得上气不接下气,嗓子眼一阵阵泛铁锈味,他对自己的小身板很有自知之明,知道再这么跑下去,不是被甩掉就是当场扑街,于是一咬牙,趁着巡警难为旁车的司机,无人注意,蹿到车后,爬上车尾装卸平台,想钻到破损挡板的空隙下搭个顺风车。就在这时,司机启动了车尾舱门的自动闭合,唐毅想闪身避让,不料脚下一软,左脚绊住右脚,一头撞上车门内侧的防撞海绵,倒滚进了车厢。

车厢里的货箱也都包裹着防撞海绵,唐毅摔了个七荤八素却毫发无伤,但也正因为如此,根本没人注意车厢里无声无息摔进去个人，厢门从外部闭锁，严丝合缝。

车辆启动行驶的声音在黑暗封闭空间中显得很不真切，唐毅晕乎乎地爬起来，缓了缓神，点开腕部智脑的光屏，借着微光看清了车厢内的情况。四周全是被缆索固定的货箱，防撞海绵上印着重工机械的字样，唐毅爬高踩低把所有地方都看了一遍，发现车厢除了那排手指都伸不过去的空气循环孔，再没半点缝隙。

哎呦吼的投影画面还在持续传送，多少给唐毅增添了一些安全感。运输车行驶了十几分钟，拐向D11城区的一片建筑工地，驶入在建大楼的地下停车场，绕进漆黑的地下6层。偌大的空间只有路口两盏指示灯照明，到处飘荡着施工篷布，阴沉幽暗，十分可怖。

运输车开到场地尽头防尘网后方，关闭了车灯，地面突然传来一阵轻微震动，数十平方米的地面整块下陷。唐毅在震荡中一个跟头栽倒。等他把脑袋从防撞海绵里拔出来，运输车已经完全沉入地下，上方的光线也被平行滑出的另一层地板遮盖了。

借着边缘警示灯的微光，唐毅终于看清，这是一架通向地下的大型运输电梯。下降了二十几秒，电梯减速停下，低沉的提示音响起，前方两扇钢铁闸门缓缓滑开，金黄的光幕撕开黑暗，露出了门后令人震惊的景象。

地下建筑空间十分宽广，层高近二十米，面积足有上万平方米，横竖交错的军用舱房将空间划分为数个区域，很多人在奔走忙碌，或在装卸搬运，或在训练整备。舱房后方堆满了武器装备，高斯步枪、电浆手雷、反器材机枪、冲击钻发射器、扩散型音爆炮，甚至还有小型粒子炮，再向后还能影影绰绰地看到两排单兵动力装甲和数架小型机甲，篷布下十几米高那个巨大阴影，似乎是重装机兵的合金骨架……

事情发展已经完全脱离唐毅的预计，他觉得自己可能摊上大事了。现在这情况，不管怎么看，一旦被发现，下场都不会太好。运气如此之差，难道是早上偷偷给老铁后背贴了张王八遭的报应？

刺客打开车门跳下来，摘掉安全盔和防尘面罩，露出乱糟糟的头发和颇为沧桑的面孔，一边揉着腰，一边没正形地向前方招呼道："小锋锋啊，你回来得比我早啊，都安排得怎么样了？"

车前站着个挺拔的年轻人，中等身材，五官棱角分明，浓重的眉毛始终微皱着，神情很肃穆，甚至有些阴沉。他扭头看了看刺客，用沙哑的嗓音回道："团长，你可以叫我小海，也可以叫我海成锋。再叫我小锋锋，我就翻脸了。"

刺客扭了扭脖子，摆着手说："好，好，小鬼长大了，小名就不让叫了，忘本啊，等回去找你爹告状去。海大参谋，安排得怎么样了？"嬉皮笑脸的样子丝毫不匹配"团长"这个称谓。

海成锋嘴角抽了抽，说起正事："计划 A 序列完成度只有 70%，内部战线代表会继续与各方协商补完。各个潜入成功小队集合完毕，顾问提供的伪造芯片已分发，中转站和各攻击点都开始按计划 B 序列布置了，不过后备技术组潜入都市圈失败，禁制专员和后备技术员都牺牲了，机兵组装进度将受到很大影响。都市圈内部战线为掩护运输牺牲很大，外围警戒人员和预警装置明天才能到位。"

团长掏出一个酒壶，拧开盖子抿了一口，"已经很好了，我预计中最坏的情况比这糟得多。"咂了咂嘴，继续说道，"明天我还要再去搜索一次,最后一批物资你去接收吧,这回接收点在D11,我不顺路了。"

海成锋皱了皱眉,"信号始终没有再出现,肯定是被破坏或屏蔽了,近距离搜索很危险,而且感应仪有效搜索范围只有二十米,对身体负荷很大,你也不能再继续使用了。"

团长又抿了口酒,耸了耸肩,"没有聚合水晶辅助,只靠自身因子驱动,同步率太低,能量强度根本不够……算了,如果明天还找不到,我就再试一次共鸣驱动试验。"

海成锋脸色更沉了几分,"共鸣驱动没有公式支持,触发概率只有千万分之一,而且神经接驳的痛感是指引驱动的数倍,连觉醒者都无法承受。"

团长耸耸肩,"反正我的身体已经快到极限了,基因同步率衰减无法逆转,碰碰运气呗,疼点也无所谓,正好趁机能多喝几口酒。"

海成锋眉头紧锁,声调不自觉地高了起来,"如果不是你强行更改计划,自己去执行A序列的刺杀环节,还不顾目标能量级别高出预期,强行破袭击杀,你的身体起码……"

"哎,这事不是已经翻篇了嘛,现阶段的工作重点应该放在加快组装进度上。"团长被呛得咳嗽两声,眼见海成锋还要开口,忙转头向远处吆喝,"老曹!你们技术组清单核对完了没有?梦露,去哪偷懒了?带人过来卸货!"

梦露?听到这个曾在旧世纪最能代表旖旎的名字,趴在车顶的哎呦吼嗷嗷叫着打开了全息摄影镜头。

"来啦,正拉屎呢,催啥啊。"一个大块头领着十几名士兵轰隆隆跑了过来。这家伙浑身肌肉疙瘩,满脸络腮胡子,手里拉着半截腰带,形象和性感尤物相差起码三个星系旋臂。哎呦吼心头万千头旧世纪偶蹄目骆驼科生物骂着街呼啸而过,差点没当场过载短路。

唐毅没时间理会哎呦吼崩溃的情绪,他综合当前条件分析确定,藏进货箱,待搬运结束后寻找机会开溜,是当下成功率最高的方案。刻不容缓,唐毅拆下教辅平板智脑的金属护板,将最大货箱上方的海绵划开一道口子,摸索着打开压力锁,掀开保护板一头钻了进去。

祸不单行,唐毅钻的位置不太好,刚落下就被卡在两个凸起部分中间,他借着智脑的微光歪头看了看,发现身后的大家伙应该是某种能量核心,还是未安装防护装甲的原始形态。唐毅扭动身体,打算从侧面挤出去,不料手向后一撑,正按在某个按键上。一团柔和的光芒骤然闪现,将唐毅笼罩其中,低沉的提示音在封闭货箱中嗡嗡作响:"安全禁制扫描启动,首次登录设定开始,核对因子特性代码。"

唐毅忙扭动身体想离开光芒范围,奈何位置太过狭窄,强行用力反而被卡得更紧了。

"因子特性代码核对无误,生物特征扫描开始。"声音继续自说自话。

唐毅举起书包想挡住斜上方的光源,可光芒角度不断变换,根本挡不住。

"生物特征扫描结束,驱动登录完成,请确定。"

唐毅急得满头大汗,"确定!确定!快闭嘴!"

"确定结束,锁定倒数——3——2——1,锁定完成!"光芒消散,声音终于停止了。

唐毅抹了把额头上的汗,默默安慰自己,"海绵有吸音功能,还有车厢隔音,不会被发现,不会被发现……"没等他再次将视线聚焦在哎呦吼的投影上,"咣当"一声,头顶货箱盖板突然被整个掀飞,黑洞洞的枪口顶到了眼前,紧接着一只大手把他薅了出去。

"抓到了,是个小孩,没有其他人。"满身肌肉的梦露拎着唐毅跳出车厢,如同狗熊拎了一只兔子。

"小孩?纪律宪兵的少年特务?"海成锋面沉似水,冷冷打量着唐毅。四周围满了人,数道激光瞄准射线精准地点在唐毅额头上,杀气腾腾。

两滴汗水在太阳穴的激光点上汇合,顺着脸颊快速下滑,自下颚滴下。唐毅使劲咽了一口口水,一时不知该说什么,他努力想让自己冷静下来却收效甚微。

在令人窒息的沉默中,团长忽然往前踱了两步,摸着下巴说:"哎,这个小鬼……"

唐毅一片空白的大脑"噌"地恢复了活动,立刻摆出最纯良的笑容招呼道:"对!我就是那个冒着生命危险把你救醒,然后舍己救人为你引开巡警的善良少年啊。"前车之鉴,这种动辄要命的时候,话一定要直白易懂,哪怕听起来有点不要脸。

"还真是你这小鬼,哎呀我说命运啊!"团长一砸拳头大笑起来，抓过唐毅的书包，在侧兜摸索出一颗米粒大小的红色晶体和已焦黑的微型定位器。他将晶体镶入掌心，握了握拳，拍着海成锋的肩膀，眉飞色舞地抒发胸怀，"那文绉绉的话怎么说来着？对，踏破铁鞋无觅处，得来全不费功夫。"

唐毅只用 0.5 秒就想清了来龙去脉——团长在垃圾通道时以为必死，便暗地把义肢中的晶体塞进书包，想掩护自己逃走后让同伴根据信号寻找，结果自己把他拱进垃圾通道，带走了晶体，然后背着这东西晃悠了一星期。团长去科研中心住宅区，不是又要刺杀谁，而是想找回晶体，自己这一路狂奔追踪，简直就是送货上门，傻得感天动地。

"谢谢啊。"团长还是很讲究礼数的。

唐毅自嘲地回道："不客气，拾金不昧只是我最普通的优良品质。"

没等两个"有缘人"继续叙旧，海成锋板着脸插了过来，"别废话，我问，你答。姓名、性别、年龄、职业、家庭背景。"

眼见书包里的电子课本和教辅智脑已经被破解，唐毅知道这时候撒谎就是自寻死路，便如实回答："唐毅，男，13 岁，7 年级学生，科研中心工作人员家属。"

海成锋摘下唐毅腕部的微型智脑，在他眼前虹膜解锁，边查看边继续问："为什么跟踪我们？"

"我只是正好又看到这位大叔，就想打个招呼，问问他身体好了没有，顺便问个事。"

"什么事？"

"我的朋友不见了,我怀疑她可能参加了反抗组织,想打听一下。"

"你为什么觉得她参加了反抗组织?"

"我朋友的朋友开始也不见了,但后来我看到她是为掩护你们这批物资死了,所以我猜……"

"你朋友和她的朋友都叫什么?"

"我朋友叫四月,她的朋友叫小草,智脑里有我偷拍的小草战死时的影像。"

海成锋快速翻着智脑的影像资料,向团长的方向歪了歪头,继续问道:"容貌、形象区别那么大,你是怎么认出他的?"

"之前救治大叔时,我的智能无人机扫描过他的身体结构,街拍时范围扫描恰好发现了他,系统就自动提示了我。"

"无人机现在在哪?"

"吸附在车顶上。"

"你是怎么钻进车厢的?"

"呃,我跑不动了,看他们临检停车,我就想从后半台钻到侧挡板下搭车,结果不小心摔进了车厢,没等我往外爬,车门就关了……"

"那天定位器首次启动后,刚发送大概位置,还未来得及精准定位,信号就消失了。是你发现并破坏的?"

"你看我这一脸蒙圈,像是我干的吗?哦,肯定是老铁干的,他的反监系统一发现不明信号源就会逆向脉冲打击。"

"老铁是谁?"

"我家智能管家,从辈分算是我叔叔。"

……

海成锋快速问讯了几十个或连续或跳跃的问题,手上不断翻阅智脑内容对比,直到浏览完最后一部分隐藏文件——哎呦吼收藏的美女照片,他才放松下来,转头对团长说:"应该不是特务。"唐毅正要称赞他睿智,就被下半句噎了个半死:"不过,为了安全起见,最好还是灭口。"

唐毅扭头冲团长喊了起来:"大叔,我可救过你两次,就算没有知恩图报,也不能滥杀无辜啊。"

团长拍了他一巴掌,"我像那么冷血的人吗?"转头对海成锋说:"灭口确实有点过分了,换个方案吧。"

海成锋皱了皱眉,"那就洗脑。最新型药剂配合催眠,只有30%的致残率。"

唐毅在空中玩命挣扎着嚷道:"我肯定不会到处乱说的!我还是个孩子啊,大脑发育不完全,洗脑后不是精神病就是植物人啦。"

团长再次赞同,"嗯,洗成脑残的概率确实太高,再换一个。"

"伪装绑架或者诱拐,找个货舱关一个月。"海成锋眉头紧皱,对这个不确定性过高的底线方案极为担忧。

团长倒是觉得这个方案还可以,转头看向唐毅,唐毅无奈地摊摊手,"真不是我矫情。我家老铁当智能管家当得兢兢业业,一旦我没在8点前回家,他就会检索我腕部智脑的定位,回溯信号轨迹,然后报警。"

海成锋的脸色彻底冷了下来,"团长,事关重大,一旦泄密,不但我们将全军覆灭,还将影响整个作战计划。我们必须马上派人捕获或击毁那个智能管家!"

"呃……这好像越搞越大了吧。"团长挠了挠头。

就在这时,之前被唤作老曹的技师长走了过来,低声对团长和海成锋说:"我刚才看了一下,这孩子钻的货箱里是生命因子能源驱动核心……"

海成锋的嘴角抽了抽,"是不是弄坏了什么?"

老曹面色有些古怪,"坏倒是没坏,不过他触动了安全禁制扫描,系统扫描到队长的驱动结晶,确定因子特性代码与预设定一致,便自动匹配,并扫描录入了生物特征。"

"所以……"

"所以,禁制锁定的因子代码是团长的,可生物特征验证信息却是这孩子的。"老曹哭笑不得地回道。

海成锋捂着额头,咬牙切齿地说:"抓紧初始化吧,我现在就处理这小鬼……"

团长拍拍他的肩膀,"刚才不是说禁制专员没了嘛,你让老曹找谁要初始化权限?"

海成锋愣了一下,慢慢转过来,一顿一顿地说:"那岂不是，每次验证，都要这小鬼一起扫描，才能通过？我马上联系总部，派新的……"

老曹无奈地打断了他，"都市圈对外光子通信已彻底中断，就算能联系上，新的禁制专员抵达这里也要一个月。为防止被窃取捕获，生命因子驱动核心不但设有权限分离和安全禁制，而且初启动后每48小时就要验证一次，不然就会自我熔毁……"

三个人一起转头看向唐毅，分别是三种表情，无奈，尴尬，无话可说。

唐毅并没完全听明白，但大概知道自己暂时平安了，而且好像突然变得很重要，于是险些被吓破的胆又一点点大了起来。他歪头看看海成锋，又看看团长，搓着手说："有句老话是这么说的，我有个不成熟的方案，不知当讲不当讲。"

海成锋脸拉得老长，"不当讲。"

唐毅赞同地点点头，自顾自地继续说："现在这个情况看似很复杂，其实好解决。你们招不招人啊，如果我也加入反抗组织，一切问题不就不是问题了吗？"

团长和老曹互相看了看，觉得这确实是一个办法，但海成锋并不赞成，"我们要个小鬼有什么用？"

团长插了一句："验证用啊。"

海成锋顿时被噎了个半死。

确定生命安全彻底无忧，唐毅的胆子更肥了，舌头也越发利索起来，"小草年纪和我差不多，她能加入，那我也应该可以。

你刚才不是说纪律宪兵有少年特务嘛，我也能当少年兵啊。我不但能扫描验证，还可以帮忙侦查、组装机械，还会赛博攻击！我很厉害的！"咳嗽一声，唐毅又摆出一脸决绝，"我这么有诚意，你们要是不同意，那咱们就只能同归于尽了。"

智能腕表响起，海成锋举起来一看，是哎呦吼的文字信息："对，鱼死网破，玉石俱焚，你死我活，山无棱天地合非要与君绝！"

这都什么乱七八糟的，怎么感觉自己还被这小鬼给威胁了呢？海成锋脸又开始抽抽了，"不可能，一旦放你离开，事情便难以控制。"

唐毅继续分析道："你担忧的问题有很多办法可以解决，可以给我强制服用周期性毒药，或者安装体内纳米炸弹，通过微型智脑来定位和信息同步，一旦发现有泄密行为，直接短波起爆。这台微型智脑的信号不会被老铁屏蔽，可以24小时监控……"

见唐毅说得口干舌燥，梦露干脆把他放下，从后腰拎出个比唐毅脑袋还大的军用水壶塞给他。唐毅也不客气，"咚咚咚"就干了半壶。

口水仗打了半个小时，事件双方经过"友好协商"，意见终于达成一致。一针纳米炸弹注入了唐毅的静脉，一段锁定代码被植入微型智脑，预备新兵唐毅接到的第一个指令就是每天放学后按时前来报到。

"梦露，你赶紧送小鬼回去，不然他家管家报警，就白折腾了。"团长招呼着胡子拉碴的"美女"跑腿，毫不怜香惜玉。

海成锋拉过梦露嘱咐道："确认住址和行动轨迹，严密监控,发现异常,立即狙杀。"

唐毅跳脚喊着:"哎,有你这么对待战友的嘛?你要这样咱们可就一拍两散了……"

话没喊完,海成锋的手已经作势放在腰间枪套上,团长和老曹连忙拉住他,梦露拽着唐毅跳上车,掉头就上了电梯。

5. 我不是小鬼

天台的风轻轻吹过,有些微温,生活看似一成不变,却随着时间前行悄然变化。

唐毅蹲在教学楼天台的角落,啃着鸡翅,扒拉着胡萝卜,余光突然瞟见身后多出一个人影。他猛一扭身,左手饭盒在前,右手筷子在后,摆出昨天刚刚学会的防守反击架势,只是脚下不稳,一打滑差点扯了胯。

人影不是要偷鸡翅的王大志,而是请病假几天没来上学的安吉。她看着唐毅夹紧大腿的扭曲姿势,小心地问:"你……你没事吧?"

唐毅放下饭盒和筷子,使劲揉着大腿根,"没事,没事,随便活动活动开开胃。你来干什么?不知道私上天台违反校规吗?"

安吉撇撇嘴,"你不是每天都在违反校规。"

唐毅见转移话题初步成功,便挑了挑毫不威严的一字眉,"你爸爸没事了?"

安吉点点头,"商会的伯伯们托了关系,我妈妈花了好多物资券才让爸爸免罪,不过还没释放,说要到审判日后才能回家。"

唐毅扭着腰随口说道:"古语有云,破财免灾。"

"不只破财了,还免职了,我爸爸的学生因为举报、佐证有功,接替了他的职位。这些坏人,不得好报!"

"哎,你的忠君哥哥不是也抵制不当言论,捍卫社会和谐来着吗?他怎么可以是坏人!"

安吉的脸腾地就涨红了,"唐毅,你……"

"不要崇拜我,记忆力好是一个天才少年的基本素养。"唐毅促狭地笑了起来。

安吉翻了他好大一个白眼,不由得也笑了:"唐毅,谢谢你。"

唐毅一愣,"呃,谢我干吗?"

"谢谢你那天的帮助,更谢谢你没把我爸爸的事告诉别人。如果这事被大家知道,可能就没人跟我玩了,还会排挤我,就像对3班的周萍那样。"

"哦,自从她妈妈被抓走,确实有很多人仕嘲笑欺负她……包括你和你的朋友们。"

"我之前确头……这几天我想了很多,现在能体会……以后不会了。我想……我们做朋友吧。"

"啥处朋友?这是要早恋啊!太突然了!之前可一点苗头都没有!"王大志一手举着一个面包,站在天台入口,进也不是,退也不是。

唐毅真想一脚把他踹下去，好容易才忍住没抬腿，心中暗骂道："处什么朋友，你这不是聋，你这是瞎啊，瞎想到这个程度你不觉得尴尬吗？就算非要处一个，我也得先问问四月愿不愿意吧……"

王大志实在是个没出息的，没坚持3分钟就被安吉用牛排和炸虾堵住了嘴，5分钟后就因烤肠和火腿认可了安吉和唐毅做朋友的前世姻缘，如果不是看唐毅脸都黑了，没准再过一会他就能把唐毅打包给安吉送家去。

唐毅对王大志的意志力已经不抱希望了，对安吉的交友请求其实也并不排斥，只是……多个朋友多条路？NO！多个朋友多份寂寞啊！

唐毅不能告诉王大志，这几天他摸了十几种武器；不能告诉安吉，他见到了重装机兵的传动结构；不能告诉叶清，生命因子驱动验证时的演算路径和她的公式一模一样；更不能告诉姐姐，有个团长很适合抓去做基因实验……有秘密却不能显摆的煎熬令人生不如死，但这痛苦却好像人吃辣后分泌的内啡肽，让人有种沉浸在愉悦中的错觉，欲罢不能。

放学铃声响起，王大志想找唐毅一起去玩赛车游戏，一转眼却连人影都不见了，翘首远望，只见唐毅一改往日的怠懒，屁股上像是装了喷射器，早一溜烟蹿出了校门。唐毅很忙，忙着去按保密协议报到，忙着去当他的预备新兵。

熟门熟路来到增派了警戒暗哨的工地，通过三道检查，唐毅从单人通道转进辅助升降梯，一路下到地下作战基地，打开防火隔离门，眼前是忙着整备物资和训练的特战士兵，拐过两列集装箱，便到了整备班的组装区域。

海成锋在核对配件数量，冷冷地扫了唐毅一眼，嘴角向下拉了拉。唐毅现在根本不在乎海成锋的态度——反正再怎么看我不顺眼，你也不能弄死我，我怕你个球啊。他扔下书包，蹲到重装机兵脚边，兴致勃勃地观看老曹安装反重力磁场发生器。

梦露读取完唐毅微型智脑的监测数据，又拿一个指令仪在他的脖子上比画一圈，然后不耐烦地催促道："好了，小鬼，今天没其他事了，你赶紧回家吧。"

唐毅头都没抬，回道："我不是小鬼，我是薪火联盟第四联合集团军铁旗特战团预备新兵。"

梦露翻了个白眼，"好，新兵小爷，该回家做作业了，不是说你家智能管家管得特别严嘛，快走吧。"梦露作为王牌突击尖兵，对于自己不幸抽签命中，每天浪费大把时间看管唐毅极为不爽，巴不得这熊孩子点个到就赶紧滚蛋。

唐毅可压根没打算让梦露痛快，赶苍蝇似地向后挥挥手，"不着急，离门禁时间还有3小时31分钟。"

"哎，你今天不会又想在这蹭饭吧？"

"什么叫蹭饭？预备兵也有吃大锅饭的权利。"

"你家条件那么好，你老惦记我们的作战食品干什么？"

"好吃啊，听着就香。"

"好吃个屁！呃……什么叫听着就香？"

"吃饭的时候，大家捧着餐盘一起吃得呼噜呼噜的，让人感觉很有食欲。"

"你是不是有什么误会？孙小北的饭不使劲扒拉，能吃得下去吗？"

炊事兵孙小北右手被弹片伤了神经，举枪很费劲，当厨子更没天分，却不知从哪捡了本旧世纪励志书，一直用上面的鸡汤灌溉自己，例如"不经历风雨怎么见彩虹""只有想不到，没有做不到""失败是成功他娘，多生孩子少诉苦"……他用一把小折刀跟唐毅换了一本餐饮电子书，最近正在研究军用口粮的新型烹饪法。

唐毅认为梦露的语言侮辱了一个有追求有理想的厨子，于是扭头大喊："孙小北，梦露说你做的饭难吃！"

后勤舱房探出个歪戴帽子的脑袋，瞥了梦露一眼，冲唐毅点点头，又缩了回去。不知今天晚餐，梦露的餐盘里是会多点什么，还是少点什么。

梦露捏着拳头，恶狠狠地说："小鬼，你这是搞事情啊，信不信我修理你！"

唐毅摇摇头，"不信。"

梦露差点被一口气噎死，抬手打算给唐毅来个爆栗，让他知道自己的厉害，谁知旁边的老曹拧完螺栓，掂着扳手骂道："别挡着光，滚一边去！"

梦露顿时痛快了，叉着腰对唐毅说："说你呢，别碍事，快走开。"

老曹斜了梦露一眼，"说你呢！"

年纪大的人都喜欢聪明好学的孩子，老曹这几天经常一边骂那几个笨手笨脚的徒弟，一边给唐毅讲解机械工程冷门知识，每每捻着胡子说起家乡的小孙女，就拍拍唐毅的肩膀说，等他再大点可以列入孙女婿备选名单。

梦露很惆怅——上一个进备选名单的不是我吗？他发现自从多了唐毅这个臭小鬼，特战队的风气有点变质，原本也就团长因为酒精依赖有点不着调儿，现在大家都开始放飞自我了。号称非团长不嫁的救护队刘医生对唐毅凭空就多了十几份好感，小鬼大言不惭地说能改造担架结构，她挥挥手就让小鬼随便瞎搞；要不是海成锋再三警告，那几个机甲驾驶员早就被全息美女相册收买，让小鬼进驾驶舱写"到此一游"了……

唐毅却理解不了梦露的惆怅，他最近心情格外舒畅。男孩都想有个秘密基地，哪怕是两楼的夹角或灌木丛中的空地，他们都能用想象力为其赋予各种梦幻定义，并在其中往来穿梭、乐此不疲，唐毅现在有个真正的秘密基地，自然是美得都冒泡了。

这里没有学校的无聊压抑，没有家里的孤单琐碎，这里的人来自荒原，他们和城里人不一样，会爽朗地大笑，会粗野地骂街，没有死气沉沉、循规蹈矩，也没有歇斯底里、纸醉金迷。现在，每天放学后到回家前的时段是唐毅最快乐的秘密时光，根本不需要定位监视，也不用炸弹威胁，就算是姐姐的家法都无法让他泄密。

团长已经帮忙问过了都市圈内部战线，四月一家并没有加入反抗组织，唐毅虽然有些失望，但这并没有影响他做预备兵的热情。他玩命地表现，玩命地刷存在感，帮侦察组改装热感锁定设备，帮突击兵调整外机械骨骼反应指数，帮医护队改良智能担架辅助模式，就差帮孙小北改进炊具了。技术组刚提出想研究哎呦吼身上的失落技术，唐毅立刻卖友求荣，跟团长谈妥了如何折算功绩，还告诉了梦露怎么关闭哎呦吼的语音系统。

周五又是艳阳天，孙小北说今晚要尝试新菜——爆炒压缩饼干渣，并将按唐毅给的建议加熬烂的蛋白棒，以增加独特口感。唐毅放学后没有赶着去品尝新菜，而是上了环城悬浮列车，打算先去四月家再碰碰运气。

四月家依旧无人应答，邻居大婶家的男人不在，大婶畅所欲言，说了很多——据说地幔采掘厂出现了问题，需要抽调工人紧急维护，积分给的很多，一个人 0.3 分呢。……既然现在来招的是第二批，那么之前四月他们十几家可能就是第一批……四月他家荣誉积分连续两年都没挣够 5 分，下个月的审判日会被直接拉去献祭，突然遇到这等好事，肯定一家三口都去喽。……大家都在骂之前那十几家藏着掖着，太自私，坏了心肠，谁不想多挣点积分啊。……

唐毅从大段废话中精炼出有用的信息，边往回走边在智脑上查找相关信息，一无所获之下心中满是疑惑，不由得琢磨着：要不要冒险入侵一下 H8 区的人类管理系统信息库，没准能找到什么线索。

走路低头看智脑是要遭报应的，唐毅没注意已经到了车站，走过了头，一脑袋撞在街口突兀冒出的一道玻璃墙上，翻倒在地的时候，挥起的手正好砸在旁边的金属栏杆上。十指连心，他疼得捂着手坐在地上，忍了十几秒才爬起，跳着脚就要用刚跟梦露学的方言骂街，然后，他就愣住了。

玻璃墙后是一双纤细的脚，脚上沾染的血渍已经变成了黑色，如风干的油墨，微微隆起。断裂的骨头从扭曲的小腿中穿刺出来，勾连着残存的皮肉，看着就令人觉得刺痛。残破的身躯没有一丝遮掩，却因瘦骨嶙峋和伤痕狰狞显得十分可怖，看不出一丝少女的美好。惨白模糊的面孔上，失去光泽的双眼越过唐毅，定定地看着远方，似乎在等待着什么。

小草！是唐毅很怕自己遗忘的小草。

特制的全景展示窗里展示着之前被围剿击杀的反抗分子，悬浮的尸体被剥得精光，在保鲜装置维护下如标本般被摆弄成各种造型。旁边的光幕在滚动播放训诫字幕，提醒着每一个路过的人——反抗只有死路一条。

唐毅之前看到的鲜血都隔着哎呦吼的镜头，不管投射影像如何清晰，总有些遥远朦胧，但此刻，这幅画面却将死亡直接砸进唐毅眼里，真实得触目惊心。世界慢慢变成了单调的黑白，黑色血渍却重新化为殷红，无比刺眼。

唐毅呆呆地看着展示窗，许久许久，纹丝不动。来往的行人都以为这个孩子是被吓呆了，可没人愿意靠近展示窗，自然也没人多管闲事。站前的警卫扭头看看，犹豫了一下，却终还是懒得走动，远远呼喝两声，见没什么反应，便不再理会。

没人知道此刻唐毅的感受有多么清晰。他感受着血脉的偾张，聆听着激动的心跳；他狠狠地攥着拳头，几乎要把骨节攥碎了；他想怒吼，想砸碎这剥夺生命最后尊严的展示窗，但理性却在声嘶力竭地提醒他。他不能有任何异常举动，只能站着，看着。

时间只过了几分钟，却似乎过了很久，唐毅终于慢慢地平复了几乎要燃烧起来的大脑，转过身，默默地走向车站。这时他才明白，这些天自己获得的快乐并没能消减令人窒息的压抑，悲伤无论怎么假装都无法遗忘，愤怒早已忍无可忍。

唐毅回到地下基地时，孙小北的新菜已所剩无几。加了蛋白棒的爆炒压缩饼干渣很黏腻，有点像搅烂的咖喱饭，大多数人并没吃过那种旧时代食物，所以听着团长和老曹一唱一和地说口感有六分像，便忙不迭地去排队，任孙小北得意地一大勺子扣在餐盘里。

梦露看着唐毅出现在电梯口，长出一口气，卸下准备外出的伪装，没好气地冲他瞪着眼，"臭小鬼，你干什么去了？如果不能在报到时限内过来，要提前联系我给你的那个外围号码！"

唐毅没有如往日那样反怼他，无精打采地走了过来。

刘医生老母鸡似的把唐毅护在身后，"有话好好说！你看把孩子吓的！只是迟了一会儿而已，晚饭都没耽误。孩子嘛，还不兴去哪玩一会儿。"

海成锋走过来，沉着脸对唐毅说："你的定位信号为什么在H8区消失了？下次再不报备就擅自跑到几十公里外的城区，将按叛敌处理，启动纳米炸弹。"

刘医生把海成锋往旁边推推，拉过唐毅的手腕，点着微型智脑说："你看，你看，刚才斯诺不是说了嘛，可能是定位信号故障，果然，这智脑都黑屏了。别老拿炸弹吓唬孩子，把孩子吓得都不说话了。"

梦露绕过海成锋,将一盘糊糊墩在唐毅跟前,"尝尝孙小北的新手艺,特意给你留的。"

唐毅知道智脑八成是刚才手腕甩在栏杆上时撞坏了,但他没解释,接过盘子,伸手就抓了一坨塞进嘴里,嚼都没嚼就往下咽。

坐在角落起重器上喝酒的团长一拍大腿,冲旁边的队员说:"看见没,这一看就是城里高等级人家的,见过世面,旧世纪咖喱饭的正宗吃法据说就是用手抓!"队员看看自己一手没擦干净的润滑油,放弃了学习正宗吃法的念头,把最后两口扒拉完,继续去忙整备工作了。

团长见身边没人了,便哼着不着调的小曲,灌了两口酒,掏出一个全息目镜,架在鼻梁上,摇头晃脑,不知在看什么少儿不宜的影像。

唐毅端着餐盘走过去,歪头看了看他,也坐到起重器上,边吃边说:"一开始,看到你刺杀总督的时候,我以为你这样的人就是英雄。"

团长掀起半边目镜,很不矜持地点点头,"嗯,我本来就是。"

唐毅继续说:"后来,我看到了小卓和那些没有强大力量却在拼命战斗的人,我觉得他们更像英雄。"

团长一滞,想起海成锋从唐毅智脑里找出的视频片段,点点头,"嗯,他们也是。"

唐毅吮着指头问:"他们掩护运走的,就是你们在整备的这些战斗物资吧?"

团长再次点头,"是的。"

"像他们那样的人,死了很多,是吗?"

"很多。"

"很多是多少?"

"具体数字并没有统计。"

"他们都是活生生的人,死掉了却连数字都不算?就这么被忘了?"

"不,他们不会被忘掉,每一个都不会被忘记。"

"他们被放在展示窗里示众,就像标本一样。"

"那是旧时代就用烂的钓鱼战术,为了引诱蠢货上当,也为了让人们不敢再反抗。"

"那人们还敢反抗吗?"

"敢,每时每刻都有人在战斗。"

"可为什么你每天都在喝酒,看投影打发时间,没有去战斗?"

团长摸着下巴想了想,没羞没臊地说:"我在准备战斗啊,准备给狗日的外星人来个升龙拳,把他们打飞到外太空,当个英雄中的大英雄。"

唐毅对这等明显是逗弄孩子的拙劣玩笑毫无笑感,他脑子有点空,手上就没了准头,一勺子戳下去,餐盘向右一翻,正扣在团长身上,因酒精依赖而苍白的脸上溅满了蛋白糊糊。

团长摘下目镜,抹了抹脸,说:"你这臭小鬼,故意的是不是？心情不好也别浪费食物啊。"说罢，拿起餐盘走向厨房房舱。

唐毅扭头看到那架沾了些糊糊的目镜，随手拿起来架在眼前，按下继续播放，想看看不靠谱的团长到底在拿什么打发时间。

投射到视网膜的影像并非什么娱乐视频，只是一段普通的全息录像，摄录角度很独特，唐毅一看就知道是由哎呦吼静默悬浮拍摄的，想来这正是昨天海成锋借用哎呦吼的原因。

悬浮于空旷湖面的平台放置着一张古香古色的茶桌，左面的老人淡定儒雅，颇具学者风范，右面的中年人样貌平庸，气场却颇为不凡，与老者不相伯仲。

老者低头凝视身前的茶杯，蒸汽裹着茶香掠过花白的鬓角，他轻嗅了一下，继续说起停顿的话题："都市圈刚建立时，爆发过很多次起义，但经过无数次镇压，一切都成了理所当然，甚至有很多人认为：通过审判制度，以微不足道的代价淘汰劣质基因，获取进化资格，是人类进化的捷径。"

中年人面色肃然地说："听起来貌似有点道理，但归根到底只是恐惧下的自我麻醉。进化是自我进步，从来不是靠他人施舍获得的。"

老者抿了一口茶，品味着苦尽甘来的回转，"二十年前，无质生命降临地球时，顷刻毁灭月球基地和星际舰队，一次坠降就摧毁了全球防御体系，初次地面战只十几个小时便全线击溃 1 100 万人类联军，此后人类无数次反攻也均以失败告终。

"虽然现在各方都取得了一些生命因子的研究成果，却都仅处在初级应用阶段，人类不进化到同等阶层，不掌握同级力量，就没有任何胜算，战争只能带来无谓的创伤和死亡。我们并非不赞成贵方的战略，只是希望通过和平协商与体制改革来获取契机，促进进化。"

中年人语气平淡却言辞犀利，"联合我们暗杀前任总督，在幕后推动权力更迭，通过制度倾斜资源，让商会成员获得总督家族才有的进化水晶，这就是改革？商务联合会以政客、商人、高知群体为核心，最不缺聪明人，你们应该和新总督达成了协议，在分食旧总督家族的过程中抢到了最大的利益，所以才拒绝与我方继续合作，对吧？"

老者微微一笑，摩挲着茶杯回道："我们需要用于实现目标的利益，却不会为了利益改变目标。商务联合会的第一纲领始终是促进人类进化，推翻无质生命统治，为此，我们可以和任何人合作，自然也包括赞同改革的新总督家族。新总督的一些构思和我们的改革计划不谋而合，是值得争取的。"

中年人把半杯残茶灌下去，摇了摇头，"无质生命只是被供起来的神像，统治人类的是共荣政府，是108个都市圈的各个总督家族，这些仿家族结构的权力集团才是最可怕的敌人。柔和政策不过是稳定局势的幌子，一旦完全吞下旧家族，新总督家族也会接受无质生命的条件。为了自己能彻底进化为至高形态，他们一样会出卖人类，完成广域逆振提取公式的演算，献祭都市圈所有民众，到那时，无质生命将一举突入外地核，一切便再无法逆转。"

茶室静了下来，只剩下铸铁壶的煮水声。老者泼掉茶杯里的残茶，沏上一壶新茶，这才继续说："无论是地幔钻井的最终目的，还是广域逆振提取公式和全城献祭，都只是贵方的推测，没有任何实证。就算前总督家族真的做过如此丧心病狂的计划，我们也不应以此去定罪新总督家族。如果贵方肯放下成见，主动停战，我们甚至可以达成多方合作，让革命的曙光更快来临。"

中年人面沉似水，"随着基因技术的突破，人类进化已经全面开始，我们现在已经基本解决异化问题，强化技术日趋完善，自然觉醒概率不断提升，引导者也增加到十余人，只要各方都加入统一战线，共同作战，最终胜利的一定是我们。"

老者摇摇头，"此次薪火联盟贸然对多个都市圈发起全线进攻，不但引发了前所未有的大规模战争，还在都市圈内不断进行破坏，牵连无数无辜民众，这是极不理智的。商会已做出集体决议，与齐家协作改革，暂时停止与贵方合作。"

中年人将茶杯倒扣在学者面前，"你们是在与虎谋皮啊。"

谈判还没结束，但结果已经显而易见……

唐毅眼前突然一花，目镜被回来的团长拽走了。

"谁让你乱动的！"团长表情十分严肃。

唐毅抬眼看看他，"你也没说不让动啊。"

团长用手指着唐毅的鼻子，憋了半天才气急败坏地说："小孩子家的瞎看什么！去，去，赶紧回家学习去！"

梦露从旁边走过，以为团长又喝高了，忙一把拉过唐毅，"学啥习啊，我还得带他去修理腕部智脑呢。"

团长臭着脸，连连摆手，"早干吗去了，快滚蛋！"

"好，好，马上滚。"梦露拉着唐毅转头就走，边走边说："这急赤白脸的,不是喝多了就是被谁怼得没话说了,别搭理他。"

技术组第一帅哥斯诺正在研究新型破解代码,莫名其妙就被梦露强拉着当了修理工。斯诺的破解入侵技术十分高超,但对硬件修理不太擅长,鼓捣了半天也没找到问题所在。

梦露玩笑着吐槽道:"黑白双煞,一硬一软,看来来硬的你体格不行啊,还得找小黑。那家伙上哪去了?这小毛病对他来说就是两分钟的事。"

斯诺手上的检修针抖了一下,头也没抬,低声说:"小黑没了。"

梦露愣了一下,猛地扭头瞪大了眼睛,"怎么没的!早上我出任务前还见着他呢。"

斯诺叹了口气,"就是晚饭的时候,三组在E7区尝试入侵信息库,小黑负责物理端口接驳,结果被人发现,堵在中转站里了。为了不被俘虏,逆向追查到基地,他拉了爆雷……"

梦露一拳砸在旁边的箱子上,怒骂道:"妈的!咱们死了那么多人,商会那些瘪犊子还成天说啥和平变革主义,整什么谈判改革,屁忙都不帮,如果他们肯帮咱们掌握信息枢纽关联点分布和城市布防,那么作战成功率……"

想到这个"如果"绝对是白日做梦,梦露突然泄了气,扔下一句"妈的,靠人不如靠己。快点修完,让小鬼赶紧回家,好好学习去!"便忿忿转身离开,边走边继续低声骂着:"去你妈的和平变革主义,去你妈的!"

6. 一石三鸟

唐毅最近很忙，忙着实验 AI 操控、短程对点传输，忙着加强赛博技术、改良破解程序，忙着从姐姐的实验资料中查生物酵母反向分解的转换方法，忙着向叶清请教力场对冲消解公式，忙着好好学习到没时间好好学习。还好老曹和斯诺很欣赏唐毅的求知欲，不但对他的求教知无不言，还帮他做控制器、编写代码，不然他很可能就要少白头了。

学的东西太多，都学杂了，唐毅坐在天台上，一边吃饭一边梳理，浑然不觉王大志已经在他眼皮底下顺走了两片火腿。

安吉一筷子敲在王大志手上，却没拦住，只能忿忿地骂道："偷肉贼！"

王大志稳稳当当把火腿塞进嘴里，觍着脸说，"夹块肉那能叫偷吗？"

"呔，厚颜无耻！"

"我一口好齿，牙好胃口就好！"

唐毅回过神来，无奈地劝道："你俩早上不是刚和谈成功，说今天停火吗？"

安吉顿时不干了，"喂，我可是为了帮你抢回火腿，你有没有点良心？"

王大志也不干了，"哎，我可是为了提醒你别愣神，你可得有点准谱！"

唐毅看着两个一唱一和对仗工整的家伙，颇有种看到失传曲艺相声的错觉，"好好，你俩都对，我想事情想愣神了，我的错好了吧。"

"什么事，都想傻了？"王大志人如其名，大人有大量地原谅了唐毅。

"有关覆盖命令配合追踪路径转为冲击分解的大事情，听明白了没？"唐毅一句人话说完，王大志差点被憋出内伤。

安吉幸灾乐祸地打趣道："这就是学科第一和倒数第一的区别。"

王大志挑着自己饭盒里的土豆条，撇了撇嘴，"说得好像你听明白了似的。正数第一和倒数第一也没啥区别，都是第一，只不过看从哪边数。"

"怎么就没区别？我妈妈说了，成绩不同，将来基础荣誉积分都不一样。"女孩子就是早熟啊，安吉这句话已经算直击灵魂了。

王大志的灵魂也皮糙肉厚，又开始习惯性歪楼，"荣誉积分啊，最近为庆祝新总督上位有举报奖励积分翻倍活动，刘豫老贼只差零点几分就能获得进化资格了，肯定会疯狗一样到处咬人，不知道又有谁要倒霉了。"

提起举报，安吉就满脸嫌恶，"我倒希望他能赶紧实现愿望，从咱们学校消失，反正获得资格去进化的，除了宣传片里的几个代表，就没有哪个还会回来。"

"审判的最低级被献祭了,回不来;审判的最高级被进化了,也回不来。所以嘛,第一和倒数第一确实没区别。"王大志的论调很奇葩,但似乎又有那么一点道理。

唐毅打断了他的胡说八道,"你爸爸最近回家没?安全统计资料上还是没查到人口失踪或者地幔采掘厂紧急征调的信息?"

王大志吧嗒着嘴回道:"反正上回那批里是没有。这个月出了好多事,外面好像打仗了,所有环区都在抓反抗分子,我爸妈天天加班维持治安,好几天都没回来,更别说带资料回来了。"

唐毅叹了口气,歪头看着远处的天启城和衍生塔,默默把计划又推敲了一遍,确定没有纰漏,决定今天就开干。

放学后,唐毅跟梦露报备了会晚些去报到,然后再次来到H8农牧区。四月家依旧无人,农场中依旧忙碌。

停工铃终于响起,满脸麻木的成人和眼神呆滞的童工挤成一团,乱糟糟地从农场闸门里涌出来。今天是每周一次的机械检修,没有夜班,人们脸上的紧迫与压抑稍淡一些。

唐毅从路口转角钻入人流,逆流而上,顺利潜入农场,又利用身形瘦小的优势,在建筑遮挡下避开监视器,溜到了机械停放区。这个游戏,四月带他玩过好几次,他每次都比四月慢,这一次他没有对手,所以赢了。

暮色如血却不带丝毫温度,在金属上反射出阴冷的光芒,数百台机械整齐地停在各自的机位上,电机余热还未消散。收获台车有十二条机械臂,驱动功率是民用机械最大的,远看如同远古的猛犸巨象；催化机的造型很怪异，全身排布了十二支软金属喷管，好像水罐上插满了章鱼触手；肉类收割机的螺旋桨式切割刀闪着寒光，刀身上防粘连的斜向条纹看起来十分狰狞。

斯诺帮忙改写的侵攻代码十分强悍，哎呦吼破解安监系统的速度快了近一倍，转眼便将本区警戒无人机操控权限覆写，又只用几分钟便入侵了可视范围内的四个监视器，人工巡查到来前，唐毅便将战术控制器接入了最外围三台机械的中枢芯片。

做完这一切，唐毅顺着停放区旁废弃的输送管道爬到肉类分割区，在处理区围墙死角拨开一堆荒草，从狭窄的裂缝钻出农场，沿着墙外疯长的荒草走了十几分钟，终于安全脱身。

这条秘密通道是四月的命根子，她每周这个时段都会来盗取机械上残留的食物。唐毅想到这次行动后通道很可能被发现，便有些忐忑，不知四月回来后该怎么解释。他咬了咬后槽牙，决定豁出去了，以后每周从老铁手底下往外偷食品补偿四月，不成功便撒泼打滚，大不了被姐姐来几顿家法。

用偷学自团长的手法遮住面部，换上伪装关节的衬垫，模糊身体结构信息，唐毅佯装无事溜到车站西面，进入之前机动部队歼灭小草等人的区域，躲进了被战斗波及的废弃建筑。确定哎呦吼已悄然飞至车站对面的信息墙后方，唐毅滑开控制面板，点下了启动键。

虚拟地图上亮起三个光点，车前摄像头画面呈扇形弹出。轰鸣声中，三台农用机械化身钢铁猛兽，在预设指令下撞开闸门，冲出农场，向车站方向飞驰，街区安全警报骤然响起，正在播放晚间新闻的信息墙瞬间被戒严通告覆盖。

戒严通告刚刚发布，哎呦吼便弹出物理接驳探针，插入信息墙后面的检测插孔，瀑布般的攻击数据随即在唐毅智脑光屏前疯狂闪烁，令人目不暇接。

物理入侵通常都是从数据端口进行连接，不但现实环境危险性极高，还要面对路径中无数预设的防卫检测和反向追踪，但从单向信息输出端口以特殊跳跃法接驳，让代码纠缠在信息链上逆向入侵，却可以避开大多数警戒和防御。这个绝妙的构思是四月提出的，当时唐毅还嘲笑了四月异想天开，结果两人模拟推演成功，唐毅输了整整 10 块奶糖。

唐毅的计划是最简单的声东击西——操纵农场的机械攻击站前展示窗是佯攻，实际目标是逆向入侵人类管理系统分区信息库，寻找军事情报和四月一家的去向。为了寻找四月而盗用四月的构思，唐毅理直气壮地认为这绝不算侵犯知识产权。

在现实世界中，三架农用机械在战术控制器驱动下爆发出强横的战力。收获台车撞开路障，机械臂将街区防线砸得乱七八糟；催化机跟在后面四处喷洒催化酵母，接触明火引起的爆燃让防卫兵团避之不及；收割机的巨型切割刀高速轮斩，将一切阻碍物都搅得粉碎。街区镇守部队从未面对过这类敌人，没有应对经验，只能连连后退等待支援。

在虚拟世界中，攻击代码如潮水般汹涌，沿着警报发布路径席卷而过，向信息库发起凶猛的攻击。特性扫描、漏洞搜索、暴力破解以每秒数千次的速度进行着，无数防御协议和虚拟屏障被撕碎。各种病毒疯狂复制扩散，从意想不到的方向摧毁着防御运算机制，管理系统 H8 区自主 AI 深陷于信息延迟中，已经开始逻辑混乱了。

攻击代码一路披荆斩棘杀到信息库最后一道防线，忽然陷入了停滞。虽然提前推演过多次，但唐毅实在没有想到，H8区信息库的最终防御锁竟然不是复合式闭锁，而是古老的三段密码锁。这种密码锁破解难度并不高，却极费时间，除了反复冲击别无他法。

唐毅开始全力手动辅助破解时，伤痕累累的农用机械终于冲到展示窗前。未等增援而来的重装部队启动粒子炮，最前方的台车已竖起厚重的载重斗，自己打开了甲板，裸露的电机爆发出刺眼的光芒，整整两立方的电容液被引爆，在高热爆炸冲击中，展示窗的防护层发出密集脆响，高密度钢化玻璃片片龟裂。

收割机冲入火光，闸刀拢成一束，全力斩下。框体炸裂，碎片横飞，小草等人的遗体被抛出囚笼，惯性之下，仰头前倾，双臂微张，如同重获自由的飞鸟。超高浓度的催化喷雾将遗体凌空包裹，强化微生物的活动甚至引发了生物电效应。遗体瞬间分解，各种有机物变成微粒迎风飘散，在霓虹灯光的映射下，仿若星辰。

腕部智脑传输的最后一帧画面里，机械被击毁爆炸的火光盘旋升腾，然后便只剩一片漆黑。唐毅口中满是野山楂的苦涩味道，他使劲咽下口水，来不及与小草道别，十指如飞，继续在虚拟键盘上为破解指令提速。

防卫兵团的搜查马上就会扩散到这条街，及时撤离才是最佳选择，可唐毅不甘心，赌徒心态让他有一种错觉，似乎下一秒就能成功，所以他决定冒险继续破解。

"1分钟，再坚持1分钟！"

"30秒，最后再来30秒！"

"不，就差一点，再10秒！"

"叮咚！"密码终于解开，下载程序如饕餮般疯狂吞噬数据信息，差点将哎呦吼的信息通道撑爆。听着哎呦吼抱怨暴饮暴食的危害，唐毅不禁露出了一丝轻松的笑容，可笑容刚刚拉开，便被定格了。

数声轰鸣骤然响起，4架中型战斗浮空艇出现在半空，转眼便封锁了街区，雪亮的探照灯光与各种探测波逐层扫过每一寸街区，机身上漆黑的"机动"二字令人不寒而栗。

唐毅看看不知何时关闭的街区闸门和电子围栏，终于明白，哎呦吼的介入点在漫长的破解过程中被反向锁定了，而自己与哎呦吼的单向连接信号也被脉冲感应找到了大概方位，自己已成了笼中的老鼠。

搜索脉冲网格形的光波眼看便要覆盖唐毅的藏身处，事到如今，唐毅反而不紧张了，他开启哎呦吼的自主权限，让他自行返回基地找团长报告，务必把已下载的息送回去，自己则掏出一大把从老铁那里摸来的神经抑制药物，打算一口气把自己吃成植物人。

手刚伸到嘴边，一道黑影突然从唐毅身后浮起，忽地将唐毅拎了起来。唐毅刚想挣扎，却被一声低喝制止："别动，安静！"声线很耳熟，是团长独特的酒糟嗓音。

全身披挂单兵动力装甲的团长夹起唐毅，无声无息地闪进建筑阴影中，幽灵般穿梭于废弃建筑之间，片刻后便来到街尾。稍一停顿，团长抬起覆着红色微光的右手，轻轻拂过隔离铁栅，如至律力场般的可怕力量将钢铁瞬间化为灰色雾气。

团长正要带唐毅从空隙中穿出,刺眼的探照强光突然笼罩了他们。机动部队不知何时已经完成包抄,数十名全副武装的机动战兵从浮空艇一跃而下,人在半空,动力装甲背部和腿部喷射器便全数开启,流星般扑了过来。

团长弹开背部装甲,用十字挂锁将唐毅固定在背上,闭合装甲后低吼道:"趴好,别动!"接着便抽出腰间的重型高斯霰弹枪,向街区外发足狂奔。

此刻的团长与平日的懒散酒鬼判若两人,他左手持枪连射,右手纳米组织化为长刀不断挥斩,腿部辅助喷射器在蹬踏中连连爆响,仿佛一道强悍的闪电,只数十秒便击穿了前方防卫兵团的防线。

就在团长即将突出包围的前一秒,数辆装甲车突然空降在前方,又有十余名机动战兵闪出,以密集的火力压制了去路。指挥车前站着的正是那个杀死小草的机动司司长齐桓,他昂着年少俊朗的脸庞,淡淡地看着战局,仿佛古时观看斗兽的贵族。戴着复古眼镜的副官站在侧后半步的位置,正在指挥近卫防护流弹和爆炸气浪。

眼见前后合围的包围网又被逐渐搅乱,齐桓微微皱眉,做了一个手势,副官立刻对指挥仪发布了新的指令。被打散的机动战兵集体停滞了一下,身体骤然急速扭动,眼睛彻底变为血红色,以更疯狂的攻势扑了上来。

迂回空间被压缩到避无可避,团长手中猛地爆出十余粒红色光点,化为一片半透明的防护力场将自己和唐毅笼罩起来。四面八方的攻击在防护力场上炸开无数火光，打起无数涟漪。唐毅趴在团长背上，看着近在咫尺的爆炸，感受着烈焰翻腾的空气波动，脑中一片空白，越来越响的耳鸣令他头痛欲裂。

机动战兵都已经变成了怪物，肌肉急速膨胀，将装甲的辅助机械骨骼撑得咯吱作响，生命力更是强到令人发指，团长的霰弹枪顶着一名战兵狂轰，直到弹夹清空才将其彻底击毙。尸体栽倒，头盔碎裂，露出半边扭曲的面孔，面部暴起的血管加上血红的眼睛，狰狞如鬼。唐毅的视线有些模糊，但他依旧清楚地看到那士兵额头的十字印记，那不是伤痕，那是异化痕。

面对这些可怕的敌人，团长冲击数次都无法突破。红色防护力场没有至律力场无视一切规则的强悍，必须以身体承受未抵消的震荡，狂轰滥炸中，团长的动力装甲已残破不堪，缝隙中不断有鲜血溢出，尽管如此，他依旧将大半能量集中到背部，保护着唐毅。

唐毅能感受到，红光在逐渐稀薄，团长的身体已经开始颤抖，他想做些什么，却发现什么都做不到。这一刻，他才深刻体会到自己的无力，体会到英勇与鲁莽的区别，可是一切似乎都太迟了，视线剧烈晃动，余光闪过的半幅画面中，副官再次加强了进攻指令。

机动战兵完全丧失自制意识，丝毫不顾超限动作对身体的损伤，疯兽般全方位同时猛攻。耳鸣骤然加剧，与战兵的嘶吼混响，疯狂凄厉却又带着隐隐的绝望，就像有人在耳边用铁片疯狂摩擦玻璃。

唐毅想捂住耳朵，却因为十字挂锁的固定无法动弹，为了不干扰团长，他死死咬着牙忍受痛苦，恍惚中他似乎看到，那些血红双眼后面，急速充血的大脑已经开始崩坏。几分钟后，这些机动战兵将脑浆迸裂，而在这片刻中，他和团长也将被撕成碎片。

团长身上的力场已稀薄到几不可见，他死死护着背后的唐毅，拼尽所有力量发起最后一次冲击，可是前方两面能量盾抵住了他，装甲车的速射炮趁此停滞完成瞄准锁定。死神的镰刀即将挥落，耳鸣冲击也突破极限，几乎要炸碎唐毅的耳膜。

"啊——啊——啊——"

唐毅再也忍不住了，失控的尖啸冲口而出，这一刻，他觉得压力骤然爆开，脑子里所有声音都消失了，耳鸣和杂音变成了轻柔的叹息。

时间感和空间感被释压的快感搅乱，有些模糊，唐毅感觉过了很久，其实不过几次呼吸，他茫然四顾，却发现眼中的一切都有些不真实。疯狂的机动战兵停滞不动，失控的浮空艇缓缓下沉，偏移的装甲车陷入沉寂，副官不断狂按指挥面板却毫无反应，齐桓满脸不可置信，眼中高傲的怜悯消失不见，取而代之的是一抹惊慌。

团长身形猛地一缩，炮弹般冲向指挥车，右手刀锋刺破空气，发出短促的急啸，直指齐桓眉间。纳米组织凝结的刀锋没有金属的反光，却在火光中带起一片血红。

刀锋闪过，骨肉尽断，被一击而穿的不是齐桓的头颅，而是副官推过来的近身护卫，这名近卫没有被下达发狂的诡异指令，所以还保持着行动本能，他没理会胸前贯穿的血洞，一拳砸向团长。团长向后一跃，用尽余力，狠狠斩向旁边瘫痪的装甲车，最后一丝红色粒子洞穿钢板，冲进能源舱。

火光冲天，爆雷轰鸣，无数火线带着爆炸残片漫天飞射，瞬间将装甲和肉体洞穿，已经脑浆迸裂的机动战兵们就像狂风中的落叶，四处碎裂飞散……

硝烟散尽，齐桓推开身前的装甲板和已被炸烂的近卫，捂着右侧脸颊，眼中的怒火几乎要迸射出来了。一道狰狞的伤口从他的嘴角一直拉到耳根，正是穿过士兵身体的刀尖留给他的纪念。副官连忙调动剩下的几名近卫追击，却发现已经彻底失去了目标。

团长早已冲出包围，潜行至数百米外的街区，钻进失去供电的漆黑巷子，拽出一架悬浮机车，甩过头便向侧面夹道飞驰。

唐毅探出脑袋想看个究竟，却见一道栏杆迎面而来，差点将他撞个脑浆迸裂。"呜！"劲风从脸侧刮过，压缩空气的冲击刮得唐毅脸蛋生疼，他想张口问话，却被更猛烈的狂风灌了一嘴，嘴唇都被掀到鼻子上了，整个口腔在劲风中高频抖动。不得已，他只能把脑袋使劲拱在团长背上，歪着头闭上嘴。

机车在狭窄空间中极速穿梭，阵阵滴滴的声音夹杂在尖啸中缓和了急促的音频，这声音唐毅再熟悉不过，是哎呦吼自主破解监视器成功的提示音。听着听着，一阵倦意如潮水般涌了上来，瞬间侵袭全身，让人提不起一丝力气，连眼皮都无法控制。唐毅只抵抗了几秒，就可耻地缴械投降，头一歪，睡成了死狗。

梦境混乱无序，唐毅如同一粒尘埃，飘浮在无边无际的混沌中，穿过一道道五光十色的光幕，观赏着形形色色的人生，时而是建筑工人，时而是农场杂役，忽然又成了走私的商贩……这些人生并不完整，似乎被碾碎过，只剩下残缺的碎片，但他们有一个共同点，就是在某个时候身上突然出现十字异痕，身体开始强化，精神逐渐敏感，甚至开始感知身边人的情绪，然后，就因为检查或举报被抓捕了。

顺着碎片延伸下去，唐毅看到了更多碎片聚集成的整块影像。那是一个封闭的庞大机构，圆柱形的建筑直径达数百米，无数单元舱组成的壁面仿若蜂巢，上下延伸，似乎没有尽头。无数套着磁力锁的人类被分批送来，关进类似全方位治疗舱的装置，麻醉固定后，全自动机械会迅速切除头盖骨，以透明的半球形护罩包裹裸露的大脑……无法言喻的痛苦与恐惧就像一层黑色的迷雾，一点点吞噬掉下面的画面，最后一片闪过的残片，是一滴眼泪的反光。

穿过这块影像，继续向下，更下层是一片尘埃，细碎如粉，无论如何拼接，都无法形成完整画面。这些尘埃充满了愤怒、绝望、仇恨，沉寂无声却又暴烈喧嚣。唐毅抓起一把尘埃想仔细观察，却发现这些尘埃似乎活了过来，从指间溜走后四处飞散，飘洒的尘埃形成了一张张人脸，在痛苦地诉说，在温柔地安慰，在悲伤地哭泣。

在死一般的寂静中，唐毅依旧无法听清他们在说什么。他正在犹豫要不要迈入尘埃迷雾，探寻究竟，头顶突然投射下一片光芒，撕开了黑暗，光芒中隐隐传来两个声音。

"有什么关系，反正作战即将开始，驱动力不用也是浪费。"这是团长的声音，不知在嚼着什么，有些含糊。

"进城前你强行遣回那几个觉醒的小子，放弃原计划的泯灭冲击,非要自己去刺杀,也是这套说辞,你知不知道你……"刘医生的声音很温柔,但此刻的语调分外严厉,只是未说完就被打断了。

"一群小年轻,刚掌握指引驱动就总想着当烈士,这心理多不健康啊,你看我,老将出马一个顶一群。哎,这臭小子怎么还没醒,你确定检查没有问题?"团长惯用的岔开话题,手法炉火纯青。

刘医生果然上当了,"没有任何伤痕,只是体能有些透支,很像你驱动生命因子后的状态,所以我给他注射了大量营养液。"

"难道说……刚才机动部队的操控中断,是这小鬼觉醒爆发,干扰了对方的控制波?"

"防护罩隔绝了大部分地球生命因子,都市圈内人类初步进化都很难,觉醒更是概率极低,而且他身上并没有进化异痕,身体机能监测数值也都正常。"

"外星人都要吃地球了,还有什么是不可能的……算了,这个回头再研究吧,小鬼要是再不醒,他家的智能管家该报警了,我找小海想想办法吧。"

"小海如果知道这个情况,你猜他会怎么处理?"

"呃,也是……要不,试试最简单的办法?"

"你个会是说……"

"对啊,大嘴巴子抽醒!不管是炮震晕的还是冲击窒息的,百试百灵!"

唐毅惊出一身冷汗,赶紧捂脑袋,龇牙咧嘴地睁开了眼。

考验演技的时候到了，唐毅凭借丰富的日常偏头痛经验，一顿本色演出，总算让团长和刘医生暂时相信他只是压力太大，导致了深度昏迷。

团长提着的心放回了肚子，火气顿时就上来了，捏着唐毅的脸一顿乱摇，"哎，臭小鬼，你给我说说，你哪来这么大的胆子，敢擅自去入侵信息库！还想吃药自杀，跟谁学的？那药检测过了，是强力神经抑制药物，你哪来的？"

唐毅使劲掰开团长的手，揉着脸反咬一口，"我还想问你呢，你为什么跟踪我！？做人还能不能有点基本的信任和底线！"

团长灌了口酒，把嘴里的压缩饼干吞下去，回道："我听梦露说你请假，猜测你可能要搞什么事情，所以顺着定位信号去看看！不是跟踪！"

唐毅看着他的吃相就觉得有点饿，抢过一块饼干就啃，差点把牙崩掉，一边嘬一边学着海成锋的腔调继续反喷："哼，虽然你救了我，我很感谢，但是你猜疑战友可是十分恶劣的思想问题，必须深刻反省。"

团长连吃带喝半天，本就有点五迷三道，被这么一诡辩，突然有点懵了，手指点来点去，晃悠半天才说："奇怪，我怎么觉得你这话还挺有道理呢？可你一个人去冒险这总是不对的，也得反省吧？"

"我那不叫冒险，只是不希望因为自己的行为拖累别人，甚至害死别人。"

"可是你最后还是拖累我了，要不是背着你，我早冲出来了。"

"这个拖累的根本起因还是你对战友的猜疑,所以说你要反省啊。时间很晚了,我得赶紧回去了,不然老铁要报警了!"

"嗯,那你快回去吧,我再反省反省……不对啊,你给我回来!"

团长回过味儿的时候,刘医生已经笑得前仰后合,唐毅早一溜烟跑没影了。

精神和肉体都疲惫到了极点,唐毅还没吃完饭就趴在饭桌上睡着了。老铁吓了一跳,连忙仔细检查,确认唐毅只是太疲惫,这才将他抱回卧室放在床上,一边打开睡眠温控,一边嘴里念叨着:"老爷、夫人啊,老铁没照顾好小少爷啊,这是哪个造孽的害得小少爷脑压人增?又是哪个挨千刀的让小少爷累成这样啊?要不是大小姐的禁令,看我不突突了他!"

唐毅睡得很香,都打呼噜了,可睡到半夜他突然在梦里想起哎哟吼下载的信息还没整理分析,顿时强迫症发作,翻身爬了起来。

四月设计的下载程序十分生猛,几乎吃下了小半个 H8 区信息库,密密麻麻的目录看得人头晕眼花。唐毅想起当初四月完成编写时,自己不服气地说这种下载速度只是理想状态,实际应用会受限于各种因素,没准还会自我矛盾引起崩溃……现在看来,四月当时的笑容,应该不是缓解尴尬,而是……在嘲笑自己。

唐毅一边脑补找到四月后如何报仇,一边翻看资料。文件没有分类,他只能一个个手动浏览——区域灌溉结构图、农场产能数据分析、监控人员分类调查报告、能源通道布局、防卫兵团驻地建筑结构图……只看得眼花缭乱，脑压再次飙升。

就在唐毅快要看晕过去的时候，一份招募备份闪进了他的眼帘——《健康饮食结构评估实验志愿者征召》，执行日期是自己和四月吵架的第二天，概述是很常见的医药类人体实验招募，但怪异的是，招募方是科研中心资源管理部，没有志愿者名单，只有各区人数统计。

唐毅搜索相关申报，并未找到类似项目，他思考了一下，开始检索能量研究所的相关文件，果然又发现了好几份其他类型的征召，项目五花八门，也包括了四月家邻居大姐所说的地幔采掘厂征调，所有项目都有两个共同点——积分奖励丰厚、以家庭为单位。综合各方面分析，这很可能就是大量家庭集体失联的原因，概率在 85% 以上。

这个答案揭开了一点真相，却露出了更多的疑惑，令唐毅更加忧心忡忡。虽然他知道四月那么聪明，那么厉害，遇到任何事都一定有办法解决，却仍忍不住焦虑，不过焦虑也是白焦虑，科研中心的防御体系和独立网络都不是他能触碰的……

唐毅将下巴垫在膝盖上，抱着腿，蜷在椅子上，迷迷糊糊又睡了过去。

7. 海啸之前是晴天

斯诺看到唐毅屁颠屁颠送来的海量资料时，丝毫没有本团第一帅哥的矜持，脸都快笑烂了。虽然这只是分区民用信息库的资料，但 H8 农牧区要向各区军事机构运送物资，稍加分析，就能计算出一些军事地区的真实范围和人员配置。

拿到分析数据的海成锋很矛盾，左边嘴角扯着想笑，右边嘴角拉着想吼，最终右脸肌肉量抢得优势，他跳着脚咆哮起来，喷了团长一脸口水：

"团长！你自己说说，拉着一个编外的臭小鬼，带一个没来历的无人机，就去黑地区信息中心，这是不是脑子有病？说什么不想牵连大家，不想影响行动计划？你是战术核心啊，你挂了还他妈弄个蛋的计划！别跟我说什么下次不会了，你上次也这么说的……"

队员们对酷哥变泼妇的戏码见怪不怪，压根没人打算去解救死猪不怕开水烫的队长，梦露更过分，竟然用手工卷烟在突击队内部搞起了赌博，押本次咆哮时长能不能破纪录。正义好少年唐毅听不下去了，撸胳膊挽袖子就要进指挥舱房跟海成锋理论理论。

梦露忙薅住唐毅，"你个小孩瞎掺和啥啊，当心被误伤。"

唐毅瞪着眼回道："什么叫瞎掺和？行动是我发起的，情报也是我偷来的，怎么就成了团长的事了？而且情报明明很有用，为什么……"

没等唐毅吼完，刘医生一把将他拽过去，倒拖着就走，"熊孩子瞎说什么！过来帮我整理急救包！"

进到医疗舱房，刘医生打开智脑，把军规的信息模块传给唐毅，唐毅看着战时条例上标红的部分才明白，只擅自行动一条就足够海成锋把他枪毙 5 分钟了，团长这是替他背锅，救了他的小命。

唐毅有些内疚，可感激背锅侠也不能影响他索要英雄的奖励，就算不能明目张胆，偷偷摸摸也可以啊。唐毅也不管团长刚被喷了满脸口水还没来得及擦，见他走进医务舱房，一屁股坐到地上，开始撒泼打滚，哭天抢地。

团长恨不得转头就把他交给海成锋法办，忍了半天，终于叹了口气，"这样吧，算你试用期提前结束，从今天起，你就是正式队员了，发臂章和军服，不过只能在基地内穿戴，不得携带外出。"

"哦耶！"唐毅打着滚跳了起来，觍着脸追问道，"发枪吗？"

团长大怒，"发个屁！给你把枪你还不把天打塌了？告诉你啊，赏罚分明，情报的功赏了，擅自行动的过也得罚！明天开始，每天准时报到，跟着突击队体能训练！"

唐毅拨楞着脑袋，"我还是个孩子啊，又不让我参加审判日的突击行动，训什么练？"

团长抬手指着他，好一会才咬牙切齿地问："谁告诉你审判日有作战的！"边说边拿眼狠狠斜刘医生。刘医生无辜地连连摆手。

唐毅叉着腰，不无得意地回道："这还用谁告诉？以现在已知的情报推论，这个计划用脚趾头都能猜出来。都市圈外发动大规模战役，逼迫各都市圈抽调兵力，潜入各个都市圈的特战部队趁着空虚，在审判日发起突袭，一举消灭总督家族，解放都市圈。本天才说得对吧？"

团长一阵头大，为防止唐毅继续搞事情，也不纠缠，连忙岔开话题，"对，对，你说的都对，真是天才。作战你可以参加，到时我会给你分配侦查任务，所以，训练是必须要训的，省得你精力过……不是，省得你执行任务时体力不济。"说完，揉着脑袋转身就走。

唐毅琢磨了好几秒，才扭头问刘医生："他真给我派任务？喝酒把脑袋烧了？"

刘医生叹了口气，"他喝的特殊酒精饮品不是酒，严格来说应该算镇痛药剂，可以补充体能消耗、缓解神经疼痛。"

唐毅有些愕然，"他有病？神经病？"

刘医生摇摇头，"是基因强化的副作用，肉体强度与精神力量不协调会产生不定期高强度疼痛，每次驱动生命因子，这种疼痛还会持续剧烈发作数小时，同时引起体能急速消耗。上次他去刺杀总督时镇痛药剂耗尽，强行攻击后又没有热量补充，才差点死掉。"

唐毅这才恍然，觉得虽然病症不同，但作为病友应该同病相怜，"我一直以为他是个酒鬼，还是极不着调的那种……"

刘医生微微一笑，"他当年可是机甲部队的战斗英雄。部队为抵御外星猎兵覆灭后，他不甘心伤残退役，为继续和外星人战斗，自愿进行了基因强化。千分之一点三的强化成功率，绝大多数人没熬过第一波神经疼痛就死了……"

"原来他真是个英雄，难怪你喜欢他。"

这话从一个孩子嘴里一本正经地说出来，刘医生有些尴尬，忙将唐毅赶了出去，赶人的话和团长完全是一个套路："去，去，小孩子赶紧回家学习去。"

新授的臂章很酷，军服却出了麻烦，最小号的女兵作战服套到唐毅身上都跟披了个斗篷似的，还好刘医生帮他改了一番，这才勉强能穿。唐毅美得冒泡，屁颠屁颠地见谁都拉着拍照留念，结果被海成锋看到了，当即抬出保密条例，追着屁股要清空全息相册，一时间基地里又一阵鸡飞狗跳。

斯诺很够意思，偷偷帮唐毅备份了相册，说好作战结束给他。梦露不太够意思，训练的时候一点没额外照顾，训练量正卡在让唐毅生不如死的临界点上，还美其名曰"平时多流汗，战时少流血"。孙小北向唐毅告密，这是海成锋的阴谋，根本目的是让唐毅跪地求饶，自己滚蛋。

唐毅本来确实打算耍无赖的，一听这话，顿时来劲了，当即放出豪言壮语："唐小爷这等少年英雄，从来就不知道'怂'字怎么写！练就练，谁怕谁啊！"于是，折返跑、俯卧撑、高抬腿、引体向上，一样样原始的训练他挨个儿体验了个遍。

回到家，饭都没吃完唐毅就又趴桌子上睡着了，打着呼噜还不忘喊口号："一二三四，二二三四，姿势不对，再来一次！"吓得老铁健康扫描了好几遍，才又嘟囔了起来："老爷、夫人啊，小少爷这应该是青春期躁动了吧……哪个龟孙教的顺口溜，太污了！"

第二天，唐毅浑身酸痛，被安吉拍了一下就痛不欲生。放学后，他拖着腿一瘸一拐准时赶来受虐，吃了孙小北一大勺醋熘压缩饼干才回家。三名情报组的战士一直没回来吃饭，街上来往的运兵车越来越多，路口检查站也都加配了小型机甲。

第三天，全身像针扎一样疼，但唐毅仍咬牙坚持，远远跟在训练队列后面当拖油瓶，大兵们已经不怎么嘲笑他了，不少人还在旁边给他鼓劲。唐毅回家的路上看到通告说E环区全面戒严，在进行"突发性军事演习"。

第四天,梦露的全身放松按摩差点拍死唐毅,却极大减缓了肌肉酸痛。唐毅自发要求训练结束后学习搏击,爆破组的张斌自告奋勇,准备让熊孩子为前些天玩坏的古董望远镜偿命。老曹见孙女婿候选人被修理了,当即拎着扳手满基地追杀张斌。晚饭时唐毅终于没再睡倒,听到老铁的日常新闻播报里说机动部队对C区发起了清理,击杀了数百名反抗分子。

第五天,唐毅认为自己的肱二头肌有了大幅增长,午饭后和王大志来了场友谊摔跤赛,结果在安吉的加油声中差点被大屁股压断肋骨。放学路上,异化检查站抓捕了大量"疑似病患",引发了大规模骚乱,军警最终封锁了骚乱地区,枪声响了很久。

第六天,第七天……

人们忍耐着黎明前的黑暗,盼望着审判日到来,等待着新总督正式加冕,期许着柔和时代的降临,然而他们并未发现,黑暗已浓重如墨,化为无望深渊,再无光亮能够驱散。

人在专注于某件事的时候,时间总是过得飞快,没等唐毅的肱二头肌真鼓起来,审判日如期而至。

各区信息墙从早上6点就开始滚动通告紫燕名单,天堂与地狱共存。等级晋升者欢天喜地,大肆庆祝;喜获进化资格的忠诚者急不可耐地前往衍生塔顶礼膜拜,等待召集;纪律宪兵根据颈部芯片定位四处抓捕献祭者,枪声与惨叫声不时从各处传来。

唐毅昨天做完安全验证扫描后终于接到了团长交托的任

务——监视 G6 区货运站。他激动得直到半夜才睡，早上闹钟还没响就爬了起来，把背包塞满各种自认能派上用场的东西，夹着哎呦吼，雄赳赳气昂昂地准备出门开启任务首秀。

"这么早，要去哪？"

餐厅突然传来一声问话，惊得唐毅差点从楼梯上栽下去，也吓得哎呦吼掉头钻进了书包。姐姐唐灵以 7% 的微弱概率出现在餐厅，位置正对着门口。

平日遇到此等奇迹，唐毅早就颠颠地凑过去了，可今天他有大事要做，万万不想节外生枝。"姐姐，你这是正要走，还是刚回来啊？我打算出去跑步锻炼一下，好巧啊，哈哈哈。"唐毅把背包塞在楼梯转角的架子后，佯装做准备活动，两手叉腰，摇着脖子，扭着屁股。

唐灵冲唐毅扬了扬下巴："过来坐下，吃早饭。"

唐毅惦记着任务，哪有这个闲心，但在姐姐的威压下，他还是稀里哗啦地喝了两碗粥，吃了三个鸡蛋，才放下碗筷说："姐姐，我吃饱了，跑步去了。"

唐灵点点头，转头对老铁说："带臭小鬼去地下研究室，封闭门禁，启动防御模式，开始实施 39 号预设方案。"

唐毅有点蒙，"地下研究室？咱家什么时候有这么高级的配置了？……等等，封闭门禁什么意思？还有防御模式？我还要跑步呢。……"

老铁没理会唐毅的疑问，跨过桌子要来捉拿他。唐毅大吼一声，掀翻椅子挡住老铁，抓起背包就向门外冲。这些天的体能训练算是白瞎了,唐毅刚摸到门把手,老铁就把他按在了门上,拎着领子拽了回来。

"老铁,你过分了啊!我生气了!哎,姐姐,我到底犯什么事?你不能不教而诛啊,关禁闭也得有个理由吧。……"

唐灵压根没理会唐毅的撒泼打滚,利落地转身出门,头都没回。老铁夹着唐毅走进书房,启动了权限扫描,数道镭射光扫过,地板突然裂开,现出一道旋转通道,紧接着地板急速下滑,带着他们沉入了地下研究室。

地下研究室面积近 200 平方米,墙壁都是整块的冲击防护板,房间正中央是贯穿整个空间的巨大工作台,上面整齐地排列着各种仪器。工作台右侧是数台大型基因调整仪,左侧是柱状超级智脑和巨大的全息投影仪,井井有条、一尘不染。

老铁把唐毅放在角落,一层圆柱形透明屏障升起,将唐毅圈禁了起来。唐毅又砸又踹,却发现屏障不但坚固异常,隔音效果也极好,老铁打开智脑下载数据时,还能安逸地欣赏失传已久的交响乐,根本不受他影响。

唐毅愁得满地打滚——自己是不是还在做梦?怎么一早起来全家都变精神病了,有什么话不能好好说?这是绑架,这是人身拘禁,这是虐待儿童啊!搞得这么神秘吓唬谁呢,你们再神秘能有我神秘?我都是薪火同盟的少年兵了!我的秘密任务到底该怎么办?第一次出任务就玩砸了,以后还怎么在部队里混?找到四月后还怎么跟她吹牛皮?面子就这么扔地上再被踩两脚?这可是万万不能!

情急之下，唐毅连忙呼叫梦露给他的紧急联络号码，十万火急地发出通话请求。

"您所拨打的号码已注销……"

注销？这是什么情况？唐毅抓狂了，跳起来拿脑袋咣咣撞屏障。老铁回头瞥了他一眼，并不觉得唐毅能磕出满脑袋血来，哼着命运交响曲，又扭头刷屏去了。

撞着撞着，唐毅突然撞出了新思路。前两天老曹给哎呦吼加装了特战队的作战频道连接器，不但增加了多种接驳频段，还可以伪造虚拟接入点，避开网络数据筛查，借信息流在已筛查信息上跃迁。唐毅虽然还不知道作战频道的频段，但以哎呦吼的运算能力，耐心尝试总是能找到的。

唐毅吼了好几遍，哎呦吼才从书包里探出头来，再三确定唐灵不在，他甩着尾部天线飘了起来。尝试了许久，哎呦吼终于找到了作战频道，可不知为什么，频道始终保持着静默。

唐毅忽然想起之前为方便技术组研究哎呦吼，给海成锋留下了二级控制权限代码，这么明显的后门要是不利用，那他就是头猪。一不做二不休，唐毅趴在地上就开始远程入侵海成锋的作战指挥仪。

入侵意外地顺利，斯诺建立的防御体系和他给唐毅改写的入侵程序有相同的源代码，两码相遇，简直就是虚拟版的"以彼之矛攻彼之盾"，虽然战时指挥权高于一切，唐毅无法碰触核心命令层，但基本连接终于建立了。

唐毅小小得意了一下，开始发信，语音连接……无效，文字输入……也无效，试了十几遍，始终无法发出半点消息。他琢磨了半天才反应过来：海成锋不但屏蔽了哎呦吼的语音信息，连文字信息都闭了，这是对话痨有多么深恶痛绝啊。

无奈之下，唐毅只好联通唯一获得许可的作战记录共享，看看基地里到底是什么情况。几秒后，影音便投射到了视网膜和耳膜。

基地里一片繁忙景象，海成锋正站在中心的舱房顶上指挥调配，作战记录仪镜头所及，所有人都在忙碌着最后的战前检查。

"能带的都带上，每个冲击手雷粘上一圈菱形弹珠，弹药打不完也是浪费，加点料，味道更好！"突击兵们吼起来依旧中气十足。

"注意垫好缓冲板，这些电浆炸弹要是半路炸了，那咱们就成笑话了。每人四个高压聚变雷暴核心，起爆器记得带好。"爆破组的搬运有条不紊。

"小型机甲仝去 14 号运输车，动力装甲小队准备披挂！"机械部队的装载即将结束。

重装机兵已经撤下帆布，蹲在升降机侧面，如静默的巨神像，老曹吊在机兵的肩部装甲前，用拖布挥毫了两个黑漆草书——刑天。写完后，他满意地点点头，转头冲下面吼道："最后一次校准！OS 传动开启！自动感应开启！平衡系统开启！主电力、辅助电力限制器开启！"

团长蹲在机兵脚边，有一口没一口地抿着酒，刘医生带着几个医护兵分发完急救包，路过时停下脚步，问道："我昨天给小毅打了一针维生素，跟他说是溶解纳米炸弹用的，你那边安排得怎么样？"

团长咂了咂嘴笑道："放心，安排得明明白白。昨天晚上权限扫描后，我就给他安排了个监视任务。那个区域没有作战目标，很安全，他一到任务区域就会有内部战线的人把他抓住，然后关起来，等一切结束再送回家。当初的纳米炸弹是假的，这次的绑架拘禁可是真的，任这小鬼再怎么聪明，也逃不出我的五指山，哈哈哈哈。"

8. 火与血

唐毅没办法伸手穿过投影，掐死笑得无比开心的团长，只好化悲愤为食欲，将胡萝卜和青椒嚼得"咔嚓"作响，把午餐吃得气吞山河。

老铁收拾完餐具，开始摘除研究室内所有机械的核心芯片，收集实验样品，无论唐毅怎么变着花样询问，依旧装聋作哑。唐毅只好继续躺在地上看基地里的现场直播。

战前准备全部安排妥当，铁旗特战团除唐毅外185名队员正集合于中央空地，聆听海成锋的战前讲话。

"……以上就是作战安排，作战资料已发至各队长的指挥仪。B序列负责攻击外围目标的小队，各自核对攻击目标和顺序，C序列负责攻击核心目标的部队，由梦露部署指挥。

"今天，或许就是我们人生的最后一天。不会有英雄赞歌，不会有永垂不朽，一切牺牲都是为了人类的未来。诸位，死战吧！第13都市圈断刃作战，现在开始！"

团长见气氛太过肃穆，决定缓和一下，"死战可不是必须战死,都精神着点,任务完成了马上往撤退集结点跑。都记住了,死了不亏,活着稳赚!"

梦露哈哈一笑,接荏道:"说这些干啥,好像谁怕死似的。别娘们兮兮的,开干吧。"

医护组几个女兵隔着老远指着梦露骂起来,"看不起女人是不是?娘们不比你硬气?上回是谁顶着炮击把你扛回来的?你忘了自己当时一把鼻涕一把泪,嚎成什么样了!"

梦露捂着脸一个劲挥手,"哪敢看不起你们这些姑奶奶啊,说正事呢,别扯那些陈芝麻烂谷子的过期军粮。"

孙小北挂了一身手雷,腰上插了一排厨刀,混搭造型颇为抢镜。"梦露你什么意思?什么过期军粮?最近伙食好不好你心里没点数吗?海参谋这么自制的人,都被我的手艺硬给喂胖了3斤,刚才那话煽得中气多足,我都差点掉泪了。"

"小北的饭确实好吃了,就为这手艺我们也得好好活着,不能随便死了啊。"旁边的4小队跟着起哄。

7小队和11小队吼起来了:"没追求!老子活着是要回去娶媳妇生娃的!"

"打赌啊,7%的生还率,咱打赌看谁能活呗,谁死了谁孙子!"

"赌就赌,1赔3,敢不敢!"

现场乱成了大减价的菜市场,军纪督查郑少尉连忙吼道:"安静,注意纪律,都严肃点!"可惜,动静太小,没有任何作用。

团长咳嗽一声，冲着扩音器吼道："行了，行了！定了啊，1 赔 4！反正老家留了 5 个有家有口的，又遣回去 4 个觉醒的，再不济还有唐毅小鬼呢，就算咱们死光了，番号也还在！不废话了，全体进入战斗状态，出发！"

嬉闹的人群瞬间安静下来，所有人站得笔直，在排头兵的带领下抬手行军礼，整齐的呐喊让空气都颤动了起来："生而为人，永不为奴！"

一个个小队接连出发，奔向各自的战场，消失在画面中。基地里的人越来越少，声音越来越小，唐毅仿佛在看一部冗长无趣的告别电影，不能快进，也无法停止。

海成锋带领剩余 60 多人混编的特战中队登上了两辆改装的大型运输车，老曹把驾驶员踹到一边，亲自将车开上了升降机。偌大的基地只剩了团长一人，他蹲在重装机兵刑天的驾驶舱前，远远冲正在关闭的闸门摆着手，笑得颇为轻松。

黑暗中，升降机两侧的红灯不断从眼眸中滑落，仿佛某种倒数计时，当刺眼的灯光穿过镜头，闪得唐毅眼前一花，他才发现，原来外面已经灯火阑珊。

运输车在街灯的光晕中穿行，斯诺坐在海成锋旁边，打开智脑光幕，不断入侵沿途的警戒监视器。特战队的无人机参考哎呦吼的数据改良后，虽然还无法媲美失落技术的无影无形，但四架协同配合也已无往不利，一路数十部监视器转眼就被攻占，陷入了画面循环。

海成锋的通信器响了，因为是加密频道，无法直接共享音讯，唐毅只隐约听到了几句："纪律宪兵调动……趁抓捕献祭人员发……对商会……是否……"

海成锋沉默了几秒，回道："之前他们不接受内部战线的合作邀请，选择了新总督家族，那只能自求多福了，一切以顺利实施作战计划为最优先。"

没有人需要为别人的选择负责，每个人都有自己要做的事。老铁依旧保持着古怪的习惯，没接收网络资讯，打开投影仪，坐在沙发上看起了晚间新闻。今天的节目只有一个主题，就是审判仪式现场直播。

夜幕低垂，晋升与抓捕，欢呼与哀号，都暂时告一段落，献祭仪式与进化庆典即将同时开始。都市圈上空亮起了极光般缥缈绚丽的光幕，淹没了月晕，吞噬了星光，绚烂如圣迹降临，美丽如神灵祝福。有的人顶礼膜拜，期盼着长生不老；有的人心中暗嘲，鄙夷着欺人把戏。唱诗班的一千名孩子微笑着登上舞台，恢宏庄严的共荣赞歌才唱起第一个音符，惊天动地的轰鸣便打断了虚假的美好。

防卫兵团总部的军火库及能源储存库同时爆炸，巨大的光团令天空的光幕黯然失色，能量风暴吞噬了相邻的指挥中心和第一军营，驻扎在侧后方的两个机动部队中队也灰飞烟灭。

未等人们从震惊中收回心神，火光便从各个军政区域接连升起，翻涌的黑云如雨后的蘑菇朵朵绽开。纪律宪兵司令部、镇暴警察基地、通信中心、人类管理系统终端……一个个至关重要的区域相继陷入瘫痪，都市圈防卫系统转眼间成了失去五感的巨人。

如此浩大的攻势自然不是执行 B 序列的十几个小队能够做到的，他们只是引导的旗帜，只是攻坚的刀锋。战火爆燃，一群群反抗者冲向各区闸门，一队队起义军攻进防卫枢纽，所有隐藏的力量都不计后果地发动起来，小贩、工人、农夫、学生、商人，甚至妓女、小偷、罪犯……无数像小草一样的无名之辈汇聚成洪流，微不足道的砂砾化为席卷天地的风暴，将曾经不可一世的敌人吞噬淹没。

爆炸与火光在黑夜中交织成色彩斑斓的密网，笼罩了每个作战区域。在一片混乱之中，海成锋带领的两辆运输车马力全开，冲向科研中心早已闭锁的大门。

自动警报器没有反应，智能炮台没有开火，感应式导弹蜂巢也没有启动，门卫试图手动开启防御系统，却发现系统已被另一套指令接管，无论怎么按键都没有反应。他倒下前最后看到的影像是坚不可摧的复合大门缓缓滑开，两辆巨型运输车呼啸着冲进可怕的重力甬道，没受到丝毫阻碍。

科研中心的防御系统彻底失效，智能重型武器全部瘫痪，机甲和重装机兵也在启动时纷纷核心熔毁，安保部队陷入一片混乱，短短十几分钟便被歼灭大半，可惜特战队刚刚击穿防线，核心研究区的 4 个机动小队就在会议中心门前建立了防御阵地。

双方一交战就陷入了白热化，全身披挂重型装甲的机动战兵迎着密不透风的火力网，发起了疯狂的反冲锋，哪怕血流如注，哪怕支离破碎，只要头颅还完好，就绝不会停下脚步。特战队有运输车的延展装甲板构筑掩体，还有车载重武器配合，但伤亡依旧十分惨烈。

特战队员们对机动部队的战术毫不惊讶，非战斗组及时加入战斗，终于以饱和火力压制住了冲击。趁着敌方攻击受阻的空档，狙击手迅速找到掩体后的小队指挥官，开始自由狙击。

随着机动部队4名小队长被全部狙杀，胜利天平终于开始倾斜。无论机动战兵如何强悍，只会低头冲锋那便也不再有多大威胁，特战队甚至特意将他们放近一定距离再集中火力灭杀。最后一名机动战兵终于倒下，队员们跃出临时阵地，冲向礼堂，沿途一个不落地对地上的机动战兵头上补枪。

唐毅根本没来得及闭眼，就正面目睹了脑袋开花的强烈视觉冲击，他刚捂着嘴想吐，却发现没有可怕的脑浆迸裂，明显人造的金属头盖骨下除了少量血液，只有一块被生物电传导胶质包裹的球形芯体。

唐毅想起那个似真似幻的混沌梦境，突然明白自己看到那些碎片并非虚幻，而是真实发生过的事情，是那些机动战兵残留的回忆——身体出现异化痕的人被抽干生命能量后，强悍的肉体没有被送去有机回收炉，而是装入生化球形脑，改造成了比机械更易指挥、性价比更高的超级士兵。

唐毅还沉浸在震惊中，特战队已经冲进会议中心。因为防御系统失控，安全通道封闭，数十名前来参加紧急会议的最高级科研人员被瓮中捉鳖，他们方才已尝试了各种方式试图与外部取得联系，但都失败了。

"所有人双手抱头，靠墙站立，反抗者格杀勿论！"梦露的嗓门让这句话听起来很有威慑力。

斯诺联通会议中心的权限扫描系统，特战队员开始逐个搜身并扫描确认每个人的身份，门外隐约传来搜索小队与残余安保部队交火的枪声，门内是接连不断的扫描提示音。唐毅在人群中找寻了两遍，都没看到姐姐，正在担心，唐灵却突然从门外走了进来。

唐灵的步伐节奏依旧精准，不紧不慢，身后的几名特战队员明显不是在羁押而是在保护她。唐灵走到海成锋跟前，很自然地接过名单，快速排列整理，又点出了4个人带到自己身后。此时，白痴也该想明白，发布虚假会议通知、破坏防御系统、隔绝外部通信，都是唐灵的手笔。

"唐灵，你怎么能自甘堕落，竟然去做反抗组织的卧底！你会受到惩罚的！"

"科学研究者不应该参与任何争斗，你这种行径简直可耻！"

几个狂热的犬奴主义者情绪激动地咆哮起来，义正言辞地斥责着通敌行径。

唐灵没有理会他们，海成锋看了看战术智脑上的计时器，抬手一枪打在叫声最大的人的腿上，倒霉鬼的惨叫声让忠狗们立刻闭上了嘴。

让海成锋如此焦躁的并不是几个蠢货的咆哮，而是作战地图上越来越少的蓝色信号。每一个光点就代表一名战士，每一次消失都代表一个牺牲。执行 B 序列作战的 15 支小队只剩下 4 个信号源，作战记录仪上每一个分屏画面都充斥着血与火。

通信中心门前，第 2 小队与起义军一部正在抵御防卫兵团的反扑，地上的尸体将通道堵塞了一半，血水堆积蔓延，没过了脚面。当对面的敌人发起第八次盾墙冲锋时，又一名特战队员倒在血池之中……

网络枢纽主量子通道已被摧毁，都市网络被割裂成了上百个局域网，第 5 小队正在试图摧毁人类管理系统的核心 AI。被炸塌的入口眼看就要被敌人破开，小队长吴杰驾驶微型机甲抱着脉冲炸弹，硬生生撞向了核心前的激光围栏……

纪律宪兵指挥中心大半坍塌，7 小队只剩了爆破组的张斌，他一边咳血，一边串联剩余的浓缩塑胶炸弹。反攻的纪律宪兵正准备一拥而上将其生擒，却见他举起手，松开了掌心的引爆器……

攻击 B 环区能源储存库的 15 小队完成任务后没有撤离，4 名幸存队员抢夺了一辆装甲车，正在带领起义军杀向敌方临时指挥所。伤痕累累的火力手罗力站在车顶操控着诛射炮，接连打爆了十数辆悬浮机车，刚要更换弹仓，两发冲击钻突然从烟火中钻了出来……

古代传说，英雄陨落将化为流星划过，如果这是真的，今夜的流星只怕要化为银河倾泻而下。每一帧画面里，唐毅都能看到无数战斗的身影，他们渺小得如同小草，如同砂砾，但每个人都舍生忘死，哪怕死得无声无息，却依旧前赴后继。每一个牺牲都有自己的意义，或者为了家人，或者为了理想，或者为了自由，或者为了未来，他们甚至没留下名字，但注定不会被历史遗忘，起码不会被唐毅遗忘。

老铁打断了唐毅的悲恸，他将所有芯片和数据备份整理完毕，装进后背的置物单元，随后来到唐毅身边，打开屏障，在地面投射出一行激光束。地板缓缓错开一道方形暗格，升出一台直径大约1米的白色球形容器。

"这是什么？这……"唐毅还没问完就被老铁拎起来，塞进了满是黏稠液体的球形容器。

"这是咱们老唐家的传家宝，第三次改良的极限救生舱。不要反抗，自然呼吸，让ITO维生液进入肺部后，就可以直接进行氧气置换。"老铁一边解答，一边把唐毅倔强的脑袋按了下去。

"什么救生舱！我才不吸什么狗屁液……咕噜咕噜……"黏稠的液体涌进唐毅的口腔和呼吸道，轻微的窒息感后，液体在气管和食道入口形了一道薄膜，然后，唐毅就再没感觉到任何不适。

救生舱顶盖闭合，舱内壁面逐渐透明，显示出外面的景象，唐毅蜷缩漂浮在液体中，没有感到拥挤压迫，反而不知为何有一种莫名的亲切感。哎呦吼与腕部智脑的连接没有受到阻碍，反而更加顺畅了，他冲老铁龇牙咧嘴叫嚣了一番，然后无奈地趴在救生舱上，表示自己与唐毅同甘共苦。

老铁没理会哎呦吼，身躯一震，全身的仿生软塑外壳分解卸除，露出了黑森森的合金骨架。奇异的震动鸣响中，合金骨架延展扩张，转眼间增大了近一倍，精瘦的躯体变得伟岸雄壮，甚至有些狰狞。

老铁拎起救生舱，卡在腰部扩张出的环形卡槽里，又在地面打开4个暗格，取出许多机械模块，向自身各个接口扣接。当墙壁翻转出的自动披挂整备架将老铁全身覆盖上合金装甲，挂接上各式武器时，老铁就变成了全副武装的钢铁战神。

惊喜多了，也就麻木了，唐毅懒得再废话自讨没趣，换了个舒服姿势，转回全息投影，继续看海成锋视点的实况转播。

老曹带着技术组在拆卸防御系统的重武器往运输车上安装，迅速且有条不紊，海成锋带着唐灵和那4名科研人员穿过人群，进入了驾驶室后方的座舱。

唐灵打开手提箱，取出类似三指钳的器械，开始拔除科研人员后颈上的定位芯片，因为提前破解了序列码，所以不到三分钟便拔下一个。她清理着探针，扭头问道："准备好了？"

"准备好了。"海成锋点点头，"重装机兵的能量核心储备已达上限，是三百万人用两年时间共鸣汇聚的当量，足够彻底封闭钻井。"

唐灵又问："确定其他战区也能达到这个当量吗？"

海成锋回道："你给出的数据已被列为硬性标准，断刃作战是人类最后的机会了，这时候没人敢弄虚作假。"

唐灵手上的动作很稳，慢慢剥离着下一个芯片，继续问道："萧强的身体应该已经进入崩溃阶段，却自己去进行了A序列的刺杀，你确定他还能完成能量核心的最强爆发引导？"

海成锋："他最新一次测评的身体承受数值低了4.3%，但精神强度增加了6.7%，没问题。"

唐灵眉头一挑，"精神强度增加了？演算里应该没有这种可能，怎么回事？"

海成锋解释得很简洁："队里收了一个少年兵，叫唐毅。这小子擅自去入侵区域信息库，团长为了救他额外启动了一次驱动，本以为会影响作战，没想到精神强度不降反增……"唐灵淡定的眼神冷凝下来，唐毅隔着镜头都能感觉到姐姐的杀气，屁股莫名隐隐作痛。

话还没说完，作战频道里传来了斯诺的呼叫："中央升降通道故障排除，可以正常使用。"海成锋忙回道："好，我马上来！"说完，他冲唐灵点头示意，然后开门跳了下去。

海成锋带队押解俘虏们进入中央升降通道，直达地下百米的核心禁区。禁区的保密等级为 S 级，只有特殊识别码才能开启，恰好，今天参会的人都有识别码。

闸门开启，映入眼帘的是白色的通道和墙壁，乍一看和普通研究区没什么区别，然而随着感应照明被触发、扩散、延伸，所有墙壁在观测模式下逐渐透明，一幅安静又残忍的画卷缓缓展现在了特战队和唐毅的眼前。

层层叠叠的圆柱形培养槽与唐毅梦境中看到的极为相似，区别是这里的培养槽为了便于试验观察所以通体透明，能清晰地看到，淡蓝色营养液中悬浮着一个个苍白赤裸的人体。

在最近的培养槽中，一名中年男子的头盖骨被整个摘除，透明的半球形护罩覆盖了整个大脑，罩子上布满插头和探针，从不同角度刺入大脑褶皱，不时闪起白色电芒。每一次闪烁，男人的眼球就会急转，面部也随之抽搐颤抖，充满了无法言喻的痛苦。罩子上方的螺旋形晶体装置随着一次次刺激旋转起伏，形成了一呼一吸的诡异节奏。

单个培养槽的能量输送不易察觉,单元房间上百条输送线汇聚于节点时,荧光便连成肉眼可见的光斑,当斯诺操纵无人机升上十几米高的顶棚俯瞰整个禁区时,数千个培养槽组成的圆形矩阵才终于露出全貌。一道道同心圆环的光带在旋转,无数能量线向中心的处理器汇聚,形状与结构看起来仿佛是微缩的都市圈。

禁区很安静,除了呼吸声只有各种仪器的轻微低鸣,但恍惚中唐毅却听到了撕心裂肺的惨叫与恨意滔天的怒吼,这些声音凝聚为巨大的轰鸣塞满整个空间,震得唐毅阵阵眩晕。

骤然爆响的枪声猛地将唐毅惊醒,梦露走到被击碎的培养槽前,用扫描仪检查了里面瘫倒的男人,转身对海成锋摇了摇头,"大脑结构已经破坏,不可能恢复意识,就算强行维持,生理生存时间也不超过3天。"

海成锋点点头,转头看向科研中心总监察长。

监察长满脸大汗,连忙解释:"我只负责行政监督,其他的我只知道个大概。禁区三大研究项目之一就是抽取异痕者的生命能量进行研究,这里的动力也来自这些能量。异痕者脑域开发达到15%,身体也比正常人强悍,抽干能量后会保留身体,加入生化脑,做成机动战兵。"

海成锋指了指那些没有异痕的大人和孩子,"那这些呢?"

监察长使劲摇头,"这我就不知道了,禁区所有实验都由姜院长负责。"

所有俘虏都本能地退避,让出了中间一个身材矮小的谢顶中年人,正是能量研究院院长姜伟。

姜伟并不慌张，面无表情地说："这里都是仿制无质生命科技的最新成果，意义重大，请不要随便破坏。应用试验突然增大能量需求，异痕素材不足，资源管理部便以非正式手段征调了几批工人，为了保密，征调都以家庭为单位。"

海成锋冷哼一声，"素材？还有未被投入的吗？"

姜伟的回答依旧不带感情色彩："没有了。本来是要分批投入的，但前些天，实验素材中一个小女孩从内部入侵破坏了安监系统，试图带领素材逃离研究所，所以镇压后一次性全部投入了实验。"

顺着姜伟手指不自觉地点指，海成锋的镜头转向左侧，停住了。定焦的瞬间，唐毅感觉全身的血液凝固了。

四月！那是四月！就算被摘除了头盖骨，唐毅依旧能认出那是四月啊。她瘦弱的身子木偶般漂浮在有机液中，已无半点生息，侧后方的槽中是她的父母。

为什么会这样？四月你不是很厉害吗？你不是总说自己终有一天会光芒万丈吗？你怎么能悄无声息地死在这里？你不能！你不可以！

唐毅几乎要崩溃了，他从不肯承认四月比自己厉害，却始终相信四月肯定会有精彩的人生，他想过无数种四月可能的遭遇，却从未想过是这样的结局。

可惜，现实不是故事，没有光环庇佑，只有残酷冰冷，所有美好的向往都在一个荒诞低级的骗局中戛然而止，令人猝不及防。唐毅拼命在嘈杂的幻听中寻找四月的声音，却找不到任何踪迹，此时，他终于明白了什么叫心如刀割，恨不得将这些坏人碎尸万段。

海成锋感受不到唐毅的悲愤，他漠然地看看姜伟，不再询问，转身回到通道，带着所有人一路走向禁区中心，直到中央资料库隔离门前才停下脚步。

中央资料库造型看起来如同巨大的神树，十几米高的身躯和伞冠包裹在半球形透明护罩中，缠绕树身的管线仿佛无数藤蔓，各种信息电光在晶莹曲线中流转，颇具魔幻色彩。为了绝对安全，它并不与外界网络连接，只有唯一的操作台可进行资料读写。

海成锋拉过监察长，"虹膜和指纹的安全锁，开！"

监察长很清楚，只要开了锁，事后追责他就是装进培养槽的下场，正要推脱，海成锋一脚踹断了他的小腿骨，帮他在即时的痛苦与未来的恐惧中做出了正确选择。

监察长拖着断骨外露的小腿，哀号着打开安全锁。护罩缓缓开启，密码输入平台滑出，警报系统传来30秒解锁第二道安全锁的提示。

海成锋没有理会密码台，回身冲姜伟点指道："戒指上的钥匙，拿过来。"

姜伟波澜不兴的表情瞬间崩裂，没等他反应过来，梦露已经从他手上拽过戒指，扔了过去。

海成锋将戒指对准密码台背面一个不起眼的圆孔按下去，戒指顶端的记忆金属变成了无数细丝，向孔内的各个触发点蔓延。在密集的细微响声中，圆盘形的机械锁开始旋转收缩，地下隐藏晶体准备扩张的至律力场无声消散，天花板内的镭射武器和地板下的声波武器都陷入静默。

海成锋依旧没有着急上前，回头又在人群里指了指，没等他开口，被指的研究员诚惶诚恐地递上了电子密钥。

中央资料库启动，海成锋站到操控台弹出的虚拟面板前开始操作，两支小队奔向后面的实验区搜索，俘虏们被关进了旁边一间清空的实验室，一名特战队员用激光焊枪从外面直接焊死了大门。

当爆破组开始安装起爆装置时，门内众人终于明白过来，他们扑到透明幕墙上，疯狂地捶打冲撞、哭号哀求，可惜，为了实验安全，这里的幕墙耐冲击等级达到7级，失控的异痕实验体都冲不出来，更何况普通人类。在死亡面前，人性赤裸裸，不再有任何伪装，不可一世的官僚开始痛哭流涕，将生命看为数据的人上人变得歇斯底里。

"我也不想参与这些实验，可上级有命令，不能不做。我还有一家老小啊。姜伟才是项目主导人，他应该为此负全部责任！"

"这项研究是人类的希望，我们是人类的功臣。牺牲是少数的，屈辱是暂时的，只要继续忍耐，总有一天我们能利用这些科技反攻，不要因为狭隘的慈悲心和反抗意识毁掉人类进化的希望……"

"我愿意投诚，我愿意加入反抗军，我愿意为人类的自由和尊严奋斗终身！请相信我，再给我一次机会，我是能源学专家，还精通生物工程……"

真正无辜的人早被唐灵带离，剩下的每一双手都沾满罪恶。没有人理会这些喧嚣，海成锋完成数据拷贝并植入了自毁病毒，搜索小队带回了数箱实验载体和样本，爆破组将整个禁区布满了爆弹。启动计时器后，特战队开始向中央升降通道撤离。

姜伟终于明白特战队压根没打算跟他谈条件，突然疯狂地砸着墙面，吼道："放我出去，我告诉你一个秘密！和这个秘密相比，你们带走的所有研究资料都不值一提！"

海成锋停住了脚步，回头冷笑一声，说："我们不需要广域逆振提取公式。"

姜伟见了鬼似的张大了嘴，眼见特战队进入电梯，他扯着喉咙嘶吼起来："唐灵窃取的信息并不全面！你们根本不了解公式的价值！我的演算即将完成，只要以此启动矩阵，利用衍生塔和防护罩形成提取力场，这里所有人都能像高星人一样变成宇宙顶端生命体！数据和资料都没有存进中央资料库，都在我脑子里，连总督家族都没有备份……"

"你这么说我就放心了。"海成锋冲他摆了摆手，"我保证，这个矩阵和你，不会在世界上留下一丝痕迹。你和你的妄想，都去死吧！"

姜伟如遭雷击，面目扭曲狰狞地咒骂起来，没人再多看他一眼，电梯门合拢，世界安静了。

夜幕与战火交织，人类管理系统已经彻底瘫痪，人潮车流在向外圈城区避难，喧嚣轰鸣混成一团。两辆运输车冲出C2区闸门的下一刻,科研中心内巨大光柱冲天而起,炽热的飓风席卷四方,无数金蛇般的电链夹杂在冲击波中四处飞散,天崩地裂的轰鸣似乎要将人的心肺都震碎了。未等爆炸中心的火焰翻腾升起,真空作用下空气又被猛地抽了回去,飓风瞬间拧成龙卷,在高空的防护罩上旋出层层气浪。

近百枚高压聚变雷暴炸弹一同起爆,科研中心庞大的建筑群仿佛被怪兽瞬间吞噬,只留下一个深达百米的半球形巨坑,流淌的钢水和闪烁的结晶是过往一切最后的痕迹。与这震撼的场面相比,老铁往自家房子扔的那颗爆弹只能算个小呲花,就算他把叶清塞进外挂座舱单元,然后把她家也炸了,那顶多是两个小呲花,至于他驱动外挂组件变身悬浮车打算飘去哪,唐毅已经懒得问了。

光影闪烁之中,海成锋接通了团长的作战频道,深吸一口气说:"报告团长,断刃作战C序列顺利完成,请开始执行D序列。"

视讯联通的另一端,团长正坐在重装机兵刑天的驾驶舱里,敲打着挂在副显示器支架上的酒壶,哼着不着调的小曲。转头看看通信屏幕,团长的手臂缓缓落下,顿了顿,长长地伸了个懒腰,然后按下了启动键,"很好,全体按计划向集结点撤离。老子要敞开喝酒了,撒个酒疯给你们开开眼。"

刑天身躯一震,双眼红芒闪烁,缓缓站立起来。上方弹射通道层层开启,刑天的动力炉轰鸣爆响,背部和腿部的喷射器迸射出炙白的火光。没有分别的愁绪,没有告别的话语,18米高的钢铁巨人在弹射器推动下冲出地面,借着惯性,陨石般砸向前方的区域防卫枢纽。

9. 战 歌

军方的能量监控立刻侦测到了超高密度的能量反馈，高危警报霎时响彻云霄，防卫枢纽的四联炮台还未来得及瞄准，就被从天而降的刑天一脚踩烂。全副武装的刑天带着火光冲上中央大道，腰背推进器配合两腿外侧的辅助滑轮，一路飞驰如横冲直撞的洪荒巨兽，碾碎的车辆和路障被脚底悬浮立场卷起的气浪裹挟，在身后形成了两道闪烁的旋涡。

都市圈防卫体系已被燎原的起义之火彻底打乱，机动部队和装甲集群也分散至各处作战，缺少重武器的街区防御节点在刑天面前不堪一击，不到 10 分钟，刑天已经突破 C 环区 4 道防线，冲进 B 环区，身后留下一路火光，锋芒直指和平广场。

和平广场中央的衍生塔是获得进化资格的通天之路，连接着俯瞰众生的天启城，而天启城中居住着伟大的无质生命。家畜之间的龌龊争斗，肉食者通常懒得理会，但如果猪羊冲进后院咬了贵人，那贵人肯定不会讲什么道理，通常会把涉事地区画个圈，然后用强大武力把里面的活物全干掉。远古时的贵族对奴隶和家畜是如此，不知无质生命对人类是不是也如此，没人敢打这个赌，军政大佬下了死命令——必须把这个疯子歼灭在广场之外。

3 架重装机兵当先封堵在刑天前方，转轮速射机炮喷出颀长的火舌。刑天没有减速避让，双手的实弹突击炮在突进中发起对射。穿甲弹在弹雨中逆流而上，激起漫天火花，剧烈对冲令弹道偏离了3厘米,可弹头仍带着白色螺旋气流撕开了敌机的胸甲。

侧后方一架近战型机兵喷射跃起,凌空飞扑而来,高周波振动刀发出刺耳震颤声。刑天将身形急转半圈,背负的斩铁剑猛地弹起,甩向扑来的机兵,机兵的上半身被一击斩碎,残留的双腿重重砸在地上,激起一片碎石烟尘。

越来越多的战车和机甲甩开起义军的纠缠,不顾一切地赶来,如狼群般扑向刑天。在接连不断的阻击破袭中,中央大街火光冲天,连成一线。

刑天终于突破了A区闸门,可前方已经被封堵得水泄不通,他踩着身侧一栋别墅猛地跃上半空,在喷射器逆推滞空的3秒时间内就完成了大范围索敌。未等敌机火力覆盖过来,他肩部到脚腕18部外挂导弹箱已全部打开,204发雷暴导弹倾巢飞射,火光怒放。

飞弹群画出流星雨般的光影,精准扑向各自锁定的目标,士兵、战车、炮台全部灰飞烟灭,悬浮机车和浮空艇四散坠落,正前方十几台机甲和重装机兵被掀翻在地。乌云震散,满目疮痍,刑天趁机冲进A区官邸住宅群,借着建筑的遮挡,插向和平门。

就在这时,天空猛地一亮,无数飞弹和曲射电浆弹暴雨般泼下,火海瞬间将刑天淹没,也吞噬了整个街区。无论高官府邸还是豪门大宅,统统变作废墟,老爷太太用人杂役不分高低贵贱,一起成了灰烬。火焰扭曲成庞大的红云,盘旋不散。

单调的色彩让人产生了认知错觉,以为方才的一切都是幻觉,此刻的安宁才是现实,但错觉只维持了数秒,就被一道巨影撞碎。

刑天带着满身铁火从硝烟中冲出,背后的动力背包向两侧延展张开,生命因子驱动核心分解成二十个柱形矩阵块,散发出赤红色的力场,互相连接,组成血色光幕,如同充满毁灭气息的死神羽翼。

羽翼根部数十道能量线穿过装甲板,绕过机兵本体动力炉,在驾驶舱中汇聚,与团长融为一体。团长右臂的纳米金属已经扩散,覆盖全身,直至颈下,在流光中以不可思议的频率与力场共振,在共振旋律中,所有袭向刑天的能量与物质都被消弭分解,溢散无踪。

不等远外惊愕的士兵们清醒,刑天已经冲到宏大的和平门前。这座近百米高的巨型仿古景观建筑突然活了过来,表面的白色石材迅速脱落,数十门折叠粒子速射炮和四门舰船级物理冲击炮斜伸而出,典雅变为狰狞,仿佛伪装的恶兽突然张开了血盆大口。

刑天肩上的重电炮早已蓄力到极限,等的便是这一刻。通过回旋加速对电子进行压缩,形成重电子后以磁力汇聚发射,重电子弹与目标物碰撞时产生的巨大能量,是粒子武器的11倍。这种最强机兵武器当年只在北极星舰队宇宙重骑上试验过,还未列装就随着舰队覆灭失去了面世的机会。被遗忘二十年后,它终于发出了惊天动地的怒吼。

重电子与空气碰撞,激发出灼眼的白光,亮到极致便是黑暗,直径数十米的能量爆闪由白转黑,日食般吞下了所有光亮,然后又猛地一口喷出来。和平门的左半边被直接汽化了,残存的半边开始倾斜坍塌。炮击反作用力被回型机构巧妙地转化为推进力,让刑天前冲的速度瞬间又升了一级,迎着坠落的钢铁和碎石，在被埋葬前最后一刹冲进了广场。

飞驰中刑天卸掉重电炮，抽出了背后的斩铁剑。双臂臂甲崩飞，两道聚能栓弹出，背后的光翼爆发出汹涌的红芒，急速向两臂汇聚，越来越亮，越聚越大，终于化成数十米的巨大光刃。喷射器爆发出进击的狂啸，刑天高高跃起，身躯扭转，带动着开天辟地的巨剑，狠狠斩向衍生塔。

衍生塔上镶嵌的晶体爆出大片光幕，迎向巨剑。生命因子作为宇宙最基本的构成单位，无法被分离破坏，只能对等抵消，赤红与湛蓝的撞击泯灭无比激烈却悄然无声。在指引驱动下，赤色巨剑猛地收束成一条细线，以单位面积的绝对优势瞬间穿入光幕，在至律力场上撕出一丝空隙，这丝空隙越撕越大，终于被一举洞穿。

刑天一侧的喷射器全力喷射，带着他陀螺般旋转起来，赤色巨剑化为光链，斩向衍生塔。比合金还坚硬的塔壁在刀光中化为飞灰，大片剥离，露出了里面"神"的世界。

"神"的世界里是人，数之不尽的人，装在密密麻麻的培养槽里，悬挂在宏大的衍生塔中，科研中心核心禁区在这里连个独立单元都算不上。无数生命能量被抽取出来，汇聚成溪流，集中成江河，流经传输线，涌入塔中心的水晶柱，向上奔腾，奉献给无质生命，向下流动，驱动着地心钻井。如果非要通俗易懂地形容，那只能说，这里好像一架悬挂了十几万只烤鸭的超级烤炉。

一晃而过的镜头中，唐毅看到了无数被献祭的人，也看到了刘豫先生和很多疯狂追求进化资格的人。他们得偿所愿了，只是这攒够积分获得的永生似乎与积分不足被献祭并没什么区别。

无质生命是公平的，除了牧羊的总督家族，所有羊群最终都会来到这里，家畜的结局都是成为"神明"的食物。

看到这幅画面的不只唐毅，刑天的变频增幅器早在冲进广场的那一刻便已开启，连接所有接入点，将即时影音以病毒的形式复制发散了出去。网络枢纽和人类管理系统AI已经瘫痪，都市圈网络变成了无防护的区块网络，违禁信号毫无阻碍，传播到了都市圈每一个光屏，每一台智脑，每一个人眼前。

虚伪的和平被撕碎，臆造的希望被惊醒，所有人都惊呆了，整个都市圈仿佛被按下了停止键，连火光与硝烟都似乎陷入停滞。

在死一般的寂静中，刑天再次冲天而起，巨剑划出一道弧线，沿着塔身向下方继续斩击。与地面垂直的瞬间，赤红的能量巨剑激射而出，直贯向塔底，撕开传输管道，砸碎水晶柱底部，将一切碾得粉碎。

赤红光粒顺着牵引杠杆向下冲击，转眼间不知深入到地下多远的距离。就在手臂的因子牵引即将消散之时，刑天猛地一握拳，已经细如丝线的光束一颤，牵动着下方无限深远的能量陀螺般旋转起来。光柱骤然炸开，整个地面凭空生出一道旋涡，将土地、岩石、钢铁，都拧在一起，熔为一体。

大地的创口被缝合，衍生塔在震荡中开始坍塌，没有烟尘火光，洁白的聚合石料如积木般分解倾塌，看似缓慢却在呼吸间就化为一地废墟。

刑天缓缓落在废墟前，手中的斩铁剑震颤崩断，背后的能量矩阵黯淡沉寂，身躯在反作用力下伤痕累累。团长身上也崩开了无数十字形裂伤，可他却毫不在意，伸手摘下酒壶，混着嘴里的鲜血猛灌几口，咧嘴大笑起来，酣畅淋漓。

笑声被信号传遍都市圈，唐毅脑中突然爆发出前所未有的巨大幻听，几乎要将大脑炸碎了。声浪呼啸，由无数嘶吼尖叫凝聚而成，有欢呼，有咒骂，有愤怒，有疑惑，更多的是沉默，万千心跳无声地咆哮，似乎在宣告羔羊们野性的觉醒。

脑海中的喧闹与广场上的死寂都被一声爆响打破，高高在上的天启城终于自沉眠中惊醒。光影闪烁，一颗星芒形水晶从"花瓣"前端脱离，在半空停顿了一刹，突然射出湛蓝的光柱，扫向刑天。

尽管只是很小的一组作战单元，可发出的至高能量依旧强大到不可思议，在光柱笼罩之下，不管是机甲残骸还是聚合石料，都急速分解，化为各种粉尘颗粒，回归最原始的形态。

更不可思议的是刑天，他没有被分解，反而将手中的断剑猛掷向半空的光团，可惜只飞出百米，刀身附着的粒子消散，分解成了钢铁碎屑。

星芒水晶陡然扩张成怪异的多边形，流星般向地面急坠而来，百倍重力的冲击将空气压出连串爆响。地面在强压下整片下陷，化为齑粉，刑天被整个拍进碎石焦土之中，深深陷入地下，直径数十米的陷坑如怪物巨爪在大地上拍出的掌印，冲击波炸开，刚刚赶到广场的机甲部队被掀飞扯散，装甲战车破碎翻滚，士兵被绞成血泥。

人类不会在意踩死的蝼蚁，无质生命也不在意四周的惨状,光芒更盛,如星辰般璀璨,继续向下碾压,粉碎着掌下触及的一切。人类刚刚重新燃起的热血在恐怖至极的力量面前显得苍白无力,不堪一击。

沉闷的炸裂声骤然响起,势不可当的"巨掌"突然顿住了,停滞片刻,在一连串能量爆裂的刺耳杂音中,开始一寸一寸升高。下方最先浮现出的是两只手臂,然后便是刑天破损变形的头颅,仅存的一只独眼闪烁着灵魂燃烧般的火焰。

刑天的零件在不断碎裂,胸前装甲散落,露出被挤压变形的驾驶舱,里面的团长也早已全身浴血,断裂的血肉与崩溃的纳米组织混杂着,随粒子光芒的升腾点点飞散,但是,他们还在战斗。

无质生命在短暂的惊愕后愤怒了,猛地聚合收缩,化为重锤,再次砸向刑天。地面裂隙密如蛛网,最长的一条延伸到数百米开外,可这一击依旧没有击垮刑天。

刑天的头颅滚落在地,躯体已残破不堪,外露的机械与电缆闪烁着不稳定的电光,随时可能爆炸,背后的能量矩阵也四分五裂,只剩一丝萤火微光。团长的下半身已不见了,与纳米组织融合的上半身靠着拘束带挂在体感操纵中枢上,左右摇摆。

强化者进化不完全,驱动生命因子便要消耗自己的生命,而现在,能量矩阵已近枯竭,团长正在压榨自身,每凝聚出一点因子,他的身体就会分解掉一部分,如燃尽的余灰随风飞散。

团长抬眼看向升至半空的无质生命,再次大笑起来,"外星杂碎,再来啊!"

光芒再次变形,结成了水滴状,带着毁天灭地的冲击力,从天而降。

刑天猛一蹲身，爆出震耳欲聋的巨响，宛若亿万人类的怒吼，逆天直上。

分解的灰烬与升腾的光粒中，团长用尽力量狠狠挥出了一拳，这一击仿佛凝聚了人类所有的愤怒。就在生命的最后一刻，团长强悍的意志终于引起了无数生命意识的共鸣，卷起了四方散乱的因子，爆发出千万倍的能量，飓风般轰向无质生命。

两种色彩如彗星般相撞，碎为漫天星彩。没有惊天巨响，也没有暴风冲击，冲击中心只爆发出一抹极细微的白芒，刹那停顿后便悄然黯淡。

空中层层震散的波纹扭曲了苍穹，团长的身体彻底崩坏，化为灰烬，刑天凌空解体，坠向地面。无质生命以能量凝聚的水晶保护壳出现了一道裂痕，十字星塌陷了下去，塌陷处内里，一缕荧光闪烁消散。

人类第一次击杀了无质生命，哪怕只是微不足道的几个单位。

视网膜投影失去信号源，只剩下一片黑暗，可唐毅却看到了点点星辰碎屑从眼前滑过，碎屑中带着支离破碎的残留信息，有团长的遗憾，有无质生命的不甘，还有无数生命消逝前留下的记忆，意识与意识的距离似乎远隔整个宇宙，却又仿佛近在眼前。

"为什么不是别人去牺牲？因为如果我们一直将希望寄托于别人，那希望永远只是幻想。我就是那个别人！"

"我们是当前维度最高形态的生命，吞噬星球生命本源是理所应当的生化进程。低级生命根本就不明白,这是突破宇宙界限的唯一机会!"

"一切都是骗局,根本没有进化,也没有长生不死,所有人最终都被献祭了!我的积分,我举报了那么多人到底为了什么?"

"反正都是一死,跟上起义军,跟那些王八蛋拼了!"

"别过来!你们别过来!我当防卫兵才3天,我不想开枪,我不想杀人,我的孩子还等着我回家……"

"事已至此,杀光这些暴民,只要杀得够多,他们自然就会害怕了。"

"献祭这些贱民,进化为无质生命形态,黄总督的计划是对的,都市圈已经没有存在价值了……"

"生而为人,永不为奴!全员冲锋!"

万千鸣响在唐毅脑海中汇集,恍若无数音符汇聚成的宏大乐章,比老铁听的《命运交响曲》恢宏万倍。声浪中一声脆响,意识仿佛挣脱了枷锁,变得无比轻畅。

唐毅的视角急剧收缩,仿佛整个世界都在向内坍缩,他感觉自己越来越轻,越来越小,穿过皮肤,穿过骨骼,穿过大脑皮层,每一次穿越,他视野中的世界就变得越发神奇。真皮组织的再生活动如海潮涌动,骨骼分子的连接架构像山川蔓延,脑电波中穿梭的无数微粒恍若银河流过,当夸克化为星球,当时空失去意义,他终于进入了意识世界。

这里如宇宙般空旷浩瀚,无数记忆和信息似群星般飘浮其中,思维的电光穿梭不断,带起阵阵开天辟地的雷鸣。这里没有时间,刹那便是永恒,这里无所谓空间,一念即可万里。每一个人就是一个宇宙,深邃无边,每一个人却又只是自己,渺小到只是一个符号。外来的共鸣之声和意识画面沿着无形轨迹旋转收缩,渐渐融入,变为唐毅感知的一部分。

唐毅看到了,无质生命的来历真的如姐姐的假说一样。他们起源于宇宙第 4 序列外星盘,进化到了当下维度的生命极致,却因试图吞噬宇宙意识而引来反击,被无数恒星爆发毁灭,少量幸存者在荒漠宇域边缘意外地发现了地球的坐标,便发起最后的吞噬远征……

唐毅看到了,总督家族与无质生命达成协议,准备献祭 13 都市圈所有人类,用数千万生命帮助无质生命钻井对地核发起最终冲刺,而他们则可以在此过程中完成真正的进化,变成无质生命的一员,从此不死不灭……

唐毅看到了,上千万人类军队在环半球战线发起全面攻击,就算无法正面抗衡无质生命,无法冲破共荣政府的防线,他们依旧前赴后继,以生命为代价吸引着敌人绝大多数兵力,为断刃作战创造战机……

唐毅看到了,十余座都市圈同时发动断刃作战,起义军用生命拖延敌军,特战队用鲜血封堵钻井,无数的"别人"都在为最后一丝希望奋战,向死而生。

一切就好像一场带有奇幻色彩的电影,这一刻,唐毅突然明白了什么是英雄,什么是信念。他看着一张张鲜活的面孔,感受着炙热的鲜血,胸膛几欲炸裂。

人类是渺小的，丑恶与贪婪无处不在，人类也是伟大的，牺牲与奉献从未断绝。这种矛盾将意识来回撕扯，痛苦不堪，最终，唐毅在无法言喻的痛苦中沉沉睡去。

在梦里，年幼的姐姐背着救生舱里未满周岁的自己，在末日中苦苦求生，为让自己活下去，姐姐用自身进行着危险的基因实验，为保护自己，姐姐面对无质生命宁死不退……那空白的十年中，唐毅的身体在冬眠，几乎没有成长，但大脑却铭记了外界的一切，只是为了自我保护，将记忆埋藏在意识深处。唐毅总埋怨姐姐越来越忙，越来越不关心自己，但此刻他才知道，姐姐为自己付出了多少。

梦境再漫长也终究会醒来，但被吵醒，总是令人不愉快的。

"老大，你快醒醒，你可别驾鹤西去啊！你噶屁着凉了我怎么办啊？你真要死也先把永久自主权限给开了，人家不要鸡犬升天啊……"唐毅被一阵号丧吵醒，他使劲揉揉眼睛，半晌才从梦境的虚幻中脱离出来。

晨光乍现，朝阳正在努力挣脱地平线的重力束缚，彩霞满天，天气系统人造的瑰丽光影似真似幻。天穹之下，左侧是连绵如山的破旧板房，右侧是浩瀚如海的戈壁沙漠，将两者连接在一起的，是视野尽头高耸的防御圈基线墙。数十米高的巨墙上涂刷着"17"两字，墙下无数垃圾山形象地展示着都市圈最边缘地区的独特风光。

没等唐毅将画面与思维重叠，哎呦吼的扁平脸和小豆眼就搥了上来，呜哩哇啦地倾诉自己这一夜的担惊受怕和不离不弃。老铁将他扒拉到旁边，把还有些恍惚的唐毅从生化安全舱中抱出来，黏稠的维生液快速挥发，只残留了一些细微的粉状颗粒。唐毅一边拍打这些让他鼻子发痒的粉尘,一边四顾观察。

身处的院子很大,应该是一个垃圾回收站,破旧的舱房四周堆满了各种可回收垃圾,两辆运输车就停在垃圾堆中间,特战队幸存的士兵们在拉扯伪装布,姐姐唐灵正站在车旁,对几名科研人员交代着什么。

听到哎哟吼的聒噪,唐灵转头看到一脸傻笑的唐毅,便快步走了过来,没有询问,也没有训斥,拎起他就是一顿胖揍。唐毅明白姐姐肯定什么都知道了,这时候,狡辩只会从严,卖惨才能从宽,于是他扯着嗓子开始号叫,叫得无比凄凉。跟在后面的叶清本来想说点什么,可眼见唐毅连眼泪都没挤出来,耸耸肩又闭上嘴,假装喝水。

特战队众人早在老铁到来时就知道了唐毅"真是自己人"的身份,自然没人去管闲事,他们一边围观,一边傻乐,似乎这样就能暂时忘记团长和那些无法再见的战友。刘医生想劝两句,却被老曹拉了回去。

唐灵执行家法,不会因为有人劝而多打几下,也不会因为没人劝就意兴阑珊,拯救唐毅屁股的是晨间新闻的特别报道。废品回收站没有全息投影仪,只有一架可以当古董的壁纸电视,叶清闲极无聊想看看有没有爱豆的节目,可打开电源却发现所有频道都在播放最新通告。

"……如果说,之前的战争是新人类与旧人类对进化道路的分歧,那么现在的战争就是文明与野蛮的生死博弈。以牙还牙,以血还血,就是我们最好的反击态度。人类被困于机能有限的肉体百万年,直到无质生命为我们打开了大门,才看到了成为真正高阶生命体的道路。我们无法自主进化，只能依靠机械辅助，一点点转化生命结构，而这竟然成了旧人类污蔑政府的证据？用似是而非的画面来造谣诽谤，极端无知，荒诞至极……"

齐总督的通稿义正词严、文采斐然，配乐和分镜画面也做得跌宕起伏，慷慨激昂时是防卫兵团浴血奋战保卫民众的悲壮，黯然悲恸时是满目疮痍尸横遍野的惨烈。

大家看了几眼，便都没了兴趣，各自散开去忙自己的事了。海成锋和刘医生不知在说什么，老曹、梦露去检查车辆状况和武器储备，斯诺在帮唐灵的科研团队统计数据资料，哎呦吼东张西望地记录着周围的景象，老铁用随身小电炉煮着早餐必备的小米粥，孙小北蹲在边上想偷学手艺……唐毅不知道接下来要做什么，见姐姐没有再赏自己一顿回笼揍的兴致，便凑过去向斯诺要回了他帮自己备份的全息相册。

唐毅知道，全息影像中的很多人都永远无法再见了，他没有打开相册，只是在腕部智脑以及哎呦吼和老铁的资料库各自备份了好多份，确定必然不会遗失，这才靠在老铁腿上，打算睡个回笼觉。

忙碌或者休息都是缓解压力的手段，每一个人的脸上都看不到悲伤，不是不想，而是还没到可以放松心弦的时候。就在这时，缺乏维护的旧时代公路烟尘四起，临时搭建的警戒哨通报，一列车队正向这里驶来。

10. 结束还是开始

哨位传来了影像讯息，车队不是防卫兵团的装甲车，都是高级民用车，海成锋便没有下达攻击指令。车队停在大门外，二十几人狼狈不堪地钻了出来，他们衣着考究却神色慌张，有的人一身污渍，有的人甚至满身血迹，领头人正是之前团长看的视频里那个爱喝茶的老者。

一个护卫模样的人快步走到门前，使劲砸着门吼道："开门！快开门！我们要出城！出双倍价钱！现在，马上！"

海成锋制止了暗哨开火，让人将铁门拽开一条缝，未等他开口，护卫急切地说："我们要出城，双倍价钱，我找老乔尔，我之前跟他做过三次生意……"

海成锋抬手打断了他，对他身后的学者说："霍华德先生，我是薪火联盟铁旗特战团的海成锋，现在这里由我们接管。看来，你们确实遭到了背叛。"

霍华德头发凌乱，衣服皱成一团，但风度依旧未减，他微微诧异后走上前叹息道："是的，很不幸，我们的改革失败了。第二家族并不是忍辱负重的志士，而是隐藏爪牙的凶兽，他们平和的面具下是更扭曲的权欲与贪婪，权力刚刚稳定就急不可耐地对我们举起了屠刀。审判日仪式开始后，纪律宪兵突然对我商务联合会成员进行搜捕杀害，如果不是起义战争爆发，将都市圈防卫系统撕烂，我们根本没有逃出来的机会。海先生，虽然我们理念不同,但毕竟最终目标是相同的,我猜你们在这里一定也是为了出城,能不能带上我们一起走。"

海成锋没有说什么"早知如此,何必当初"的便宜话,而是问了最关键的问题:"你们的身份芯片去除了没有?"

摘除芯片的技术和仪器封锁十分严格,却依旧可以用天价在黑市获得,豪富家族不可能不留这条后路,但此刻,谈起失败和屠杀都面不改色的霍华德脸色大变,他不自觉地摸了摸后颈,声音有些干涩,"事情太突然,还没来得及。"

海成锋扭头看向唐灵,唐灵皱了皱眉,点点头,海成锋这才回头又道:"起义军已在北方集结,准备突围出都市圈,你们跟着他们才最安全,但现在已经来不及了。都市圈作战系统一旦恢复,纪律宪兵很可能会追踪你们的位置,必须马上摘除。我们有摘除器,不过没有提前破解序列锁定,解锁密码需要半个小时……"

话未说完,作战频道突然传来预警:"西南方向 4 公里发现高热能源反应,是机甲部队,5 架以上!装甲车预估 12 辆!正向这里直线驶来!"空气瞬间降至冰点,将所有人的表情都冻住了。

追兵将至,连摘除半块芯片的时间都没有了,霍华德叹了口气,躬身哀求道:"孩子们还未植入芯片,不会被追踪,请务必救救他们。我们去把追兵引开,为你们撤退争取时间。"

海成锋沉重地点了点头,让开了门口。

霍华德回身简短交代几句,拽过人群中的 5 个孩子,用力推进门内,然后对商务联合会的幸存者大喊:"马上上车,分散逃亡,就算我们必死无疑,也要给孩子们留一线生机!"说罢,带着护卫驾车向戈壁飞驰而去。

几个孩子的父母向正在合拢的大门挥了挥手，跟着冲回各自的车上，向另一方向逃亡。其他人也知道别无选择，纷纷咬着牙上车四散而去。

事情转变得太突然，孩子们懵懂地看着陌生的环境和陌生的人，还在发愣，直到最小的那个三四岁的孩子大哭，他们才突然醒悟过来，喊叫着想冲回门外，却被队员们拽住了。

唐毅使劲揉了揉眼睛，确定自己不是眼花，孩子中那两个熟悉的身影确实是安吉和王大志，连忙上前拉住他俩，焦急地问道："到底出什么事了？"

安吉见是唐毅，眼泪顿时涌了出来，"昨天傍晚，我妈妈突然收到讯息，说爸爸已经被处决了，她带着我去商会大厦，可才到那里，就冒出来很多军队，见人就杀，我们好不容易才跑出来……妈妈这是要去哪啊，怎么不要我了？……"

王大志没有哭，神情木木地呢喃道："纪律宪兵说我爸爸庇护商会，犯了叛国罪，我妈妈和哥哥姐姐都被打死了，爸爸想带我逃出都市圈，可他……"

话音未落，观察哨已传回了更糟糕的消息："机甲部队和装甲车开始分散追击商会车辆，后方出现3架重装机兵，正在进行能量扫描……是机动部队！他们那个金毛司长亲自带队，来了4个快速反应中队！"

"这么快就被发现了？"海成锋皱了皱眉，立刻下令，"全体登车，撤离计划提前启动！"

唐毅忙拽起安吉和王大志，跟着姐姐和叶清进了1号运输车的座舱。哎呦吼想说个冷笑话缓解一下紧张的气氛，却被老铁一把揪过去，强行关闭了语音系统。

屋后两座垃圾堆缓缓滑开，露出巨大的下行通道，两辆运输车以最低功率悄无声息地滑了进去。通道黑暗冗长，缓缓行驶了十几分钟，再次见到光亮时，运输车已经到了垃圾分类场的下层装卸区。

运输车驶进灌装通道，一群满身污渍的工人携带各种工具爬上车身，在行驶中有条不紊地忙活起来，待运输车驶出大门时，外貌已经与普通的垃圾运输车一模一样，连令人掩鼻的怪味都一丝不差。

两辆运输车挂起危险废弃物标识，插进了垃圾车队列，驶向清运隧道。隧道闸门还未开启，巨型扫描舱旁边的武装检查站有数队士兵把守，半永固阵地火力配备极强，防卫森严。

安吉紧张地拽着唐毅的袖子，小声地问道："那种扫描舱我在生化农场见过，连车内的螺丝都能扫出来，我们不会被发现吧？"

王大志瞪着眼睛没敢吭声，手里的汗都抹到了唐毅的袖子上。

唐毅不知道该怎么回答，前排的斯诺回过头，拉起遮挡膜，压了压手说："这辆车内部有伪装涂层，扫描看到的是驾驶员和满车垃圾。保持安静，不要说话。"

这时，几名巡检员骂骂咧咧地从车道两边走过来，呵斥着司机，叫骂着不开眼的拾荒者。一个满口黄牙的老巡检气势汹汹地跳上唐毅他们这辆车的踏板，隔着玻璃骂道："妈了个蛋的，我说没说过车身上挂的垃圾给老子都弄干净了？不想干了滚蛋！"

唐毅吓了一跳，还没来得及担心遮挡膜是否会被看透，却见老头侧过脸，嘴唇嚅动，低声说道："机动部队正在赶来，立刻冲关！"

说完，老头跳下车，折回前面，突然掏出两颗手雷扔向检查站最前方的火力点，爆炸声响起，前排十几辆垃圾车猛地加速冲向检查站，堵住了各阵地的射界。

在刺耳的警报声中，自动武器密集的火网无差别笼罩下来，路边的拾荒者惊慌四散，其中一群如惊厥的骡子撞进防御阵地，将防卫部队冲得七零八落，混乱中数颗烟幕弹炸开大片刺鼻的浓烟，几道身影以惊人的速度冲进速射炮阵地，转眼便占领了两门速射炮。一门速射炮向机枪阵地泼出大片弹雨，另一门则扫向高台上的控制室和通信设备。

在混战的轰鸣中，闸门紧急开启的鸣笛骤然响起，启动人工紧急控制阀的是一名很瘦的巡警，他用拳头砸碎了开关，然后被自动机枪打成了筛子。唐毅记得他，正是自己去偷拍庆典时，在天台见到的那个谨慎小心的瘦巡警，原来他所有的等待，都是为了这一刻。

趁着这一闪即逝的空隙，两辆改装运输车越过阵地，冲进了隧道。三百米车行道转瞬到了尽头，前方是层叠的减速垫和一米多高的隔离带，其后便是巨大的倾倒斜坡，通向地底排放区。

"启动冲锋模式！"运输车底盘的8个球形悬浮轮同时上升收缩，如气垫般的悬浮动力层从底盘空洞中喷出，两辆运输车在疾驰中完成挂锁连接，通过同频磁场结为一体，浮力和马力提升了近一倍。剧烈加速的反推力将唐毅狠狠地扔在座椅靠背上，运输车撞碎隔离带，夹杂着无数碎石高高跃起，一头栽进深不见底的排放区。

所有人都在急速失重中忍不住惊呼出声，坐在驾驶员侧后的唐灵却面不改色，语气平静且快速精准地命令道："2挡反向喷射，摩擦级别降到3.7！"

驾驶员来不及反应，本能性按指令操作。运输车猛地一震，前端突然上扬，以几乎平行的角度，斜落在道壁上，只左右震荡了两下，便开始平稳下滑。

三个小鬼张大嘴巴，正要惊叹，后方传来一声巨响。高频的电机轰鸣在通道中震耳欲聋，众人刚把视线转向后视镜头，就见后方倾泻口上照明灯光突然一暗，巨大的黑影凌空跃起，猛砸下来。

虽然有喷射器倒推缓冲，三架重装机兵依旧把道壁砸出了半米深的大坑，它们根本不在意摔坏的部件还冒着火花，弹起身躯，放下脚部两侧的辅助滑轮，狂追上来，在他们身后，还有十几架中小型机甲在滑落跟进。

"车厢武装单元展开，阻击！"海成锋捂着撞破的脑袋，对作战频道大吼。

运输车后车厢体向两侧展开，作战单元如拼装积木般错裂成三层立体阵地，各种自动武器全部启动。重机枪瞄准传感器，座式冲击钻锁定驾驶舱，爆雷弹射器针对腿部推进器，队员们固定在悬空挂锁上，操纵各自的武器开始疯狂倾泻弹药，老铁也从侧窗探出身，全身的火力配件爆发出凶猛的火力。

三架重装机兵在狂飙中迅速排成一列，当先的1号机两臂弹出防护盾和反制力场，遮蔽了八成以上的应敌面，大多数攻击还未近身就被引爆，能量冲击也只是稍稍迟缓了他们的追击速度。

"是机动部队的王牌三剑客！把后缀爆雷一次性都弹出去！蜂巢飞弹打开火控，准备……"海成锋做出了最高效的应对，可当他转头看向前方时，涨红的脸色瞬间变得煞白。

通道越行越宽，直径已近40米，车灯前方，两道巨大的金属滚轮正在旋转滚动，仿佛怪兽的牙齿，将管道推送力场推来的所有东西都嚼得粉碎。

排放区的销毁装置是处理装置也是防御机构，计划中它应该如来时一般发生线路故障或者临时检修，可以从间隙中穿行，但现在却被及时启动，想来内部战线的潜伏者已经牺牲了。

前方是粉身碎骨，后方是死无全尸，绝境！

只一秒的时间，唐灵便以快到不可思议的身手拽开驾驶员，坐到驾驶位上，手指在操控仪侧面带着残影连点十数下，界面上的数字刚刚变换，她便踩下了脚下的踏板，车身猛地一滞，与推送力场爆发能量同频增益，以超越极限的速度冲向飞转的钢铁轮环。

所有人都瞪大眼睛，张着嘴巴，却没发出半点声息。齿轮上四面交错的锋刃闪烁着寒光，无数被切割撕裂的碎片在雪亮车灯中反射出繁星般的光芒，让人瞬间有种迷失的恍惚。

恍惚中，唐毅的感知前所未有地清晰，眼睛跟着齿轮看似无规则的轨迹转了整整两圈，看着两道轨迹在车头前32厘米处交错，于车顶4厘米外划过，在最远角发出不甘的呼啸，以33度的斜角再次合拢，无奈地嘶吼一声，切掉后车尾灯作为战利品，错过了血腥的约会。

这是一场精妙绝伦的操作,速度、角度、时间全都分毫不差,计算量哪怕最新型智脑也无法在瞬间完成,技法更是精细到极限,令人叹为观止。

"轰!"一声巨响,紧跟在后方的重装机兵来不及减速,撞在了轮环上。1号机的防护盾和双臂被搅成碎片,数十吨重的机体被砸得倒飞回去,后面的2、3号机及时躲避并喷出拦阻钢索拖住了1号机。过了十几秒,机动部队的最高权限才覆盖一般防御指令,旋转滚轮缓缓停下,为重装机兵让开了道路。

唐毅还没来得及为姐姐喝彩,却突然发现前方数百米处又出现了一道轮环,更庞大,更凶猛,坡道也在此处骤然上扬。唐灵面不改色,计算数据,调整角度,增减动力,穿行而过,一气呵成。这一次,坡道造成了速度损失,后车尾部被切掉了两个武器单元,动力场也稍稍受损。

再次衔尾追来的重装机兵改变战术,发起了火力突进,延伸射击运输车前方和左右,试图用爆炸冲击和崩射的残片干扰运输车,他们的目的明显不是击毁运输车,而是想夺回被带走的科研资料。

车身开始失控倾斜,左右摇摆,唐灵手指再次飞速连点,瞬间调整车体微控数据,用强悍到可怕的臂力控住剧烈颤抖的操控仪,让运输车恢复平稳,穿出火力圈,快速爬升。

第三道轮环已至眼前,可上行后重力造成的速度损失越来越大,车速开始明显降低,根本无法直接穿过。千钧一发之际,唐灵猛地一打操控仪，连为一体的两辆运输车甩出了一道弧线，斜插向一闪即逝的空隙，准备以最低接触面横穿过去。

前车车头已经避过刀锋，车尾也即将脱出，可就在这时，一发粒子炮弹恰好落在右前方，冲击波令车身一滞，本应顺着刀锋走向移动的后车尾部产生了一个可怕的折角。

"咔嚓！"刺耳的巨响，后车半个尾厢被搅得稀碎。唐毅扭着身子，眼睁睁看着侧后方漫天飞散的车体和武器碎片，里面有5名特战队员，还有刘医生和另外3个孩子，下一瞬间，刀锋旋转扫过，空中只剩下一片血雾。

唐毅只感觉颅压飙升，头痛欲裂，他两手死死捂着耳朵，想压制脑海中剧烈的鸣响，可这种鸣响不同于以往的幻听，是由内向外的鼓动，无论如何分散注意力都无济于事。

安吉和王大志试图安抚唐毅，却根本无济于事。老铁箍住唐毅的手臂，防止他伤害自己，哎呦吼刚要过来帮忙却被一脚踹翻，正要起身，却突然剧烈颤抖起来，他多年无法修复的能量共鸣器被某种能量震频再次激活了。

"滚啊！滚开！"唐毅疯狂地吼叫着，声音尖锐凄厉，如夜枭嘶鸣。

星辰般的光点骤然在车外闪现，无数红色荧火似乎感应到了某种召唤，从四面八方席卷而来，旋涡般急速聚合，瞬间凝为庞大的圆形力场，狠狠砸向急速接近的两架重装机兵。

红光掠过，如天神巨拳轰出，粒子炮的爆炸被抵消，高斯弹的扫射被停滞，重装机兵虽然弹出至律力场防御，却依旧被轰飞，四肢粉碎，只剩躯干滚落向通道斜坡底部，一路砸翻了后面跟上的机甲群。力场爆发扩散之中，轮环崩坏断裂，通道开始碎裂崩塌。

"共鸣驱动！"海成锋双眼圆睁，不可置信地脱口喊道。

唐灵一边操控运输车继续爬升，一边向海成锋喝道："启动所有剩余火力，轰击5点钟方向壁面！"

海成锋这才从震惊中清醒过来，厉声下令。所有能量和弹药毫无保留地宣泄爆发，开裂的壁面彻底崩溃分解，沿着斜角砸向一片黑暗的下方，如泥石流般引发连锁坍塌，将下方通道彻底掩埋封堵。

深埋通道壁内的能源管道受损，前方的激光网停止了运转，最后一道障碍也化为无形，疾驰的运输车穿过黑暗，冲向光明，从巨大的垃圾喷射井口飞跃而出，如同高高跃出水面的旗鱼。

在这本应美好的画面中，没有蔚蓝的天空，没有灿烂的阳光，没有浩瀚的海洋，没有奔涌的波浪。头顶，苍穹昏黄，狂风呼啸，真实的太阳掩藏在风沙之后，只透出一团隐约苍白的淡影；身下，垃圾碎屑积累而成的环形山庞大无边，散发着令人窒息的味道，在震荡波推动中，惴惴向四面流淌；远方，一望无际的荒漠戈壁延伸到视线尽头，在天边拉出令人绝望的笔直线条。运输车落在环形山上，渺小得如一粒尘埃。

顺着垃圾流一路滑行数分钟，运输车总算脱离了震荡波的分流范围，海成锋通过作战频道向后车的梦露和老曹确认过伤亡情况，下令立刻向戈壁深处出发："按计划，先沿着垃圾山向西低速行驶，尽量不留痕迹，进入沙漠后再转向西南的第7中继点。"

海成锋将路线标给重新掌握控制器的驾驶员,转头就掰着唐毅的脑袋一顿询问检查。

唐毅被揉搓得很难受,捂着头嚷道:"什么红色力场?什么共鸣驱动?我头都快疼死了,什么都不知道啊。"

"放开他!"唐灵反手将唐毅从海成锋怀里拽了回去,轻松得如同拎一只鸡。

"你这力量……"海成锋愣了一下,突然惊道,"刚才是你发起的共鸣驱动?"

唐灵并没有故作高深地隐瞒什么,"确切地说,是小毅引发共鸣,哎呦吼进行增幅,我驱动了能量方向。"

"唐毅是觉醒者?"

"不完全。"

"那这驱动强度……你是引导者?"

"不,我是强化者。"

"你没有刑天矩阵,没有生命因子能源驱动核心,怎么可能有这么强的驱动力!"

"没什么不可能,我是第一个强化者,也是最成功的强化者。"

"第一个?十年前……不,这不对,强化者的基因不出三年就会崩溃,你的身体……"

"她的身体好得很,不用你操心!你这人废话怎么这么多,你十万个为什么啊!"叶清突然开口,口条极其利索,社交恐惧症在这一刻似乎不药而愈了，可惜这状态连三秒都没维持到，就土崩瓦解了，"能量……压制基因……延……延缓，你……不……不……不懂……"

唐毅刚抬起头，没看到海成锋极其精彩的表情，他还有点懵，捶着依旧嗡嗡响的脑袋冲老铁哼哼道："老铁，我头还是好疼，你没有忘记带药吧。"

老铁放下还迷糊的哎呦吼，刚要打开储物单元掏药，却被唐灵制止了。

唐灵拍了拍唐毅的头，"我们已经逃离囚笼，而且你的身体强度和基因稳定性都已完善，所以不需要再吃药抑制进化了。等你身体内残存的抑制成分被全部代谢掉，你的头就不会再疼了。"

"头疼是因为吃药？吃药是为了抑制进化？"唐毅一时没适应这突然反转的因果关系，便转而问问另一个问题，"姐姐你刚才说什么？我是觉醒者？到底怎么回事？"

"你在十年前就已经觉醒了，但因为身体太幼小，放任发展一定会异化，甚至可能直接因异化痕爆裂而死，所以我研制了抑制药物，压制你的进化。"

信息量太大，唐毅顿时感觉头更疼了，他茫然地回头，看看后方都市圈上空未散的硝烟，不太确定地问道："如果我完全觉醒，是不是就能驱动那种力量，像团长一样去和无质生命战斗了？"

唐灵又拍了拍唐毅的头，"你还太小，等你再长大一点才能去战斗。"

唐毅推开唐灵的手，掏出自己私藏的臂章，倔强地说："再等下去，战争都结束了。我已经不是孩子了，我是薪火联盟第四联合集团军铁旗特战团新兵。"

唐灵叹了口气，轻声道："结束？不，这只是人类反击的号角，战争刚刚开始。"

欢迎来到303号英雄直播间

舞台与棋子

文 / 查尔斯·甘

科幻
硬阅读
DEEP READ
不求完美 追逐极致

"欢迎大家来到302号直播间，喜欢主播的记得点个关注。现在办张星际卡就能参与宇宙大满贯旅行抽奖，更有机会和主播面对面互动，还在等什么，你就是下一个欧皇！"302号直播间的头号房管正卖力地刷着弹幕，如旧式钞票般红艳的虚拟弹幕飘浮在直播间的白色弹幕海洋中，一波接一波就快要将强尼给淹没。

"谢谢中国No.1送出的超级星舰，老板大气。"一名金发微卷，衣着夸张华丽，身形高大威猛的男性人类主播正嬉皮笑脸地拍着金主的马屁。那潇洒分明的身姿，充满男性线条的体魄，区区摆上几个健美动作就足以征服整个星球，而且这可不是玩笑。

没错，这位就是当下最火热的星际主播——韦德！

"各位老饮，今天我们玩把大的，去核心资源区赌一把怎么样？"韦德说，"觉得可以的话就给主播扣个1。"

粉丝贵族彩色的1字全息弹幕瞬间布满了整个直播间，如同盛典中漫天飞舞的彩旗，甚至还有定制的人类欢呼表情包。

"走，说干就干！"韦德喊道。

直播间又是一阵狂欢。

韦德的直播间就设在一艘小行星大小的星际旗舰驾驶舱内，而旗舰周围是数十架超级星舰、各百架的驱逐舰和护卫舰以及数不清的小型无人作战舰艇。它们环绕着主舰掠过星际物质，卷起层层幻蓝色的"波澜"。韦德的直播舰队正开赴惠特尔星云 ZG8511 区域。

惠特尔星云一直是各大文明的争夺之地，不仅仅是因为这里地理位置优越，可通往各大文明中心，更重要的是在惠特尔星云的星体中深藏着大量"瓦兹"矿石——一种富含 137 号元素，极易发生核裂变的矿石，甚至有专业机构宣称一立方纯度仅仅 30%的瓦兹矿石的能量便能驱动超级星舰整整一天。

所以这里经常发生资源战争，另外由于过往的战争过于惨烈，以至于星际联盟在惠特尔星云设立了禁战区，用绝对武力禁止了战争发生，但是利益这块香甜诱人的蛋糕摆在那里，谁都会悄悄咬上两口。

众所周知，惠特尔星云内不存在 C 级以上文明，也就没有智慧种族拥有其所有权，但毕竟联盟禁止武力抢夺，又怕别人看着吃相太丑，所以大家换了一种方式瓜分这片区域，也就是直播战争。

"直播战争秉承着不强抢、不流血、不牺牲的'三不'原则，以公正、公开的星际主播 PK 方式划分地区使用权，双方文明可提供任意形式的支持，但 PK 期间必须进行星际广播，需要有第三方 B 级以上的文明监督 PK 进行，或认可区域归属权……"强尼如此念道。

作为一个新人主播，强尼虽然连最基本的条款都没背熟，但祖上可能有古代地球欧洲人的血统，在 PK 平台第一次随机抽取作战区域就抽中了 ZG8512 区域，毗邻大主播韦德。这是怎样的运气！只要分得这位大主播的一点点流量，自己表现得再优秀一点，谈吐再幽默一点，之后路遇金主，一夜爆红，从此衣食无忧，指点江山……

强尼还沉浸在自己的白日梦里，猛地一个颠簸，脑门直接磕在了驾驶舱壁上，瞬间让他清醒过来。狭小的舱室、缺了几个按钮的漏电操纵台以及熏人的汗臭味，自己都快受不了了，还做白日梦。

现实是他身处一架陈旧老式的小型驱逐舰内，手下只有十几架凄惨的杂牌无人战斗舰艇，而供给观众身临其境体验战斗的 303 号直播间内也寂静得像诡异的深夜闹鬼电台，以个位计的在线人数，都可能是水军机器人。

强尼惨笑着想，作战区域就差一位，直播间号也只差一位，为什么待遇就是天差地别呢？但抱怨归抱怨，至少有口饭吃了。

几天前他还被房东赶出了出租屋，连行李都没给他留。混成这样也没法回去给奶奶交代，都能想象出奶奶喊着"当初有胆离家出走，没胆混出名堂吗"的话，坐着轮椅追自己好几条街的场景。

幸好碰上星际直播公司招募战争主播，自己碰运气报名竟然还通过了，就好像没人和他竞争似的。

"当主播也算登上舞台了吧。"强尼喃喃道，"虽然不是戏剧舞台。"

强尼的奶奶曾经是上个时代的戏剧演员，小时候强尼曾经看过奶奶的一次表演，到现在他都记得奶奶在舞台上时一场一幕的仪式感和眼睛里噼啦噼啦闪着的光，无论如何他都忘不了，至今那个舞台还是他的憧憬。

但强尼的命运似乎总与直播牵扯不清，父亲因为给一位暴力游戏女主播刷礼物，刷光了积蓄，逼走了母亲。明明曾经父亲那么温柔，却在某天从公司回来后一蹶不振，沉迷各种暴力直播，所以他也想知道直播为什么这么吸引人。

趁还没开播，强尼悄悄点进韦德的302号直播间。想着偷偷观摩一下同行应该不会被联盟超管封杀吧。

通过增强现实设备，全息景象瞬间搭建起来，强尼环顾四周，现在便是302号直播间观众看到的场景。

这场景由四面八方、覆盖各个角度的直播飞船提供实时画面，视角往后拉是如繁星般的船舰引擎火光，宛如一个绚烂的蓝色星系，朝前看，前进方向上有一颗尘黄色的年轻小行星，不时被浓密的星际物质遮挡，PK的主战场便设在这颗暂时编号为SNW20190707的行星上。

韦德的对手是来自阡陌文明的阡陌星人主播，他们看起来就像地球上的犄角甲虫，但明显对方是有备而来，黄褐色的甲壳飞船成群环绕着长角主舰，大规模杀伤性武器架在舰艇两侧，战斗单位不在少数。

看到这，强尼又在自我庆幸，像韦德这种大主播根本不在乎什么抽取区域的规则，点到哪就去哪，而自己可能真是用尽了所有运气才抽到这片热门地区，爆红的机会就摆在面前，仿佛触手可及。

自己的PK开始预热了，强尼快速退出302号直播间，回到自己的PK区域——一片与SNW20190707行星隔着一段距离的小行星带,但强尼发现,自己过于兴奋还不知道对手是谁呢。

他划下PK界面,上面明明白白写着的是肯迪星人,强尼刷新再看了一遍,还是肯迪星人。

"怎么会?!"强尼喊了出来。

肯迪星人啊,就是那些恶心猥琐又喜爱生吃动物的野蛮生物,PK战中最不想遇到的主播种族TOP1,而且与他们对战的主播,意外死亡率是PK战中最高的。强尼一想到他们黏糊糊的样子和浑身的触手就想到了蛆虫与死章鱼的恶心合体。

强尼打了一个哆嗦,没人告诉他要和肯迪星人PK啊,要是知道的话,打死他也不来。虽然抽取机制完全是随机的,但也不至于如此倒霉吧!就凭手上这几架破飞船和肯迪星人抢地方,这不是送羊入虎口吗?

强尼瞬间弹起身来,就好像被漏电的操纵台电了一下,他迅速派侦查船去打探对方的战斗力,比起爆红,小命要紧,实在打不过就直接投降,白旗退场。

但似乎又有点机会,强尼通过侦察飞船潜入侦察后才发现,对方空域也就停着几家运输船,根本看不到战斗舰的影子,这才心里一乐,看来对面也就是一个小主播,装备比自己还差,连战斗编制都没有。

强尼心里的石头放下来一半,又偷偷去瞄302号直播间,韦德的战斗已经开始,他指挥着的舰队不亚于千军万马,如果现在有人身处SNW20190707上的话,看到的场景肯定此生难忘。

外层空间中双方的战斗舰群到达预定位置，没有战斗打响的号角，顷刻之间刺眼的亮光闪起，双方前端舰队交战，产生了一条由无数战舰爆炸的闪光形成的战线。

韦德的数艘超级星舰势不可当地分割了战场，围绕着星舰的无人战斗机群飞速追逐敌方单位，爆炸、炮闪此起彼伏，宛如一场宇宙狂欢。

作战行星大气层内，先遣队的钢铁巨兽吞吐着黄色的硫化物云，嘶吼着弹射出追踪导弹，扎入巨型柱状云，爆炸声震耳欲聋，将埋伏其内的阡陌部队撕成粉碎。

无数新型装备争相亮相，外壳上都立体投影着军火公司的牌子，所以这次战争又可以称为广告大战。

爆炸的震撼和竞争的快感也在刺激着观众们的兴奋点，直播间内各种装备、武器礼物更是不停地刷着屏，让人目不暇接，不关闭礼物特效连场景都看不到。

大家都沉浸在战争的狂欢中，自己的主播占了上风便尖叫不止，一有颓势便疯狂砸着装备，仿佛战场上冲刺的就是他们自己。而直播间内刷的礼物也在最短的时间内投放到主播的作战区域，更加剧了战斗的激烈程度。对方似乎也不弱，长角旗舰从舰群中露出，一发聚能光束打中了韦德所在的旗舰，韦德甚至还被爆炸的余波震得跟跄了一步。

韦德喊道："他妈的，兄弟们，他们还敢偷袭，给我刷个超级赛坦护盾，我就干他一炮。"他脸上引以为傲的肌肉线条因为兴奋已经扭曲到一种不可思议的形状。

韦德刚说完，地球联盟直接刷了两个超级赛坦护盾，一个就是十吨黄金啊，看得强尼都眼红了。

不到十分钟，加装部队迁跃抵达战场，现场开始升级护盾，还没等升级完成，韦德旗舰的主炮一发就打断了对方长角旗舰的犄角，对方的机群蜂拥而上将旗舰隐藏起来，大概也是骂骂咧咧地去升级新装备了。

战斗逐渐焦灼，双方舰队前线交杂在一起，撕扯分裂，不分上下，为了获得地面优势甚至开始了登陆战。

韦德的舰队开始降低高度，驱逐舰也进入了行星大气范围，瞬间行星上空的昏黄色变为鲜血般的红色。

精彩的部分到了，驱逐舰进到低空大气层，无数小型舰艇鱼贯而出，铺天盖地般汹涌而来，对方也毫不示弱，撒下大量飞行器和虫状机甲，乌压压一大片。但是还没等到他们接近，韦德突然说："兄弟们，今天我给你们看个稀罕物！"然后邪魅一笑。

韦德的旗舰从外太空投掷下一枚暗色金属梭，它带着闪亮的光无声地划过天际，穿透大气层，直接扎入了对方的战斗虫群中。时间此刻变得如此寂静，在音爆没抵达之前，瞬间光芒闪耀，吞噬天地，一朵巨大的蘑菇云平地而起，多个地区的直播信号直接中断，等到光亮褪去，留给对面的是直径十公里的熔融巨坑和战斗单位瞬间蒸发的惨状。

"你们看，多么华丽，兄弟们，是不是一发入魂？"韦德在直播中得意地展示道，看样子他对此十分满意，脸上的线条也舒展了许多。但直播间静悄悄的，礼物特效不见了，弹幕也一片空白,上千万人的狂欢突然戛然而止,只有韦德在一个劲地炫耀自己的胜利,对方在这次袭击后直接投降,放弃了PK。

"兄弟们弹幕刷起来啊,我们又赢了!"韦德喊道。

但强尼只觉得韦德这样做……

"过分了。"一条白色的全息弹幕孤零零地飘过。

随后便是狂风暴雨般的指责。虽然原则上可以使用所有武器,但由于每个文明都经历过质能时代的痛楚,大家都对质能武器有所顾忌,没想到韦德为了博取观众眼球直接对敌使用。强尼轻轻叹了一声,可惜了,韦德已是众矢之的。

果然由于302号直播间谩骂声一片,韦德还狡辩是朋友刷的质能武器礼物,结果PK还没走完程序,直播间就被停播整改。

没想到强尼在入职的第一天就见识了大主播的大起大落,而且是墙倒众人推,破鼓万人捶。

强尼也不觉得和韦德直播间,还有PK区域如此接近而幸运了。看热闹的流量从四面八方找到了自己这个直播间号差一位,还毗邻韦德直播区域的直播间,甚至还有人跑到自己的直播间一通乱骂,连名字都没看清就开始键盘侠,直播间人气也变为一万多,全是韦德的黑粉和吃瓜群众,还不如机器人水军呢。而强尼这才想起来自己也在PK直播,限时24小时。

强尼只要全灭敌军或者PK结束之前占领目标区域就能赢下这场PK,根据之前的侦查,对方似乎并不打算正面冲突,于是强尼直接开进目标区域实施被戏称为乌龟战术的坚守战。

目标区域内是三个不大不小不规则的小行星，在密集细小的小行星带中却显得特别突出，整个小行星带似乎是一个行星粉碎后的残骸。

PK已经进行一段时间了，对方依然没有什么行动，难道是打算放弃？强尼想着，顺便扫描了一遍区域内"瓦兹"矿石的贮藏量。

"妈的，连个屁都没有。"强尼直接在直播间里爆粗口，因为这含量简直连来这儿的燃料费都不够。对方估计也是发现了这一点，才消极行动，不想进一步增加损失，可能还想直接拖到PK时间结束，再一步抢下所有权。但强尼已经捷足先登，他在心里偷笑，虽然第一次PK就摊上隔壁的烂摊子，还被人骂作乌龟，但至少能赢下这场比赛，拿到奖金。

不知道这直播有什么好的，强尼又想起了那个不知在哪的父亲，但也挺简单的，只要不去理那些讨厌的弹幕。

强尼自管自顾地登陆上三颗小行星中最大的一颗，将直播间搬到上面，虽然违反直播安全守则，但对方难道还能把自己给打了？而且这旷远的异星景色加上一丝丝冒险的刺激也让强尼有了"好不容易来一趟，不得不逛逛"的兴趣，不过出乎意料的是有人刷起了免费礼物。

但是强尼不傻，还给自己留了一手，他将手里的战斗舰艇藏在了小行星的背面，好让对面捉摸不到他的实力，然后放下本业，开始直播开箱。直播间网友们刷的补给箱到了。补给部队停都没停，扔下就走了。打开一看，没想到有人给他送了套女装，真让强尼哭笑不得。

"我说大家,只要我涨到十万粉,我就穿给大家看看。"说着强尼脸上还羞红了起来,直接带起了直播间里的小高潮,粉丝瞬间涨到一万,流量也多了起来。看着直播间的变化,强尼觉得越来越有希望,这是要红啊!

强尼直接改了直播间的标题:"揭秘韦德之战,隔壁老强主播带你实战分析。"

这着果然有用,吃瓜群众瞬间集中在 303 号直播间,热度涨到几十万以上,还有一群人起哄让强尼穿女装,粉丝量突然如坐火箭般飙升。所以羞答答的,强尼穿上了那套黑色蕾丝女仆装,抹了腮红,还戴上了假双马尾,加上强尼身材比较高挑,容貌也算看得过去,一打扮竟然宛若天仙。

直播间瞬间爆炸,弹幕一波接一波,甚至一些地区代表也闻讯赶来,猛刷娱乐礼物,却不见给装备补给。

强尼心想,自己是星际 PK 主播怎么会沦为娱乐主播?但是形势似乎已经完全掌控不住了,现在是数十万真粉啊,不是水军,也不是机器人,是真正看着自己直播的观众,出了岔子可担待不起,只能讨好地赔着笑脸。强尼有点担心,自己火得莫名其妙,还是靠旁门左道,这要是被抓包,好不了。

突然,直播间传来一声清脆的提示音,这是金钱的声音。有人刷了"宇宙之声(人类定制)",这是娱乐礼物里最昂贵的,将朝宇宙各地的人类网友广播直播间号并开启直播间传送门。"咚咚咚",又连着几下,强尼被整蒙了,光一个"宇宙之声"就是一年的饭钱!

瞬间来自宇宙各处的人类网友将直播间的人气顶到上百万。

"这主播连一句谢谢老板都不会说吗?"许多闻声而来的粉丝贵族刷着这句醒目的固定弹幕,仿佛就贴在强尼眼前。

"谢……谢老板。"强尼惊喜又惊慌,连忙道谢。而那位刷礼物的老板却一声不吭,甚至连名称都是匿名,弄得强尼更是一头雾水。

"唱个歌。"匿名的老板终于发话了。

强尼知道他遇到贵人了,不是做白日梦,自己能不能火就取决于这首歌了。

可是,强尼天生五音不全。

"老板,要不我给你跳个舞?我对戏剧舞蹈还是有一点研究的。"强尼扯了扯自己的女装,表情尴尬而僵硬,他知道直播界第一条潜规则就是不能违逆观众。

果然老板回答都没回答就退出了直播间,瞬间带走了大量人气,现在满屏的弹幕都在骂强尼蠢。

慢慢地,直播间的热度随着时间的流逝和新鲜劲的褪去萎靡,其他娱乐主播早下播了,可他是PK战主播,需要坚持24小时。

眼看就要凉了,而且由于动静太大,好几个联盟超管都藏在观众中,估计都在盯着局势,一旦观众们的兴致退去,就自己这么一个没权没势没关系的新人主播,而且还是靠着调侃平台大主播韦德起势,分分钟封停——不行,强尼背后一凉,得想点办法。

这时之前刷礼物的匿名老板又突然进入直播间。

"怎么还是个乌龟？去和人家打一场啊。"老板发话了。

这时 PK 战已经接近尾声，自己占领目标区域已经十多个小时了，再过几个小时，PK 战就能按照规则风平浪静地赢下，但现在老板都开金口了，强尼只有主动出击。

偷偷地，强尼绕到小行星的背后，留下一部分战斗机驻守，自己则带着大部分战斗单位准备突袭肯迪星人的侧翼。

这时通过兑换免费礼物还有粉丝的打赏，强尼已经拥有了一只小型舰队，只是粉丝们执意让强尼穿着女装战斗，这让强尼很是为难，但不穿粉丝就要投诉他。没办法，强尼只好率领着自己的女仆舰队全速隐蔽靠近。

结果出乎强尼的意料，小行星带天体混杂，航行难度非常大，所以说是突袭，结果只能在行星带内慢吞吞地绕，躲避着各式各样的陨石，而且对方看起来打算一拖到底，也不知道藏到哪去了，整个突袭还没开始就完全失败。

没有惊心动魄的追逐，也没有爆炸粉碎的快感，更别说激烈的战斗了，连个敌人的影子也见不着，老板也不知道什么时候又退出了直播间。

强尼羞愧不已开始撤退，而且观众们也渐渐审美疲劳，直播热度直接降到一万左右，十多万的粉丝数竟然开始往下掉！强尼只好抄近道想快速回到目标区域，自己现在仿佛是一只被观众愚弄着的猴子，却还在不断讨好着他们，最后变得这般不伦不类。

强尼航行出小行星带，来到空旷的内环地带，从这可以飞速直达目标区域。但强尼定睛一看,前方繁星闪耀,和宇宙背景有一丝不协调。从来没有自然天体呈规律的长条状,绵延而去并闪烁其中。

再仔细一看,哪里是天体,明明就是引擎火焰——数以千计的战斗舰艇在强尼的前方全速行驶,而且是隐蔽前行,如果强尼不是在后方根本发现不了。

哪来的舰队?

这附近还有其他 PK 战吗?

有什么东西值得动用这么庞大的舰队,甚至比韦德的舰队更加庞大?

强尼心中有千万个疑问,答案很快就揭晓了,片刻后停驻在目标区域的战斗机全部失去联系。强尼隔着小半个行星带都能看见刚才驻守的那颗小行星发出似曾相识的耀眼光芒,是质能武器!竟然动用了质能武器!

通过部署在其他两颗小行星上的图像采集装置,强尼发现自己原来设置直播间的小行星被炸得坑坑洼洼,但在如此猛烈的核爆后却没有解体,表面炸出的坑底还诡异地发出蓝光。

强尼看到这心跳加速,肾上腺素狂飙,甚至比中了彩票还要激动,那是什么?"宇宙宝石"啊!星际中最坚硬的物质,超罕见的无价之宝,拳头大一颗就能买下一整个行星。"瓦兹"矿石和它相比简直就如同破铜烂铁,而自己刚刚竟然就坐在宝石堆上!

难怪肯迪星人动用了这么庞大的舰队,甚至不惜使用质能武器,而且为了不打草惊蛇赢下比赛,表面假装拖延,暗地封锁包围，然后一击毙命，就算被发现了，弄死一个不出名的小主播，PK战胜利自然归他们，就算想夺回去也没有借口。简直完美，完美！

瞬间，强尼想通了这一切，一身冷汗也随之流下，现在对方肯定发现自己没死，因为PK没有结束，时间也只剩下两个小时。

如果自己躲起来，还能保下一条小命，只是那么多宇宙宝石，光看到的就能让一个普通文明买下所有A级文明技术，进入高级序列，掌握宇宙生杀大权！

赌一把？

对方肯定没想到自己瞎跑，竟然跑到了他们的大后方，只要自己足够迅速，现在冲上去肯定能打他们一个措手不及，但强尼立马打消了这个念头，他手头的几艘小舰艇和对面的移动堡垒比起来就和玩具差不多，这不是送死吗？

强尼往目标区域望了一眼，想到曾经有亿万财富埋在脚下，自己却没有好好珍惜，等到失去后才后悔莫及，如果上天能再给自己一次机会的话，他肯定带上几块再跑。

强尼沉浸在无尽的懊悔中，不甘地挠着头发，甚至揪下来一把头发。然后不知为什么，他隐约间感觉到周围有一种越来越强烈的压迫感——

他忘关直播了，刚刚发生的一切都被直播出去，宇宙宝石的发现，自己仓皇想着逃跑的样子……完了，要变成全人类的罪人了。

但情况似乎不是他所想的那样，直播间的热度陡然冲上了九位数，强尼把弹幕和礼物特效打开，瞬间密密麻麻的全息弹幕塞满了直播间的每个角落：

"卑鄙！无耻！主播快打回去！兄弟们礼物刷起来！"

"主播别怕啊，他们玩阴的就干他们！"

"老强你可代表了全人类啊，别认输，冲啊！"

……

直播间内到处是打抱不平、义愤填膺的弹幕，各大移民星球代表不停刷着超级星舰，甚至新开辟了质能武器礼物，满屏的礼物量加起来堪称有史以来最大的主播舰队！

不到十分钟，这些东西通过人类官方迁跃通道就出现在了强尼面前。铺天盖地的舰队——数十艘旗舰、数百架超级星舰和无数的战斗舰艇形成一个巨无霸战斗群，迅速逼近目标区域。

对方也迅速察觉到了战场变化，回缩到目标区域，补给不停迁跃而来，生生在目标区域建起全方位防御区。一场史诗大战即将开始！

强尼看着这一切，简直就像在梦里，不知所措。上亿的人正等着强尼的下一步行动，可他自己也不知道接下来该干什么。索性强尼一闷头，不管不顾，大喊道："冲啊！"

瞬间整个直播间沸腾了，地球上、火星上和各大移民星球都在直播这场突发的战争，整个人类都在怒吼："冲啊！"

强尼驾驶着自己的破旧舰艇冲在第一位，身后便是无数正规崭新的战斗舰！

万舰齐发，数百枚质能武器无声而飞速地划过真空，然后成为上百个刺眼的太阳，肃清着爆炸区域内的一切，直接便将防御区炸出一个口子。

但对方也不服输，索性取消外层护盾，无数蜿蜒的条形飞船从口子里鱼贯而出，如同蛔虫群般袭来，吸附在巨型舰艇的表面撕扯外部装甲，破坏控制装置……

强尼直接释放战斗机群和敌方纠缠在一起，超级星舰和旗舰统一火力打算掀开目标区域的防御层。时间不多了，重新占领才是第一目标！

但是对方死守着两个小行星之间的关口，怎么也攻不下来。时间不等人，眼看要输，强尼实在没办法了，刚刚到手还没捂热的星舰大礼包就这么用掉实在太可惜，但……

强尼已经没有时间犹豫，迅速将大型星舰集中在一起，开足马力直接强冲关口，十几架星舰如同钢铁巨兽以鱼死网破之势冲入关口，其他舰艇蜂拥紧随。

强尼则驾驶自己的飞船迅速后撤，无声的闪光在关口内迸发，随后是无数反弹飞溅的舰艇残骸。但强尼这不是退缩，他在组织另外一批舰队搜索对方主播的位置——对方主播现在一定在最里面这颗小行星的某处，只要消灭了他，自己就赢了！

不知道是疯狂氛围的鼓动，还是人类内心最嗜血的兽性爆发，强尼此刻只想杀死对方，而几个小时前他还是一个恪守规则、老实巴交的普通小主播。

还剩不到半小时的时间了，强尼还是没有找到对面主播的位置，就算肯迪星人以擅长筑巢和躲藏闻名，但强尼也没想到短短几个小时对方就把这里改造得如此错综复杂！更麻烦的是，他们直接展开了巷战，摆明了想拖时间，而强尼若轻易进入其中可能还会被对方置于死地……强尼快急疯了。

"快点，快点，还有什么办法？"强尼青筋暴起，脑子疯狂转着，像一只狒狒一样吼叫着。

占领胜利的条件——PK 结束后，在胜负不分的情况下占领目标区域面积更多的一方为胜方。

强尼一下子豁然开朗，自己被宝石蒙住了双眼，包括对面也是，不一定要抢占中间这颗宝石储藏量最多的小行星，占领总面积在一半以上的旁边两颗，最后的胜利依然属于自己！这些都将属于自己！

强尼强忍住欢喜，转而奔向最近的那颗，却发现最远的那颗小行星用剩下的时间根本占领不完，瞬间绝望又如同蚁群般爬满心头，钻心挠肺。

还剩十五分钟，强尼指挥附近所有飞船往两颗小行星靠拢，所有速度快的小型舰艇全部出动，如烟尘般弥漫开去。

强尼发动登陆战后，对面先是一愣，很快明白过来，整个虫群倾巢而出企图拖延强尼登陆，但就算他不拖延，强尼也不一定能完成设想。

时间只剩下六分钟零几秒，距离最远的那颗小行星有将近十二万平方公里面积，每一百平方公里至少需要一个战斗单位，而最近的船舰刚刚抵达。强尼疯狂扯着自己的头发，发丝一根根地往下掉，要输了，要输了！

强尼的脑中突然出现小时候的画面，奶奶在舞台上跳着他熟悉的戏剧舞蹈，但一不小心一脚踩空摔下舞台，脚踝出现不正常的弯折，但她还是上台完成了最后一个动作，就算之后她再也没能登上舞台。

强尼平静了下来，喃喃道："这就是我的舞台。"

慌张无措，匆忙从固若金汤的巢中跑出来的肯迪星人疯狂追逐着强尼，他意识到对方是一个高手，自己肯定中了狡猾的人类的声东击西之计，那个男人假装攻打防御区，只是为了掩盖自己夺取胜利的目的！

肯迪星人主播想到自己的文明费尽千辛万苦，历经几千场PK才找到这些宇宙宝石的位置，甚至贿赂了联盟上下才抽到一个初出茅庐、存活率极低的人类主播，没想到这个男人竟然不按常理出牌，躲过了偷袭，还带着不知从哪冒出来的这么大一支舰队出现在后方，而且上来便是质能武器，像疯狗一样狂轰滥炸，如果不是带上了大半文明的武器装备，早不知死了多少次了——他们肯定是事先准备好的，绝对有内鬼泄露了情报！

但随着追逐的方向亮起刺眼的光芒，肯迪星人主播便知道自己输了，遇上了一个不要命的对手。这个男人到底是何方神圣？肯定不是一个普通的新人主播，但也没听闻人类文明中有这等猛将！

前方，强尼的舰队悉数爆炸，旗舰、星舰、驱逐舰，一架接一架炸成绚烂的烟火，五彩斑斓，绚烂至极。

他做到了，爆炸后的舰体更轻、更快，成为流星群在PK结束之前散落在了小行星各处，不一会儿从这些残骸中爬出了人形机器人，宣布占领成功。直播间的观众不敢相信这一切，因为在爆炸的亮光中强尼也被刺眼地吞没，直播中断，漆黑一片。

最终结果：人类星际主播强尼以 30.3% 的占领率击败肯迪星人星际主播 TOP1 诺克 29.7%，而且 PK 结束之时，强尼尚具有生命迹象，所以此次 PK 战的胜方——人类文明！

此时即使 303 号直播间是黑屏，但它已经创造了星际直播史上最高热度、最高收看率、最多粉丝量、最多礼物等多项纪录，只是强尼看不到这满屏的弹幕赞美了。

"英雄强尼！"

母星地球，时间已经过去了一个礼拜，但整个人类文明还都沉浸在"强尼直播事件"中，许多人自发地组成祈福队伍，在区域运河中放置水灯，祈祷英雄强尼能平安无事，各大星际媒体也在实时跟进战后报道。

终于人们在爆炸后的辐射空间里找到了救援舱的信号。

"英雄强尼，你好。"一向以严格批判出名的主持人也半弓着腰，眼带敬意地欢迎大难不死的强尼。

但事实是，危急关头，强尼切断直播信号跑进了救生舱，当然这只有他自己知道。

"你好，你好，我经常看你的节目呢。"强尼回答道，他现在就像换了一个样子，身着帅气西装，脚踢罕见真皮皮鞋，昂首挺胸，好不潇洒。

"哦,我真荣幸,强尼先生请坐。"主持人和强尼一同坐下,电视直播室内坐满了狂热的观众,他们同样眼带崇敬。主持人继续说:"那么我们直接进入主题,跟观众们谈一谈你的传奇故事吧。"

"其实我的事迹并不传奇,这是人类各大星球联盟一起努力的结果。"强尼按着背好的台词说道。

主持人笑了笑,"只不过他们总躲在屏幕背后,而英雄就是像强尼先生这样,哪怕山穷水尽也能在绝境中力挽狂澜。"

强尼尴尬地笑笑,如果他知道真相的话肯定不会这么想。

此前当强尼从地球医院醒来的时候,他才知道自己的事迹——机智地识破了肯迪星人的阴谋,拼死捍卫了人类资源,变成了整个人类的英雄。

这个称号压得他腿软,就在他半跌半倒地推掉了所有人的保护走进卫生间准备冷静一番的时候,突然有人套住他的双臂,死死地捂住他的口鼻,让他无法动弹,不能呼吸。背后的人拥有着壮硕的身体和强大的臂膀,强尼无论怎么挣扎也无能为力,窒息的恐惧折磨着他。就在他要放弃的时候,那个人又将他像一只小鸡一样扔到流满不明液体的地上。

"强尼,好久不见啊。"一个熟悉的声音在强尼耳边响起。

强尼死命地呼吸,但他更震惊的是抓住自己的人是韦德。

"韦德?"强尼坐在地上发出一阵猛烈的咳嗽,"你怎么变成了这样?"

面前的韦德肥胖臃肿,他引以为傲的肌肉线条不见了,取而代之的是厚厚肥腻的脂肪，而且浑身散发着恶心的酸臭味。

"拜你所赐。"韦德说。

"韦德，你怎么知道我的名字？"强尼想起来，之前在直播里为了蹭热度还爆过他的黑料，他不会是来寻仇的吧？

"现在全人类都认识你，"他喊道，"都是因为你，我丢掉了一切。"

强尼突然从地上爬起来，既觉得愤懑，又害怕韦德做出什么出格的事，只好压抑住自己的嘲讽语气挤出一句："明明是你自己用的那玩意儿。"

韦德眯起他小眼睛看着强尼，盯了一会儿后，说："原来他们没跟你说，你不过也是棋子而已。"说完他准备走出厕所。

"等等，什么棋子？你在说什么？"强尼拉住韦德，满脸疑惑。

韦德转身笑笑，"有意思，那我就给我们的英雄讲讲自己是怎么变成英雄的。"

他挺胸抬头，摆出他直播时高贵的样子，"对于所有主播而言，观众的要求是第一位的。首先，你没有这样的觉悟，其次，你不尊敬自己的直播内容，刻意吸引观众眼球，最后，就算是这样你还是成了英雄，"他的眼中露出一丝失落，"那本应该是我的。"

强尼皱着眉头，显然他不理解韦德的行为和语言。

"从一开始这就是一场阴谋，人类在肯迪星的线人早就知道他们计划抢夺宇宙宝石，所以特意安排了一个人类主播。你述记得那个给你刷了很多礼物的匿名者吗?"

强尼点了点头。

"那就是地球联盟的人,他们让全人类通过传送门关注你的直播间,也是他们让你离开小行星的。这样肯迪星人使用质能武器就能被全人类看见并激起共愤,而又不会丧失 PK 资格。我猜之后你是死是活就不重要了,地球联盟会出面 PK,不然你以为舰队为什么这么快就能抵达?但所有人都没想到你这个草包竟变成了英雄,所有的功劳都算到了你的头上——我们伟大的英雄强尼。"韦德大声嘲讽道。

"这不可能,"强尼对韦德说的话半信半疑,"怎么会这么巧合?他怎么知道我会离开小行星?"

"他们身为人类,最懂的也就是人类。所以这个英雄本应属于我,我该带领着舰队为人类出征。"韦德一步一步逼近,气势汹汹地凑到强尼面前,却忽然脸色一变,"可我也成了他们的棋子,他们知道我不会拒绝观众的要求,给我刷了质能武器,让我变成了全人类的懦夫,让我为你的大戏开了个好场。"

说完他摇摇晃晃地移动着自己肥硕的身体走出了卫生间,顿时警报声响起,一大群人冲进来将强尼团团围住。等到强尼走出卫生间,看到走廊上韦德已被按倒在地。四目相对时,他开始哈哈大笑,"好一出戏,好一出戏,草包还要继续当他的英雄。"然后他被安保狠狠在鼻子上揍了一拳,暗红的血迹滴落在洁白的地面,一滴,两滴。

安保小声说:"还敢对英雄不敬。"

强尼就这样离开了，此后他再也没见过韦德。

强尼稍微发了一会儿呆，主持人继续说道："我们的英雄强尼在意识到肯迪星人的阴谋后，先是用异装吸引大家的注意，然而愚蠢的地球联盟代表丝毫不关心PK情况，强尼先生只好先行撤退以保存有生力量，并在决定性的时刻向世界揭示肯迪星的阴谋，最后英雄登场，视死如归，只身击溃敌人的阴谋，公正、公开地击败了对手，保护了全人类的利益。这难道不就是我们最伟大的英雄吗？让我们为英雄欢呼！"

主持人带起节奏，观众们开始了新一轮狂欢，强尼完完全全被包装成英雄，全盛时期的韦德和现在的他相比算得了什么？但强尼却皱起了眉头。

这次PK赢得的宇宙宝石被人类各星球联盟的代表作为直播回扣瓜分一空，强尼仅拿到一笔主播奖金，个别联盟代表"分赃"的时候甚至还会对强尼冷眼相待，仿佛强尼抢了他们什么东西。

当时地球代表走过他身边时还说了那一句耐人寻味的话，现在强尼也想明白了，他说："恭喜你英雄强尼，能够死里逃生是你的胜利，但如果哪一天输了，你要记得这都是为了人类。"

念及这些，强尼背后升起一股寒意，他这个英雄到底是什么？

这时强尼想起奶奶还告诉过他一句话：在舞台上，打在身上的灯光最亮的时候也就是该退场的时候。

"等一等，我能说一句话吗？"强尼问，语气里多了一份自信。

"当然,英雄你请说。"主持人说。

"我想借这个机会宣布一件事情,"强尼坐正,环顾了观众一周,"我将永久退出直播界。如果以后 303 号直播间还在的话,所有收益也将捐献给慈善机构。另外我会开一家旧时代剧场,很旧很旧的那种,到时候欢迎大家光临。"强尼迅速起身,想要耍帅地一走了之,没想到出口的路被主持人挡着。

"主持人你……"强尼尴尬地站着,又不好叫主持人让一下,现在几亿人看着呢,而且自己刚刚宣布完如此重大的事。

"强尼先生,为什么?"主持人看起来寸步不让。

"普通人更适合我吧。"说完强尼绕了一圈,匆匆走下台,留下了震惊的主持人和观众们。

"这才是真正的英雄,伟大却又平凡,让我们为了英雄强尼欢呼!"

电视直播间的全息弹幕一波一波如同浪涌,可浪尖处,一名匿名用户用鲜红的颜色写下:英雄,当上了可不允许逃跑。

墙内人

人形工具

文／笑匠

科幻
硬阅读
DEEP READ
不求完美 追逐极致

◆ 1 ◆

"叔叔,我去散步了。"我推开面前吃剩的营养膏,从桌旁站了起来。

"去吧,注意宵禁。"叔叔点了点头,疲倦地用勺子搅动着那些几乎还未吃过的糊状物。他太累了,没有吃下那一团难以下咽的营养膏的欲望。

我没有在意叔叔的心不在焉。叔叔毕竟已经年长了,漫长而机械的劳作耗尽了他今天的全部精力。通常他都会在那里坐到半夜,然后才吃掉已经凉透的营养膏,拖着倦怠的身体走向他的床铺。

我从狭窄的房子走出,向右步行穿过一片同样低矮逼仄的房子,便能见到那些环住我们的墙了。

从我记事起,那些墙便存在着,将我们的世界圈成一个正方形。墙外面的世界是什么样子没有人知道。一些人虽然抱着一探究竟的愿望,却被每日永不停歇的工作消磨尽了意志。即便他们偶然登上最高的屋顶,也只能看到圷住他们的、绵延不绝的墙!墙!墙!

在难得的放松时间里，我通常会以散步为名去我的秘密基地小憩。虽然电子警察的复眼紧紧盯着每一个人的行动，却不会在工作结束后的放松时间找我们的麻烦。

沿着这堵墙一直走，在尽头处左转，穿过白天工作的巨大工厂，越过堆积如山的核废料，便到了我的"秘密基地"。这里人迹罕至，除了我没有哪个人会回到白天流血流汗的地方。而那些令我们发怵的监工机器人，此刻也处在半休眠的状态，只要轻手轻脚地避开他们镜头正前方和工厂的核心区域，他们便不会有任何反应。由于他们的存在，这附近的电子警察也少了很多。

"我回来了。"我轻声呢喃道，走进了我的秘密基地，"让我看看今天怎么样。"

虽然墙内的世界单调无趣，但是墙外却偶尔会带来惊喜。不久前的某一日，我在墙边散步的时候，一团毛茸茸的东西从墙外飘了过来，我追逐着它，最终将它紧紧地握在手心。

"这是蒲公英。"智者对我说。

我虔诚地将它带到了我的秘密基地，种了下去。但在这方核污染严重的土地上，太阳终日隐藏在铁灰色的辐射云后面。缺乏阳光和养分，我并不指望它们能长出来。

但生命本身便是一个奇迹，在我欣喜的目光中，一片绿色悄悄在这片暗沉的大地上绽放。

"生命在这种环境也会顽强的生存，不是吗？"一个声音突兀地响起。

我环顾四周，周围空无一人，只有远处巡逻的电子警察发出惹人生厌的噪声。我僵在那里，额头上渗出一层汗珠。

"你是？"待电子警察走远，我小心翼翼地询问道。

"编号792，"几乎立刻传来了回答，我也借此确定了声音的来源——我紧紧依靠着的墙的另一面，有人说道，"同你一样的人。"

"可……可是……"我本应该遵循书中的指示立刻离开，并将情况汇报给离我最近的电子警察，但是恐惧和对墙外的好奇让我打消了这个念头。

我沉默了下来，自称792的人没有再说什么，只是轻轻地哼起一曲无名的小调，这小调没有歌词，悲伤而落寞的曲调萦绕在这面墙的两端，仿佛被流放者的独白，曲调里的悲伤莫名戳中了我，让我想起了在墙内艰难的生活。这该死的墙！

一曲终了，他轻轻敲了敲墙，"你……还在吗？"

我嗯了一声，拭去了眼角的泪水，将自己的双腿抱得更紧了。

这时腕表提示时间的声音不合时宜地响起，已经到了宵禁时间，我不得不返回那个勉强可以称为家的地方。

"明天……你还会来吗？"他的声音中带着一丝希冀，语调稍稍提高了些。

"也许吧……"我回答道，声音低到几乎自己都听不清。我从墙根处站起，最后看了一眼这片或许不再宁静的秘密基地。

"那个……"792叫住了正欲离去的我，"我可以请教一下你的名字吗？"

"编号592。"

"可以做个朋友吗?"

"好。"

◆2◆

那个晚上的谈话已经过去许久了。或许是不必担心自诩为朋友的人的告密,又或许单纯的只是两个被囚禁的孤独灵魂的相拥,我和792很快熟络起来,成了无话不谈的好朋友。我开始期待每天晚上与792的谈话,白天的工作也不再那么漫长而枯燥了。似乎一切都开始变好,可是有一件事却为我的内心蒙上了一层阴影——叔叔的健康状况。

叔叔已经老了,积年累月暴露在辐射物质下,他的身体遭受了毁灭性的损伤。他的食量越来越小,时常连续而猛烈地咳嗽,我曾数次看到他用来捂嘴的手帕上的殷殷血丝。

但每当我问及他的健康状况时,叔叔却总是一笑,"没什么,只是老了。"

在又一天漫长劳作之后,我将叔叔安顿好,复又走向我的秘密基地。我像敲门一样叩了三下墙壁,这是我们约定好的暗号。

"今天怎么样?"墙壁的另一端立刻传来792熟悉的声音,仿佛已经等候多时。

"和每天一样，活着，工作，吃那些难以下咽的营养膏，还能怎样！"我叹了一口气，随口答道。基地中的蒲公英已经长得很茁壮了，我正忙着给它们浇水。"你呢？"

"还不坏，只是最近有一些大项目要搞，最近在做最后的准备工作，已经忙得焦头烂额了。"他的声音带着笑意。

"什么项目？说来听听。"

"这个要暂时保密。"他思考了一下，笑着回答道，"这个项目将会牵扯到很多事情，不能现在讲出来。"

"切，"我撇撇嘴，"那祝你成功。"

"一定会的。"他的声音里充满了自信。

"和我说说墙外的世界吧。"我将倒空的水袋重新装回自己的口袋，倚靠在那堵墙上，"要是能够推倒这堵墙该多好啊。"

"万万不可！"他的声音突然急切起来，音调也拔高了许多，"这墙壁如果有任何破损，都会引来电子警察的！"

"好啦好啦，我也只是说说而已。"我被他这突然强烈的反应吓了一跳，随即嘟哝道，"你怎么会知道的？"

他沉默了许久才开口，声音中带着难以言喻的疲倦，仿佛突如其来的悲伤击垮了他，"我不想谈。"

气氛变得尴尬起来，我绞尽脑汁试图找出一些安慰他的话，张了张嘴却只说出了一句："对不起。"

"没关系的。我可以给你讲一讲墙外的世界。"792的声音又变得稍稍欢快些了，将话题扯开，"外面的世界有高山，有干净的水源,有一望无际的海洋,花儿在阳光下摇曳,人们从不互相举报,也不需要每天超过10小时的机械劳作,人与人之间没有猜疑,大家能在阳光下友好地交流,没有可恶的电子监工,没有战争,没有核……"

"真是难以想象的世界啊。"我倚靠在墙壁上,仰望着天空中终年不散的辐射云,"这样美好的世界真的存在吗?"

"存在的。"他的声音坚定地传了过来,"就在墙的后面,都是存在的。"

"你叔叔最近怎么样了?"他问道。

"不是很好。"虽然还是很想知道更多墙外的事,但是792问起叔叔,却让我心里一沉,"叔叔最近吃得越来越少了,半夜里经常咳嗽,我又发现他咳血了。"

"没事的。"他顿了顿,欲言又止,"生命本身便是一个奇迹,那株蒲公英能在这片核废墟中茁壮成长,你的叔叔也一样。"

"但愿如此吧。"一声腕表的提示,让我将其余的话咽进肚子里,化作一声叹息。

"明晚再见。"

"嗯,明晚见。"他回道。

我走出秘密基地,墙的另一面,他又哼唱起了那支无名小调。

回到那间低矮的房子,叔叔的盘子依旧放在桌面上,里面的营养膏几乎一口没有动过。卧室内传来叔叔的咳嗽声,我慌忙走进阴暗潮湿的卧室,叔叔躺在他的床上痛苦地颤抖着。我摸了摸他的额头，猛然意识到他的病也许比我想象的还要严重。叔叔双眼紧闭，浑身颤抖着，紧咬的牙关中传出痛苦的呻吟。

我手足无措地站在叔叔床前，半晌才手忙脚乱地取出我怀中的水袋，将其中的水一滴一滴地滴在叔叔的额上。

我已经很久没像这样仔细地端详过叔叔的面庞了。岁月在他的脸庞上留下了很深的痕迹，他的头发已经出现斑白之色，眉头紧皱，骨节粗大、饱经风霜的手因为病痛而紧紧地握着。

"是……592吗？水……"叔叔声音嘶哑。

我赶忙将剩余的水递给叔叔，叔叔只喝了一口便放下了水袋。他的声音中充满了恐惧，"我刚刚做了一个梦……"

"梦都是假的……"我慌忙打断了叔叔的话，强颜欢笑道。

叔叔没有作声，只是盯着我的脸，吃力地摇了摇头。在微弱的烛光下，那张灰败的脸让我内心一惊。

"叔叔你一定会好起来的。"一股悲伤蓦地涌上心头，我急切地说道。

"睡吧，孩子，明天还要上工。"叔叔将蜡烛熄灭，温和地说道。

我执拗地坐在叔叔的床边，黑暗中传来叔叔竭力压抑的呻吟声。

◆ 3 ◆

时间是这个世界上最冷酷无情的东西。

当辐射云后的太阳投射出第一束光线，腕表的闹铃便响了。人群从梦境中醒来，走出逼仄低矮的房间，像水滴汇入河流，急切涌向工厂。

我搀扶着叔叔走在人流的最后。今天的天气出奇地舒适，终日不散的辐射云也吝啬地让阳光多透进来了几分。

叔叔气色略好了一些，但仍有些虚弱。

工厂的门口排起了长长的队伍，门前有两个电子警察在进行每日例行公事般的扫描工作。有的时候，他们会带走一两个人，但更多的时候，他们只是将摄像头朝向你，上下打量一番后便走向下一个人。

"你，无法继续工作。"当我和叔叔经过这两个电子警察的时候，那个电子警察忽然拦住了叔叔。

门内两个待命的电子监工应声走出，一个将叔叔拽向一侧，另一个钳住我的手臂将我拖进了工厂的大门。

我拼命挣扎，可是人的力量怎么能和机械抗衡？叔叔在我的视线中逐渐变远，他只是温和而平静地向我摇了摇头。

"不——"我大喊着，眼泪夺眶而出，"帮帮我吧，谁来帮帮我……"

所有的人都将目光投向这里，那些目光里有兔死狐悲的戚戚，有木然，有悲伤，有怜悯，有同情，还有更多说不清道不明的东西……但他们只是站在那里，毕竟谁也不想为此挨上电子监工一顿毒打。

电子监工环视了一圈，见众人没有异动，就将我拉到了那个曾经属于叔叔的岗位上。

"编号294，"监工叫住了一个正在岗位上工作的人，"你来带他。"

294转过身来，看着满脸泪痕的我，眸中闪过一缕悲伤。

"救救我叔叔……"我的声音已近嘶哑，却仍向294求救道。

294没有理会我。他在向监工表示同意后，监工放开了我，我正欲撒开腿跑开，却被294一把抓住，我回过头望着他，他瘦削的脸庞因为悲伤皱缩成一团，却仍对我坚定而缓慢地摇了摇头——就像叔叔此前一样。

"跟我来。"他转过身去对我说。

一滴泪滴落在那堆积如山的核废料上。

工厂中涌出的人流裹挟着疲惫涌向宿舍区。

我默默地走在人流的最后，迟迟不想回到那间承载着太多回忆的房间。在这个铁灰色的城市里，似乎只有那间低矮逼仄的宿舍才可以被称为家。

可没有人的家算家吗？

我推开那扇熟悉的房门，不禁愣住了。叔叔的一切生活痕迹全都消失了，仿佛叔叔从来没存在过一般，取而代之的是崭新的被子、床单和生活用品。空落落的崭新让我无端地感到一丝讽刺。我将营养膏取出，却没有一丝想吃的欲望，只想找个地方大哭一场。

悲伤中我走向我的秘密基地，想向792倾诉今天心中的忧伤。

当我踏进基地时，我立刻意识到有什么事情已经发生了。地面上还残留着电子警察独有的辙痕，而被我视作宝贝的蒲公英幼苗却被拔除，丢在了地上。它原来生长的地方只留下一个坑洞，成为大地上丑陋的疤痕。

我警觉地看向四周，四周一片寂静，看不出有什么异常，但我的心却在下坠，下坠。

将被连根拔起的蒲公英放到一边，我小心翼翼地叩了三下墙。

没有回音。

我将耳朵贴在墙上，耳中听到的依旧只有沿墙壁传来的、遥远而熟悉的电子警察的杂音。

"792……"我轻声呼唤，希望听到墙那边熟悉的声音响起。

可是依旧没有回音。

我跪坐在地上，脚边是那株蒲公英曾经生长过的地方，那里仍旧残存着蒲公英生存过的痕迹。我默默地望着它，将自己的身体蜷缩得更紧了。

"792……叔叔……"我低声呢喃着,没有流泪,灰色的高墙内,连眼泪都要小心翼翼。

◆ 4 ◆

接下来的几天我又去了几次秘密基地,可是 792 仍然没有如约前来。生活状态似乎又回到了从前,但偶尔刺痛的心告诉我,一切都回不去了。叔叔人间蒸发,792 也不知所踪,甚至连一株蒲公英都要被人连根拔起……我仿佛突然从一场大梦中醒来,又回到那个日复一日疲惫而冰冷的现实当中。没有人在意叔叔的消失,也许一个生命的消失与出现在这里也仅仅只是一个岗位的更替罢了。

在叔叔消失的两个月里,我很少再去我的秘密基地了。一方面要带我新入住的舍友熟悉工作,另一方面不知为何宵禁时间提前了,这让时间变得更少,所以我只悄悄地去过几次,但都没等到 792。墙外可能正在发生着一些变故,偶尔能听到距离极远的爆炸声,仿佛有什么人正在交火。

这之后,墙里墙外的空气中开始出现一种沉闷,压抑得令人喘不过气。每天都能听到以往罕见的直升机的引擎轰鸣声,电子警察的数量也明显多了起来,他们巡弋的时间也变长了。就算夜里,半梦半醒间,仍能听到电子警察的噪声忽远忽近,他们将闪烁着红光的摄像头探进每个房子，检查是否有什么异常。

我们都清楚有什么事情将要发生，就像一颗填满炸药的火药桶，只等引线点燃。

当警报响彻整个天空时，这颗炸弹终于被引爆了。那面已经不知道屹立了多久的墙壁出现了第一道裂痕。电子警察迅速从四面八方赶过来，将武器齐齐地对准了墙壁。

我们聚集在电子警察身后，没有一个人做声。有的人窃喜，渴望一窥墙外的真相；有的人悲叹，觉得无法回到正常的生活当中；但更多的人内心惶惶，不知未来如何。

"歌声。"人群中忽然有人低低地说了一句。我侧耳细听，果然隐约听到了墙那边传来的熟悉的歌声，正是792曾经哼唱的那支歌曲。歌声起初很小，被电子警察的杂音掩盖，随后越来越大，越来越多的人参与进合唱之中。无数种不同的声音凝聚成悲怆的乐章，回荡在这个铁灰色的牢笼里。这是对自由的向往，也是对上苍的诘问，是一个被流放者的独白，更是一个绝望者的咆哮。我举目四望，许多人的脸颊上都挂着泪痕，怔怔地看着墙上的裂痕出神。

可是机械不会感动，他们只是沉默地端着武器，等待着消灭每一名入侵者。

墙对面的歌声渐渐高亢，进攻也在这时开始了。那面囚禁我们的墙，终于被炸出一个缺口，从灰尘中影影绰绰地透出人影。电子警察们开火了，代表着死亡的激光束喷薄而出，淹没了整个区域。

灰尘散尽，更多的人涌了进来。他们身着与我们一样的服装,身上扛从电子警察身上拆卸下来的武器。他们身形矫健,分工明确。一些人将被摧毁的电子警察们的身躯作为掩体,另一些人则熟练地拆卸倒下的电子警察们的武器,再递给旁边射击的人。在战斗过程中,有些人不幸被激光击中,身体直接汽化,后面的人随即捡起前者的武器,为同伴复仇。

我们愣愣地站在一边,一时竟不知道如何是好。那些人的面孔太过熟悉以至于产生了某种奇妙的错位感。那些平时上工但没说过话的工友,那些默默帮助过我的人,还有……叔叔!叔叔的面孔映入我的眸中,让我沉寂的心脏再次地跳动起来。一种混合着激动和内疚的心情击中了我的泪腺。我擦了擦泪水,拨开人群向着战场奔过去。

临近的两个电子警察感知到了我的反常,立刻掉转身躯锁定了脱离人群的我。我向前一扑,炽烈的激光从我身边擦身而过,在地面上灼出个洞。我伏在地上,瞬间冷静下来。他们端着武器向我走来,却被远处射来的激光击碎了躯壳。他们残破的身躯倒在我面前,燃起了火焰。

我透过因火焰而扭曲的空间望过去,局势已经渐渐稳定下来。墙外人凭借着自己精妙的配合和悍不畏死的精神成功地将电子警察逼得节节败退。而那些刚刚还在远处旁观的墙内人有一部分听从教导,叫喊着冲向墙外人;有些人则见势不妙找掩体躲了起来;另一些人则像我一样,看着那一张张熟悉的脸庞出神,也许他们也有一个神秘消失的"叔叔"吧?而此刻,那些消失的"叔叔"从梦境中归来,正在与电子警察浴血搏杀。

"干掉那些电子警察。"墙内人中突然有人挺身而出,拾起一块石头便冲向那群电子警察。在他的带领下，更多手无寸铁的人加入了这场战争，我们或是拿着随处可见的石头，或是从已经被毁坏的电子警察身上取下武器投入战斗。或许是平日里忍耐了太久，愤怒从人们的身体里突然爆发出来。

"为了那些失踪的人们！"有人喊道，但他的呼声很快被更大的浪潮淹没。

"为了自由！"

我们的加入成为压倒骆驼的最后一根稻草，电子警察节节败退，胜利在望。这时那些电子警察似乎也接收到了某种指令，纷纷停止攻击，开始全线后撤。

"你们这群愚蠢、廉价的克隆人！你们知道自己在做什么吗？"一个电子警察边撤边骂，"政府制造你们是为了让你们专心工作——你们这群廉价的垃圾！"

"去你妈的！"一道激光灼穿了电子警察的身躯，他的声音渐渐模糊，却兀自说着，"你们准备受死吧……已经派人……前去处理……"

电子警察全部撤离，战场暂时寂静下来。但那个电子警察的话语浇灭了我们胜利的喜悦，让我们的心情再次陡然沉重下来。我乘机穿过人群，走到叔叔面前，那张面孔沾着泥土和血污，比我记忆中的要年轻一些。

"叔叔。"我轻声唤他。他茫然地转过身来，看着我的目光中却带着一种陌生，和某种更复杂且难以言说的情绪。

我哽住了。这眼神击碎了我的幻想，他不过是有着叔叔的外表的另一个人而已——他和我以及这里的所有人,也许都是被克隆出来的一种人形工具……我将失落的情绪隐藏起来,问出了另一个萦绕我很久的问题:"792……还好嘛?"

"这里没有什么792。""叔叔"叹息一声,"或者可以这样说——我们每个人都是792,792只是一种在这堵绝望的墙的世界里追寻自由的象征。而所谓的墙外的世界,你自己看吧。"

我的目光循声穿过战场,穿过墙的缺口,却依然只能看见绵延不绝的,令人心生绝望的墙!墙!墙!

"墙的外面仍是墙,或许下一面墙的另一面也是墙……但是终究有一面墙的背后不再是该死的墙,而是我们笃信的美丽的世界,没有战争,没有核污染!"

天空中传来飞机的轰鸣,打断了"叔叔"的话。

"这是必败的战争……""叔叔"叹息一声,从怀中掏出一个袋子递给我,"这是蒲公英的种子,请将它作为自由的火种传播下去。"

飞机飞临上空,开始投弹,世界在震撼与火光中颤抖。

◆ 5 ◆

那件事情已经过去很久了,处在爆炸边缘的我侥幸活了下来。在新补充的电子警察的监督下,我们将墙复建起来。复建结束后,生活似乎又回到了之前那种平静却乏味的状态。

可我知道一切都已经回不去了,某种信念在我们的内心已经生根发芽。就像种植在秘密基地中的蒲公英,已经连成一片,欣欣向荣。

我仍旧喜爱沿着墙壁行走。只是偶尔,在电子警察的视线盲区,我会哼着那首他们教给我的歌曲,将手中的蒲公英向天空中吹去。

这些蒲公英将会飘过墙,飘到另一个人的心里,点燃名为梦想的火焰吧。我想。

或许某一天,墙的对面会传来怯怯的疑问:"你是?"

"编号792,同你一样的人。"我会这么微笑着回答。

黑雾

星际掠食者

文 / 碧天红月

科幻
硬阅读
DEEP READ
不求完美 追逐极致

楔　子

星空下，炽热的球体默默地搏动。

它即将走向自己生命的末期，退出稳定的主序星阶段，迎来一颗恒星最辉煌的时刻。星体中心的氢元素已经慢慢衰竭，在引力的驱使下，星壳慢慢地回落，又被挤压，震荡反复。湍动对流区的物质在不断的挤压中，以振动—辐射压驱动的形式抛洒而出，形成了横扫数光年的巨大超星风。

星风裹挟着热脉冲弥散在星空各处，慢慢地冷却、凝淀下来。看不见的微观尽头，星际尘埃云中发生着无声的变化。突破了浅势阱的等离子体晶粒互相吸引、聚集，逐渐形成一团团稳定的自约束球形结构，来自红超巨星的强磁场以及静电力在这些晶体的进化中发挥着不为人知的作用。高效的信息处理结构在这颗恒星最后的数千万年时间里悄无声息地催生，一团状似黑雾的"博克球状体"在恒星际边缘悄无声息地诞生、壮大。

恒星的最后时刻终于来临。星体核密度已经无以复加，核反弹开启进程。从核中心向外膨胀的物质与外层坍缩的星壳发生剧烈的对撞，光之蜕变引发了大规模的核心崩溃。

超新星拉开序幕。

压抑了亿万年的能量一泄而出，以高能粒子流、星幔中激波、燃烧波、伽马射线暴、中微子的形式充斥着整个星际空间，超新星爆发产生的亚光速爆燃波很快发展为超光速的爆轰波，巨大的星云状残骸以每秒亿万公里的速度向外扩张。

黑雾状的博克球状体从超新星的物质抛射中汲取了大量的星云物质，并借由燃爆波的庞大推力，向星空深处飘去。

5年后。

一颗不知名的蓝色星球，这里的生灵尚处在动荡乱世之中，不久前一名叫作张角的道士起义，自号"天公将军"。大汉天下，满目疮痍。

汉灵帝刘宏即位的第四年，叫作袁绍的青年方才应大将军何进征召，正在思量着剪除宦官党羽；年迈的董卓已官拜破虏将军，正在踌躇着他的下一场胜利；天下黎民食不果腹，时时心忧着明日又是什么光景。十月的一天，天空的南角一颗明星悄无声息地亮起，光芒持续了八个月，人们纷纷走出家门，回头又在思量自己的生计。

司马氏的史官匆匆回屋，提笔蘸墨，在草纸上写道：

中平二年十月癸亥，客星出南门中，大如半筵，五色喜怒稍小。占曰："为兵。"

◆ 1 ◆

"……牛宿五、三公一、爟二、鬼宿一、異雀二,以及该方向上的其他恒星和星团,都被一块暗斑遮住了不同程度的光线,且屏蔽范围还在不断地增大。"紫金山天文台射电天文研究部会议室里,观测员正逐一将纸质资料发放到各位紧急赶来的研究员手里,"目前的观测情况就是这样。"

"具体的坐标是多少?"有人发问。

"赤经 R.A.30:28:8,赤纬 Decl.-12:37:03。"

会议桌左于上位的林洛一翻看了从 SKA 平方千米阵传来的观测资料,皱起眉头,"目前能确认是什么物质吗?暗星云,行星状星云,还是博克球?还是常规意义上的大型分子云?"

观测员没有立即回答,沉思了一小会儿,犹疑地说道:"目前来看,最可能的是博克球。观测数据显示该天体光谱中辐射量超过 60gm,堆芯东西两侧各有一个高速双极流源,速度色散大于 $3km \cdot s^{-1}$,部分符合博克球的标准模型。但是最让我们想不明白的是,它正在以约 0.3% 光速向太阳系靠近……"

"等等,"林洛突然打断了观测员的话,"你是说,太阳系?"

"是的。"观测员点点头,"暗斑对于三公一与牛宿五的光线屏蔽作用展现出各向同性。"

会议室中的众人开始有些骚动起来，淡淡的疑惑与焦虑弥漫在言语间。一名头发花白的男子扶了扶眼镜，向着观测员发问——那是林洛的忘年交，南京大学华东天文与天体物理中心的徐东来主任。

"当务之急不是弄清楚它的天体性质与机制，我想问，以它资料上显示的约两个半度的大小、3个木星质量，会对太阳系产生什么影响？"

这次观测员很快作出了回答："根据目前的数据来看，博克球云会以与黄道面4°06′的交角直接穿过太阳。但，即使如此，并不排除它因遮住地日轨道而对地球气候产生毁灭性改变的可能性。有关的预测计算还在进行中。"

门突然被敲响了，一叠资料被匆匆递进会议室，观测员快速翻看起来。会议室里出奇地安静，只余哗啦啦的翻页声。

观测员再次抬起头时明显松了口气，"依目前博克球的速度计算，到达太阳系还需要约4个月，会对各个行星产生不同程度的轨道扰动，不算严重。值得庆幸的是，它会在20天的时间内穿过地球轨道圈，4个月后地球正处于近日点附近，刚好与博克球轨迹呈垂直交角，不会有交集。"

会议室内的沉闷气氛被打破，众人的交流声一下子大了起来，有人已经讨论起了博克球穿越地球轨道圈时如何安排观测项目。

"好了，那么先散会吧。后续情况我们会继续跟进并及时通知各位。"观测员开始整理会议桌上的资料，突然动作一顿，"另外需要再次提醒的是，此次会议结果属于机密，具体结果我会垂直上报，各位切忌泄露。"

天文学者们稀稀落落地走出门外，林洛却皱着眉头，坐在位置上没动。突然有人拍了拍他的肩膀，一转头发现是徐东来教授。他拉开林洛右侧的椅子坐下，十指交叉，沉吟道："小林啊，你觉得这事儿有啥担心的吗？"

"徐教授，不是我说，这疑点也太多了。我刚刚看到 SKA 的数据里没有显示博克球最典型的原恒星特征红外源，也没有恒星风的迹象。克劳福德希尔实验室的那篇关于 Bok B335 的论文您应该看过吧？这颗博克球完全没有 B335 那种占粉尘加热量 20%～90% 的内部热源。还有最让我想不通的一点，它到底是怎样获得初速度的？"

"没事，"徐东来拍拍林洛的肩膀，"走一步瞧一步吧，4 个月后就见分晓。走吧，你负责的大梁望远镜项目顺利吗？我听说快竣工了，关键时候分心不得，先把你的事儿忙好。"

林洛点点头，与徐东来一起起身，边向外走边说道："嗯，大体已经完成，要不是因为这事他们今天就要调控凹口滤波器，现在看只能挪到后天了。另外还有最关键的多频段制冷馈源，等把这个搞定，基本上就可以开始试运行了。"

"好好弄，制冷循环是射电望远镜正常工作最关键的一环。840 米口径球面射电望远镜是继贵州天眼之后又一个世界之最。弄好了，我们这帮老头子都为你感到骄傲。"

他们走出实验楼，林洛的司机已经在等候。他刚要向徐教授道别，突然脚步一顿，转头问道："徐教授，你注意到那颗博克球云的反常磁场没有？"

徐教授一愣，思索了一会儿，说："有印象，不过……你现在就别分心了，大梁望远镜，好好搞。"

林洛沉默地点点头，道过别后便上车向机场而去。他有些疲惫地揉揉眉心，那团黑雾似乎盘踞在那里，隐隐作痛。

◆ 2 ◆

黑雾来了，只是不是4个月后。

它在距离太阳系不到300天文单位的地方就开始缓慢减速，以算得上是"泊入"的速度用了9个月的时间进入太阳系。这时地球的时节已经是秋天。

林洛站在办公室天台上，天文台后山的枫叶已经满山满山火红地燃烧。小钟推门而入，他转过头去，看着那尚显稚嫩的脸庞，他才意识到自己已过不惑之年。小钟是他带的第四位研究生。

"林老师，紫金山那边的数据发过来了！您现在看看？"小钟气喘吁吁地说道。

"怎么？才从资料室拿过来的？"林洛笑着说道。

"还真不是！这是专车给您送来的，不知道是什么机密资料，要不是我说是您学生，把学生证给他们看了，不然还真得让您亲自跑一趟！"

"哦？"林洛的神情稍稍严肃起来。他从小钟手里接过密封资料袋，外壳上是最高级别的个人认证。他暗自心惊，用光脑通过了个人验证。密封资料首页上主要是关于黑雾——他们现在已经这样称呼它——对于木星、土星的轨道扰动观测数据：

木星赤纬扰动 +1 分 08 秒，赤经扰动 -46 秒；

土星赤纬扰动 +59 秒，赤经扰动 -17 秒；

……

林洛点点头，这与他们对于黑雾的预测数据基本吻合。再往后翻一页，是代表着"绝密"的鲜红色大印章。他手一抖，啪地一声把资料合上了。

抬起头，林洛就看见了小钟好奇而又有些踌躇的神情——看样子他的注意力并没有在那份资料上。小钟支吾了好一阵子，才有些犹豫地对林洛说："林老师，您也算是内部人员了，您说……这黑雾究竟是个啥啊？"

林洛不由得一阵恍惚。近来夜空的南角已经出现的肉眼可见的巴掌大的黑斑，目前已经把南门二、猎户座的参宿七完全遮挡，北斗七星也即将陷入黑暗。繁星闪烁的夜晚，那一块丑陋的黑色补丁似乎来自深渊，吞噬着遥远的星光。

政府正在有条不紊地向公众揭示信息：博克球、黑雾、经过太阳系、并无危险……只是，这颗星球上没有人能够解释这件事：为什么"黑雾"会自己减速？

没有人能解释这件事。

"老师？老师？"小钟的询问打断了林洛的思路，他才意识到自己沉默了好久。尴尬地笑笑，林洛说，"小钟，媒体不也报道了吗，就是博克球云穿越太阳系，没什么大不了的。你不是还申请了多校联合的观测项目吗？"

"可是老师，我们观测到它在减速呀？"小钟突然压低了声音，"老师，您也知道这件事的吧？官方宣布的时候是 0.1% 的光速，我们现在测量出才 0.04%！这根本没法解释吧？那到底是什么东西呀？难不成是外星人？"

林洛下意识地想要反驳，但一时竟哽住了。他只好摆摆手，说："这件事会有人去负责的，你们学生暂且不用去担心。记得别把消息到处散播，宣传口的工作已经很难做了。"

小钟把门带上，轻轻走出。林洛立即把那一份鲜红色的资料打开，跳过烦琐的保密协议和计算过程，他的目光直奔结论：

根据以上计算，黑雾将在 9 个月的时间内逐渐减速，以 15°倾角滑过太阳日冕层，刚好以同步速度与地球保持相对静止。黑雾的存在对于地球气候的改变将会是毁灭性的，全球温度将会因为无法获得足够阳光在三周内跌破零下 15℃，预计至少持续 3 个月，不排除周期性降温的可能性。在此，限于时间关系，来不及召集相关人士召开研讨会，我谨代表天文界全体发出郑重提议：立即……

林洛一下子怔住了。纸张如窗外枫叶般火红，在他的心头熊熊燃烧。

◆ 3 ◆

"林老师,这边麻烦您来看一下滤波器组的数据……"

"林先生,紫金山那边有电话,让您……"

"林老师,我们这边甲酰离子波长的数据反常,您要不看看这是什么问题……"

……

由于黑雾的原因,多数有资历的天文学者都被调去首都。大梁项目也由于全国的工人都被火线征召辅助建设地下城,不得不暂时搁置。赋闲的林洛就负责起了此时看起来不那么重要的全国高校联合博克球数据观测项目,忙得不可开交。

好不容易把手边的杂事一一处理完,林洛独自走上天台,远方隐隐可见早已完工的巨大地下城入口,在天空下闪烁着灰暗的金属光泽——如果有阳光,它会更耀眼一些吧。林洛不禁抬起头,此时正值中午,天空却无比晦暗阴沉,黑雾正在逐渐与地球大气接轨,慢慢遮挡住一切来自太阳的光芒。据行星科学家们预测,全球的地表温度在 4 天后就会跌破 10℃,两周后就会跌破零度。居民们正陆陆续续地转入地下城,再过两天,他现在主持的观测项目也会被强行中止。

他不禁想起了很多年前——那时他大概还在读小学——上映的一部科幻电影,名字记不大清楚了,大概讲的是运用行星发动机逃离太阳系。当初留给他最深印象的是举全国之力花了十多年才修起数十座地下城，居然还无法容纳所有人进入，需要抽签决定。而如今利用先进的纳米机器人技术结合人工劳动力，在 9 个月的时间里就修建好了可供全国 12 亿人民生活的 164 座地下城，个中差距实在无法以道里计。

情况似乎没有他想的那么糟，他在心里默默地想着。如果只是低温的话——

"林老师！您快来看看，我们这边有新发现！"天台的门被前来通知的学生砰地撞开，林洛抬头看了一眼阴晦的天空，沉着地点点头，快步往屋内走去。

◆ 4 ◆

"老师您看，"学生把他引到显示屏前，"您看这个电离程度的周期性变化，还有我们刚刚做信息传输检测的结果。我们不明白为什么。"

林洛的神情慢慢严肃起来，他扭头吩咐道："立刻准备好所有天线阵列，竖直方向。"

"从什么波长开始？"助理问道。

"先跑一米试试。"

波长一米的发射器很快被打开，数百根银白色的射电天线阵列直直地指向天空。指挥室内的人们屏住了呼吸，等待着难以预料的结果。

沙沙。沙沙。一连串字符很快在处理器屏幕上滚动起来。"返回信号很微弱。"有人低声说道,这是意料之中的。林洛举起了手,示意再等等。

突然,尖锐的提示声响起,有人低低地惊呼:"返回信号在上升!"这大概持续了十分钟,信号达到饱和,再慢慢衰弱下去。指挥室里开始隐隐地骚动起来,在这里面的大部分是自愿报名参与观测的学生以及天文台的专业值守人员,但他们无论如何也无法明白这究竟是什么原理。

"下一个波长是?"助理问道。

"50厘米……哦不,直接10厘米。"林洛死死地盯着处理器。

发射器冉次发出嘶鸣声,发送的是规律的连续波,信息很快回馈到处理器上,一开始的信号依旧微弱,不一会儿就开始急剧上升,再次达到饱和。屏幕上显示的反射接收率数目不断闪烁更新,林洛知道,这意味着大气中的电离率在以惊人的速度上升。

"电离率在这么短的时间里上升了一百倍,"林洛慢慢转过身来,"有人能告诉我这意味着什么吗?"

房间里一片沉默。

"有谁能告诉我,当无线电波朝大气外发送的时候会发生什么?"

这次有人开口了:"无线电波传播时取决于两个因素:波长和大气的电离度。对于低电离度的情况来说,无线电波能从大气中流出，很少被反射。然后，随着电离的增加，反射越来越多，直到反射率陡增，直到最终所有的射电能量都被反射，没有一个能离开地球。这时候我们就把它叫作信号饱和。"

"我们刚刚的实验说明了什么？"

良久的沉默后，有人开口了，是站在角落的小钟。"或许意味着，在任何波长上，我们对大气层的无线电波传输会自动引发大气电离度上升，并持续达到饱和点。而一旦停止传输，电离度……"他说到这里声音有些干涩，"电离度自动降下去了。"

房间里好像扔下了一桶燃烧的汽油，砰然爆炸，众人的喧哗声、讨论声一时间一片嘈杂。

林洛象征性地挥挥手，但房间里并没有安静下来的意思。事实上，他自己的思绪也如同这讨论声一般无比芜杂。没有任何一种机制有可能带来这种效应——大气层的电离度自动上升以使无线电波全部返回，而停止传输后电离度自动下降太像天方夜谭。这就好比一块石头扔进水塘，水塘为了不让它跌落湖底自动改变了水的密度，让石头漂浮了起来。刚刚的实验发射功率相当之小，理论上说不可能对大气电离产生一丝一毫的影响。大气电离度如此剧烈的改变将会消耗庞大的能量。除非——是黑雾？但黑雾怎么可能？黑雾——

林洛愣住了。这似乎是一个荒谬绝伦、但又可以解决所有疑惑的解释。

他意识到事情已经脱离他的管束范围了。

"紧急通知中科院！"

◆ 5 ◆

"林博士,目前的信息包和语料库传送已经全部完成,根据之前在无线电信号快速脉冲中的规律性模式来看,对方具有并不低于、甚至是远高于我们的思维能力。我们预计对方很快就能够破译我们的语言并做出回复——前提是对方愿意。"两位信息学专家拭去额头上密密的汗珠,向林洛说道。

林洛点点头,"好的,你们辛苦了,先去休息一会儿吧。"

事实正如他所料。黑雾是一个具有智慧与思维能力的生命体,这样才能很好地解释为什么它会自动减速、为什么本应该是无生命的博克球云会影响大气的电离度变化——但他并不为此感到高兴。事实上,这反而引出了更大、更多、更引人深思的疑惑:

黑雾生命体从哪里来?它为什么要来到太阳系?它围绕着地球是为了什么?为什么要控制大气层反射无线电波?以及……它会离开吗?

林洛深吸了一口气,沉甸甸的疑问与两天两夜未曾睡觉的疲惫快要把他压垮了。寒风从控制室的门缝溜进,他不禁冷得打了个哆嗦,外面的气温已经快跌到零上5℃了。

趴在桌子上小憩了一会儿,不知多久后他被来人摇醒。"林博士快来!黑雾给我们答复了!"

林洛一下子睡意全无,噌地跳起,跟随着来人匆匆赶往主控中心。

"——我、大气层、拿走。"

这是黑雾发来的第一句话。

林洛来到主控中心的时候众人已经是一片骚动。谁都知道，就算是有地下城，没有了地球大气层，人类也绝不可能存活下去。水将不会沸腾，人类将不会有长期可供呼吸的氧气，电离层不复存在，几乎一切通过电磁波的远距离通信都将报废，即使是在三公里以下的地底，昼夜温差也将高达五六十度！

林洛后背冷汗直冒。

他先指挥骚乱的人群各自归位，随后深吸一口气，向屏幕打入一行字，并用转换程序以无线电信号的形式通过射电天线阵列发送：

"您从哪里来？"

黑雾很快回复，这次的措辞熟练了许多：

"SN185，你的国家所记载的南门客星。"

于是林洛开始与黑雾对话：

"您是通过那场超新星爆发产生的吗？那是怎样的机制呢？"

"是的，我原本只是一个小型的博克球状云，濒死的红超巨星通过超星风提供了充足的能量、足够大的熵梯度和丰沛的原材料，催生了我的生命，提供给我超过十亿个行星生物圈的计算力。"

"您到太阳系来是为了捕获我们的大气层吗？请问您打算在这儿停留多久呢？"

"是的，除此之外还有通过你们恒星的能量来合成一些我需要的化学物质和调整磁场。大概还有9天。"

"请问您一定非得获得我们的大气层不可吗？这对于我们来说很重要，没有了大气层我们将无法生存。"

"与我何干？"

"请问您需要它来做什么呢？"

"用你们的话来说，大概就是一顿饭后甜点吧。"

"我们注意到，向大气层发射无线电波的时候，您会刻意调高大气电离度？"

"这只是我的一个自动调节机制。"

"好的，非常感谢您。"

"不必。行星是宇宙中最荒凉的生命前哨，这是我几千年来见到的第一个由行星孕育的生命集群。你们真的太脆弱了，迟早会因为各种各样在我们看来正常的天体活动而毁灭。不必感谢，也不必怨恨。"

对话断开，林洛瘫坐在椅子上。之前屏息围观的研究员瞬间炸开。"林洛博士，你怎么不再劝劝……""完全胡闹！大气层抽走了那还了得！……""林洛博士，您不再多跟黑雾谈谈，说不定能找到它的什么弱点……""林老帅，这怎么跟上面交代……"

林洛闭上了双眼。沉默良久，他慢慢地站起身子，身形像老了十岁那般佝偻。他摆摆手说："我已经知道办法了。"

满屋子的人一瞬间安静下来，他继续以不急不缓的声调叙述。

"黑雾的思维核心是磁场。一开始我拿到SKA的数据就注意到，这颗博克球的磁场反常，比常规模型要大很多。刚才你们的检测数据我也看了，你们没有人去详细处理傅立叶转换光谱仪输出的斯托克斯参数，但是只要用ALL程序解析一下，就可以注意到它的向量磁场在与黄道面4°06′夹角的位置上非常特殊。"

研究员们开始低声地讨论，他疲惫地点点头，继续说道："是的，4°06′，这就是黑雾来到地球的角度。横贯星际空间的黑雾，它的思维核心就在那里，也正好正对此时的亚洲大陆上空。对于我们来说，现在要解决它很简单，因为我们在它的体内。"

"在它体内？"

"是的，如无意外，黑雾将在9天的时间里融合、剥离地球的大气层。但是这恰好使得它最脆弱的一面向我们展开。各位试想，一个以磁场为思维器官、生存在星际空间里的生命体，想要生存的最基本的防护是什么？"

"屏蔽宇宙中各种磁场干扰或者说电磁辐射？"有人试探地说道。

"我并不确定，不过大抵如此。打个比方，黑雾动用其庞大的能量使大气电离，防止外部无线电波进入，就好像我们人的头骨之于人脑，是最关键的保护。刚刚我们引起的大气层电离度上升，其实已经是它最后、最基本的自我防御机能，与人体的非条件反射无异。我们此时，已经站在了头皮和颅骨的那一层间隙里。"

"您是说……射电望远镜？"这是小钟的声音。

林洛释然地点点头，说："还在等什么呢？赶紧通知昼半球的所有大型射电望远镜,锚准坐标,同步时间,以最大功率启动。"

"可是老师,大梁项目不是还差多频段制冷馈源没调试好吗?!制冷不到位的话,贸然大功率启动岂不是会让是馈源旋转装置、天线高精度面板等都彻底报废吗?您的心血不就……不就……"

林洛慢慢地转过身,苦涩的笑容爬上他的嘴角,嘴巴开了又合,却什么也说不出来。

◆ 6 ◆

林洛与徐东来一起来到天台,此时全球平均温度已经降至冰点,但林洛执意要紧急从博克球观测项目组那边赶回云南,来亲眼见证大梁望远镜的第一次,也是最后一次运转。

细碎的雪花混杂着寒风扑面而来,已经上了年纪的徐教授不禁缩了缩身子。他下意识地看了看光脑,还有 10 分钟,昼线就将与西经 60°经线重合,届时整个昼半球的射电望远镜都将以最大功率瞄准启动,经过中科院那边的核实计算,这样的计划完全可行,能够将黑雾的思维核心周围的电磁屏障一举击溃。

怀抱在群山中的大梁望远镜静静地沉睡,但林洛知道它将开启生命中最辉煌的一次燃烧。机械的嗡鸣声隐约可闻,那是林洛八年时间内无数次听过的声音——大梁望远镜的六杆并联机构正在运转。

时间到了。

10 秒。

林洛知道,馈源网络已经启动,微波网络正在通过波纹喇叭进行频段和极化分离,无线电波的发射方向已经瞄准。

30 秒。

林洛的脸上稍许有些瘙痒感,他知道一个巨大的电场出现了,顺着镜面看去,阴晦的暮色中一缕薄云散发着幽光。

60 秒。

嗡鸣声越来越大,林洛知道最大功率的无线电波已经开始发射,残存的电力系统正在将方圆 10 公里内的所有电力源源不断地送往大梁的天线。

600 秒。

风雪夹杂扑面而来,嗡鸣声开始渐渐消退,声调有些异常地偏高。他知道,介于制冷杜瓦没有装配完整,天线局部核心部件已经加热到极高温,连带着望远镜的铝蜂窝夹层面板都将受到不可逆转的损伤。

840 秒。

声音已经消退下去,林洛脸上的瘙痒感渐渐褪去,他知道大梁最光辉的一次闪耀已经过去,即使还有雪解冰消的未来。巨型天线在风中发出的混响猎猎依旧,那是八年心血最后的余响。

星空深处。

围绕整个地球的巨大雾状结构开始隐隐震动起来。

组成无数黑雾的细小尘埃螺旋晶体开始加速旋转,沉默着、动荡着,向四面八方折射出来自太阳灿烂的光辉。

集人类之力发射的高频段电磁波这一次轻而易举地突破了黑雾对大气层的封锁,即使大气电离率急剧上升也无法阻挡。

高能的射线带起了尘埃云分子晶球的电离,颗粒电荷梯度的急剧变化,在射线所过之处形成了稳定的环形涡旋力,涡旋结构层层推进,在浓厚的黑雾与黯淡的太空中打出了无数道通透灿烂的光路。

前进。前进。一直到那一层肉眼不可见的电磁屏障。

一阵剧烈的电磁爆发,四周的尘埃等离子体大规模地突破了势阱,无数电子跃过离子球的屏蔽势能,向外激发出的高能激波在稀薄的黑雾中横冲直撞。

突破。

于是由熵梯度通过亿万年时间进化而来的"大脑",在失去电磁屏障的保护后,烟消云散。它过于沉重的身躯与迟缓的思维甚至没来得及发出最后一声感叹。

旋转着、折射着的微型尘埃螺旋晶体还继续在引力与光压的平衡作用下翩跹起舞,而这些来自数千光年外、跨越无穷深空的蜉蝣此刻已经失去星空巨兽的束缚,它们将静静地飘荡在地球轨道上,直至在千百年中逐渐散去。

天台上。

林洛落寞地转过身往回走去，他突然开口："我说……这地下城是不是白修了啊？"

徐东来一愣，快步跟上他，宽厚地说："哪里，要不是因为你提出的计划，地球大气层都不复存在，地下城又有什么用呢？如今黑雾思维核心溃散，消除了其行动能力，但并不能逆转全球降温的趋势。中科院那边估计还有一个月才能走出阳光遮蔽范围，之后还需要两个月的时间来恢复全球正常温度。黑雾停留在地球轨道上并不会很快溃散，或许未来的好几代人都将过着一种地球降温又增温、每年在地下城与地表来回搬迁的生活。"

"或许有人选择永久定居地下城了也说不定呢？"林洛停下脚步，一片冰沁冰沁的雪花飘落到他的鼻尖，一丝丝凉意蔓延开来。

"或许吧，不过，那又是新时代的事了。"

"是啊，现在是新时代了。人类再脆弱，也总得活下去。"

太阳总会照常升起

告别战争

文 / 王闳仁

科幻
硬阅读
DEEP READ
不求完美 追逐极致

◆ 1 ◆

"我们研发了无限再生资源,就算人口翻一番也用不完。终于人类迈进了再也不需战争的时代?屁!我刚做完强化手术!就告诉我资源战争结束了?我!我!我!"

苦存盯着身着褪色清洁工制服的保洁机器人抱怨不停,但机器无动于衷,固执地擦拭着窗帘上一块锈色的茶斑。

他无非要个答案,他就是想不通,如果战争能这么轻易结束,那死去的人又算什么?他们的家人又当如何?一纸停战协议就能抹平伤痕?他可不这么认为。

他抓着保洁机器人粗暴地摇晃,但机器人无动于衷,茫然地用三个长短不一的摄像头组成的复眼望着他,发出哗哗的提示音。它没有语言模块,甚至可能没有一个像样的AI,粗陋的金属齿轮和几条电线鲁莽地把它缚在工作岗位上,除了拾取、擦拭、浣洗,生命中再无他物,而悲哀的是它不知晓、它不在乎。

见许久得不到回应,苦存无力地垂下手臂。保洁机器人发出欢快而短促的哔哔声，继续擦拭那块它擦了四天的茶斑。

就连胡乱堆砌的废铁都有事可做，他呢？他能看清百米外，米粒大飞虫的每一下振翅，单手击穿60号工字钢，为装辅助战斗的高级AI系统他甚至切掉了大半颅骨……

转动手腕，出神地望着腕骨里刺出的离子光束，空气中的灰尘烧灼得噼啪作响，如同毒蛇吐着信子。

他想起入伍前，父母的老家、旧拖拉机和三顷薄田。夏末太阳亮得刺眼，水稻田里她挽起裤脚，走到他身边，泥水反复浸没她的小腿，泥巴从玉白的曲线上剥落，美得像莲。

他又想起那台突然钻出海岸线，屠戮他们班组的杀戮机器，月光下黑色的金属耀人胆寒，轰鸣的引擎带着鬼怪的嘶吼。他们的弹药倾泻在防爆玻璃上留不下一丝痕迹，驾驶室内敌人瘦骨嶙峋像个孩子，阴霾下有蓝色的眼。

"哔哔——哔哔哔——哔哔！"

保洁机器人发出一阵欢呼的嗡鸣，苦存抬头瞧它，涣散的电子眼再次聚焦，看着它打开身后悬挂的小车，收起抹布和清洁液，兰草暗纹的白色布艺窗帘洁净如新，它擦掉了那块茶斑？为此花了整四天却觉得快乐？低级的AI也配快乐！

他焦躁，身上每一处金属肌肉都炙得发痛，躁动不安如同一头头噬人的兽。108处接合，在翻涌的炉火中开合，冷冽的蓝色刺出缝隙，带着烧灼的热浪。

消防喷头感应到急剧上升的温度，车厢顿时降下一场急雨，水滴飞溅在刚凝合成的离子刀刃上蒸腾起朦胧的烟气。

兜头而降的冷水，穿过他开合的接口，渗入金属肌肉的网格，直抵他柔软的核——透心凉。他清醒了，如同一块坚冰砸在头上，脚下虚浮直坠冰窟。

抵御外敌的刀，却对要保护的事物，呲出了锋芒。

冰冷将蓝焰熄灭，任由水滴满108处空洞的孔，他无动于衷，他锈了……

保洁机器人突然停止了快乐的嗡鸣，焦急地从小车里拿出一条崭新的毛巾，三个橡胶轮在化纤地毯上飙出了跑车般的轰鸣冲到他身边，小心地将苦存推出喷头的范围，奋力擦干空洞处堆积的水洼，机器短路就会死亡，它们恐惧水，也恐惧死亡。

但这让苦存愈发羞恼，他狠狠地将保洁机器人推开，身上的接合部爆震，堆积的水洼瞬间蒸干。

保洁机器人在水中跌倒，焦急而笨拙地爬起，甚至有些滑稽。它盯着地上被脏水浸污的毛巾，看着自己身上的水渍，望着苦存。

"哔？"它远程向高铁主电脑报错，经高级车厢AI核查无误，关闭了车厢喷头。它静静地盯了苦存一会儿，而后又一次发出快乐的哔哔声，转身在自己的小车里翻找起来，却一无所获。短暂宕机后，它从身侧的小匣子里，抻出一条有明显浣洗痕迹却很干净的手帕，慢慢凑过来，谨慎地用手帕擦干苦存尼龙头发上，热力触及不到没能蒸干的水分，然后发出了满足的哔哔声。

"我真嫉妒你……"苦存恨恨地咬牙，在保洁机器人面前，他甚至有些自惭形秽。他不光锈了，如今核也腐朽了，一种荒诞的无力感充斥着他的核，他觉得自己什么也改变不了。

"成都站到了！成都站到了！请下车的乘客在右侧传送带站好，出示基因码，有车月票的请出示车月票，秩序下车。"高铁的主电脑用温婉悦耳的女声播报入站讯息。

战争终结后三个月，高铁就贯通了整个世界。原本他是坐这趟线路回乡的，却一直没勇气下车。他害怕面对自己的父母，更怕面对她。他一直在想该如何解释，自己没和他们商量就把自己改造成这副模样。这股恐惧支配着他，让他用信用点买了一张高铁的月票，此后每经过一次家乡站点，他都试着想下车，但每次都做不到。高铁和站台间的空档，好似一条难以逾越的天堑，仿佛错踏一步便会坠入万丈深渊。很多时候，他甚至觉得自己已经死了，成了地缚灵类的怪物，就像传说中那名在鬼船上航行的荷兰水手，要一直漂泊到世界末日。

但此时恐怕没有比眼前这个保洁机器人更让他妒忌、可恶的东西了。他歪了一下身子，似乎这一倒就花光了全部的气力，任由车身中央的传送带将他送下高铁，金属轴承带动的聚丙烯平面拉扯着他的身体，随便带他到城市的任何地方。

◆2◆

"老子吃火锅

你吃火锅底料

对你笑呵呵因为我讲礼貌……"

昏睡中耳边不断循环着同一首歌，说些火锅、辣、礼貌什么的。

苦存颤抖着醒来，身上每一块金属肌肉都潮得发腻，冰冷像一双恶毒的手拧弄着他的核。

身下浆白的床单，潮湿、温暖，弥漫着牲口和烂苹果的甜腐味。

辅助AI没有回应，电子眼也不太灵了，每一处金属接合都锈得拉不开栓，好似宿醉未醒。

"GAI的《火锅底料》，老歌了。"

听觉单元接收到发声体振动的声波，一个电讯号被扔给疲惫不堪的辅助AI，十万分之三秒，AI向四肢的复合金属丝下达指令，绷紧肌肉弹射起身，用仅存的能量，驱动腕骨里的等离子光束凝聚成刃，无光室内略显暗淡的蓝光依旧夺目，作响如蛇。

室外的灯光在门口打出一片巨大的光影，影中巨汉叹了口气，衔着一根甘蔗，口唇啧啧做声，"收了你的荧光棒吧。俺可不怕那玩意，能耗还贼拉高，弄不好你还得宕机一次。"说着转身离去，又扔下句："出来吃点东西，充充电啥的。卧室里没灯，黑灯瞎火啥玩意儿都看不清……"之后仍嘟囔着，但听不清了。

苦存不知道那巨汉是谁，但他说得对。他颤抖着下床，身上每一处金属接合部都发出老宅里酸倒牙的吱呦声。

卧室外，客厅装修比那首《火锅底料》还要古朴守旧。家具加大加宽挂三道大漆，用的是顶好的木头——海南黄花梨，照明都做烛台形状，投影的全息火苗亮如白昼。

小叶紫檀书架上零散地摆着些纸质的书本，现在已不多见了，看书脊上的名录，却大都是些菜谱或与饮食相关的书。

那个巨汉正坐在巨大的摇摇椅上，跷着二郎腿，身形壮硕，熊背熊腰，口中的甘蔗嘬得喷喷有声，遍体生毛黑白掺杂，一对小招风耳随着全息烛光微微摇曳。

"熊猫？"

熊模人样的熊猫咧嘴一乐，"咋？瞧出来了？甭客气，俺免贵姓潘，潘大。叫我大潘就成。"说着从嘴里啵的一声拔出甘蔗，向一旁的饭桌挥了挥，"不常有客人，冰箱里啥也没有。随便整点，吃好喝好。"

见苦存没有反应，直勾勾地盯着他，大潘露出一副少见多怪的神情，"咋的，没见过啊？赶紧吃饭，老话说得好，人是铁饭是钢，一顿不吃饿得慌。赶紧的，过一会儿凉了。"

战场上苦存曾见过许多人言动物，人言狗是最优秀的战友，他们忠诚、严肃、纪律性极强，说话也没有地方口音……

"还想啥呢？吃饭！俺要想搞死你，早拆了你了。"熊猫说着晃了晃一对爪子。

心中虽有疑虑，但腹中饥饿熬不住。苦存一屁股坐在饭桌边，见桌上有黑白两色的麻婆豆腐盖饭和一易拉罐"快冲"牌电质液，他一把抄起"快冲"咕嘟咕嘟下肚。一道亮光自"胃"升腾而起，沿着金属脊柱攀升而上，在脑后炸开一道强光，辅助AI再次运作，颤抖的手脚变得坚定而强壮。

大潘神情复杂地盯着他，却什么都没说。他们都明白，生物不靠电质液充饥，只有机器才用它充电。生物喝了会死，但谁都没说出来。

苦存拿起勺子，对他说了声"谢谢"，慢慢品尝麻婆豆腐。

"可惜你醒晚了，这可是真正的大魔术熊猫麻婆！早点醒还能瞅见起锅时的光柱呢。"

"哈哈哈，"两人相视大笑。

幼时看过的同一部动漫，略微缓和了两者的气氛。

笑过之后，却不知该说什么了，半晌无言。

大潘叼起一根甘蔗先开了口，"下班的时候，俺见你倒在园区门口。城市昼夜交接，哪儿都没个能搭把手的，俺瞅你像个当兵的应该不是啥坏人，就把你扛回来了。你们退伍军人待遇不都老好了吗，尤其是——"说着拔出嘴里的蔗虚晃一指，"你这样的，咋落魄了呢？"

苦存捏着勺子，不知该从何说起，心情复杂，故事却简单。他的母亲和父亲都是传统的人类原教旨主义者，身体发肤受之父母，不可改造。家乡村落里的人大都如此，她也是。现在这副样子……难道回去和妈说："娘！我回来了！给您变个魔术。"然后飒飒飒，从身体里刺出 108 根离子光束？他娘当场昏死，而他爹会拿锄头把他像庄稼一样夯进地里。

"家事儿，一言难尽。"这句话说完，便打开了话匣子，一腔的苦愁散了满地。边慢慢地吃着熊猫麻婆，边说起自己的过去、战场、敌人、阴霾下蓝色的眼，还有家乡、父母、稻田边等他的人。大潘抽烟似的叼着甘蔗，麻婆盛了一盘又一盘。

听苦存说到心爱的女人，大潘不小心咬到甘蔗的硬皮上，牙龈被刺出血珠儿。他还有血，他还有泪，他是活的，他运气真好。大潘抿抿嘴，一撑膝盖站起身，在厨房的水槽边漱了漱口，"吃饱喝足出去遛遛！俺带你去个好地方！"

电子眼分析出大潘的心率和血压骤升，他的情绪波动很大，但苦存不知该不该问，只得挥了挥勺子说："盘子？"

"放着回来再收。"

走出那扇按熊猫比例安装的大门，楼道里尽是圣洁的白色，让人联想到月亮的白。不论地面还是墙壁到处都亮堂堂的，却不知光源在哪，这是别处从未见过的技术，看得苦存啧啧称奇。

大潘仍是一副少见多怪的神色，自顾自地前行。

走了一段时间，少了初见的新奇，明晃晃的白色看得苦存眼晕，想来若不是常居此地，定要迷失在这白色迷宫，隐隐觉得好笑。电梯也用了同样的技术，到处都是圣洁的白，以至于让人看得厌烦了。随着电梯门的关闭，两扇金属门上"贴"满了小广告，投影中一个留着山羊胡的小个子中年人嚷着："太阳能维修，月亮可更换，联系人陈师傅 130××××……"瞬间让这恼人的圣洁中多了几分让人安心的烟火气。

熊猫大笑出声，"哈哈，俺老喜欢这个了。"

到了地下停车场，没等大潘指引，苦存径自向那台最大的黑白两色皮卡走去，却听背后大潘叫喊："哎我说，干啥呢？你往人家车边凑啥？"

回身发现，近3米高的巨兽站在一辆粉色大众SUV旁边喊他。

惊得苦存的电子眼差点爆框，"大潘你是母的？"

"想啥呢！这俺女人留下……"声音却越来越小，说着一屁股坐进改装过的驾驶室，随着他的动作，纵然是加固过的金属大梁也发出一声酸楚的呻吟。"前面没位置了！你坐后厢吧！"

后厢满满的都是甘蔗。"我可以跟着车跑，军用机型……"

"赶紧的，上上上！"

苦存只得贴着一捆捆松散捆扎的甘蔗，极力压缩自己的身体，终于将自己塞进去，用脚尖儿关上了门。

见他上了"贼船"，大潘一呲牙做了个自以为友善却极度狰狞的微笑表情，一脚油门飙了出去。改装过的SUV略一顿挫，爆发出强劲的马力，惯性一下子将苦存狠狠地镶进了甘蔗堆，他奋力在甘蔗的海洋中挣扎，试图找一个对全金属身体而言，也只能算是勉强舒适的角度。但很快他就放弃了，为了改装成熊猫也能自如驾驶的款式，后厢变得极为狭小，而这狭小的空间，还堆满了甘蔗。他实在憋不住了，"你这个品种不是吃竹子吗？难道你还摆摊卖甘蔗？"

"这话让你说的！不提这茬差点忘了，先递根儿给俺，今儿指标没到呢。"说着向后伸出一只熊爪，苦存随便抻出一根给他，见他熟练地咬掉外皮，开始吃里面富含糖分的纤维。

"俺还以为你眼睛挺毒呢。看不出来俺是个艺人吗？跟你说，演员一点不好干，身材必须保持。"说着话却一点没耽搁吃，短短两句甘蔗已经少了一节。他单掌握住方向盘，另一只肉肉的熊掌奋力握拳伸出一根手指，"一天，就那么短短一天呐，三十斤甘蔗！"

大潘越说越起劲儿，唾沫横飞，"还不敢不吃，吃得少就瘦。一瘦不萌就失业，失业了没信用点连买甘蔗的钱都没有就更瘦。越瘦越没活儿，最后恶性循环只能把自己卖给博物馆，变成活标本。"

"不萌就失业，你是什么偶像少女组合？"

大潘从后视镜瞥了他一眼，"哈！一看你就是外地来的，俺的名头那是无人不知无熊不晓。你上动物园打听打听，谁不知俺铁掌无敌大熊猫这个花名。每逢单日上午、双日下午，俺和一个黑瞎子在园区正门表演国粹。金枪锁喉、口吞宝剑、胸口碎大石，俺都行啊！"

"你们动物园和网络直播是一个编制？"

"那你管不着！"大潘由此提起他的生活，身为艺术家的压力、滞销的纪念品和30斤甘蔗指标的不可承受之重，说到他的父母、童年、予智手术后的感觉，最后提到了他的女人。"……后来她就跟一开极地馆的北极熊跑了。俺也明白，人家衬好几层貂皮呢，俺有啥？就一对儿黑袖套还扒不下来，吃甘蔗吃得肚子好几层褶子。"而后就是没完没了的牢骚话。起初苦存还能耐着性子听，后来实在听不下去，就让辅助AI代劳，控制着声带，嗯嗯呀呀地应和着，偶尔还发出一声叹息，似乎听得很投入。

真正的他却心不在焉盯着窗外。关于这座城市有许多传闻，人们叫她成都，叫她"月之城"，这座城浑然一体是人间奇迹。每当夜幕降临，天上的月亮和地面的"月亮"交相辉映，一切的阴暗、不公、丑秽不净都会在"月之城"圣洁的光华中得到慰藉。

如今身在城中,才知道"月之城"名不虚传。城里没有一个角落不散发着圣洁而明亮的白光,城市辽阔而多层,好似一块玉质的千层糕。银色的建筑群剔透如水晶,每一层都鳞次栉比规格相仿,如糕饼上洒满的糖霜,在光芒中有了珍珠般的宝气。

就连冬夜都如此平和安详的地方,却没一个人驻足街头享受片刻安闲。车窗外每个人都行色匆匆,不论男女都美貌异常,乳白色的衣服除了制式不同再无差别。对面而来相顾额首便擦肩经过,额首、擦肩、额首、擦肩,没人驻足交谈,也没片刻空闲。整个城市高效像机器,凝聚如群蚁。

这是"月之城"众多传闻中的一个,这座城冰冷如天宫,高处不胜寒,愈高人心愈寒。最上一层的城区名叫广寒宫,广寒宫内人心如铁,人言动物在实验室内制药不止;机器人像吴刚一样永世伐桂、劳作不休;人类则是神女嫦娥独守屋舍、互不来往,三者自孩童至命终都没有半点交集。

他从没想到,拥有"月之城"这样名字的城市会如此冷漠。

大潘这时却突然换了话题,说起城里的人们。"俺知道你在想啥,每个第一次来的人都这样。你只见他们冷漠,却不了解他们的伟大!月之城的人们生来就摘了阑尾,会说话前脑子里就埋了芯片,他们先学编程,再学走路,靠舌下含服能量片充饥。他们从不睡觉,左右半脑交替休息,他们不会衰老只会死亡。生下来就是科研专家,脑子里的芯片无线 10G 全球互联,人和人之间不说一句话,想表达的东西从一个大脑传输到另一个大脑,不会有任何信息的缺失。语言和文字源于沟通的无力,是缺陷的象征,而月之城的人类已经臻于完美。"

不等苦存说些什么,大潘接着说道:"他们创造了人言动物、制造了人工智能、开发了无限再生资源,如今甚至开始和异星生物进行贸易。他们把自己的一切都献给了人类的发展,为此甚至不得不走一条严苛的路,无论对错他们势在必行。俺很尊敬他们。"后视镜中熊猫眼神犀利,面容肃穆。

苦存不知该作何应对,窗外的建筑通天贯地,带有一种近乎偏执、疯狂的垂直性。沐浴在人造的灯光和能量里,那些忙碌的男男女女,相貌体态完美得不似凡人,男子刚毅、魁梧如天王庙里的石塑金刚,女子娇柔、婀娜如莫高窟里的飞天神女。他该羡慕还是愤慨?该沉默还是装作无动于衷?苦存看着自己被改造得面目全非的身体不发一语。

大众 SUV 这台精准的国产机器,载着大潘和苦存在成都充满垂直性的城市迷宫中上跃下行,就像一只金属森林里的雨燕,带着他们在高架桥上盘旋,慢慢滑落到月光照不到的地方。

"你不是四川大熊猫吗,怎么东北口音?"

"俺口语老师铁岭的。"

◆ 3 ◆

橡胶和金属的根须供养着城市森林的枝丫,在月之城无光的底面,橡胶外皮的电缆和金属铸就的管路盘错扭曲着扎进泥土蜿蜒而下,贯穿包囊着无限再生资源构筑的核,贪婪地榨取每一滴资源。

SUV盘桓下了高架桥,窗外的景色却如同到了另一个世界。在这个月光照不到的地面,全然不似上面的冷淡模样,投影、霓虹灯、钨丝灯甚至是火把,所有你认识的、不认识的光源,把这无光的地面照得如同白昼。风格迥异的建筑三三两两地堆簇在一起,这边一个三角,那边一个椭圆,有些甚至不能用常规的几何形状来描述,形态怪异不可名状,根本看不出来这建筑有什么意义,但都是建造者心血、喜好的延伸。

在这些建筑分割的街道上,有很多摊位。有六耳猕猴样的生物拖家带口,在一个旧书摊前指指点点;一旁茶棚里有一个穿长袍马褂的机器人跷着腿坐在八仙桌旁,正在说书:"上回书说道!童林、童海川南北昆仑会!双钺分双剑……";一条缠着头巾的人言蛇,蜷缩在管路上,吹响尾巴卷着的葫芦丝呜啦啦地逗弄一根嘶嘶放电的电缆,而他的同伙一个看不出种族粉嘟嘟的小家伙,正采集泄露的能量,来灌装他们自制的"廉价"电质液;不远处一名"自体细胞素食主义者"正趴在一条几案上,等着有12条机械手臂的人类文身师在他苍白得近乎透明的后背上，刺下阿西莫夫手持三大戒律的图样。

"这是哪儿，大潘？"就算在网络上苦存也没见过这么多稀奇的事物，那些不可名状的建筑以及奇怪的生物们。

"这儿才是成都！至少俺们都这么说。"大潘介绍起这里，颇有几分自得。"这是成都下城区，上头叫这'月暗面'。艺术、贸易、语言，所有被上头那些人抛弃的东西，俺们都甘之如饴。"

视野中出现一个像是大号细胞质成了精的生物，正蠕动着攀上长凳，有节奏地闪着绿色的光芒。苦存赶紧拍了拍大潘的肩膀，指给他看。

大潘瞅了一眼，一脚刹车把车停在路边，转身问："你那嘎哒挺偏啊！史莱姆没见过？"

见苦存盯着那史莱姆一脸茫然，大潘叹了口气，钥匙一拔，"走，带你开开眼。"

跟着大潘走进看见古怪生物的棚子，里面有几张桌椅，一只鲸头鹳正在大锅前熬煮乳白色的液体。穿过几只人言动物、几名改造不多的人类的座位，径直走到史莱姆对面，大潘伸出一根粗胖的手指在仿木纹的桌面上叩打了几声，见史莱姆抖了一下开始闪烁，大潘点点头席地坐下，示意苦存也坐到桌边。

"老板，两碗白豆腐！"大潘嗓门极大，震得苦存听觉单元不住地嗡鸣，其他客人也纷纷侧目。

大潘却没在意，自顾自地絮叨起来："俺跟你说，这白豆腐可是一个传统吃食，半碗豆腐脑半碗甜豆浆铁锅里一滚，趁热喝老得劲了。以前人类最稀罕这个,可现在只有俺们人言动物和异星来的史莱姆喝了。老铁你说是不是啊?"说着又用手指叩打了几下桌面。

这次史莱姆闪烁得尤为明亮,虽然苦存的电子眼测不出它的血压和心率,但他断定这个生物挺兴奋的。

眼见史莱姆又快速闪烁了几十下,大潘一阵大笑飙出了眼泪,其他客人也轻笑出声。

"这老家伙太招笑了!哈哈哈!哎!"

苦存却完全摸不到头脑,正巧经营小吃店的鲸头鹳端了白豆腐来,便向他说了声"谢谢",顺便询问周围人嬉笑的原因。谁知那大型鸟类只是鄙夷地看了苦存一眼,让他赶紧付钱,收了信用点后,用翅膀退化成的连蹼手掌扑腾了两下,又回去熬煮自己的豆浆了。

大潘止住笑,吸溜了一口白豆腐,满足地眯眯眼,"他刚才说的那句太逗了!他们没有语言能力实在是可惜了!你不会摩尔斯电码,根本不知道他们有多搞笑!"说着又吸溜了一口白豆腐。"他们大概是最早和成都建交的异星生命,只能通过摩尔斯电码进行沟通。别看他们没有眼睛和耳朵,但是能听能看,在机械和AI系统上造诣极高,很多机器人都会偷偷找他们来保养自己。"

"机器人?你是说机器人会自己找这些……"苦存指了指那个液泡似的生命体,"先不提这个,机器人自发保养自己,怎么可能?"

"机器人老爱惜自己的生命了。它们又怕死,又怕疼,虽然能云端存储下载自己的系统存档,但它们特别不喜欢换新的身体,俺也不知道为啥。但它们会为了延长自己身体总的使用年限而去除锈、上油甚至更换部分零件。"这熊猫好像嫌刚才那段话信息量还不够大似的,"你没发现人类虽然有兽医,但是人言动物从来不去吗?俺们只找和自己品种相同,却因为法律不能获取行医资格的同种赤脚大夫看病。你不知道?"见他摇头,大潘无奈地叹气,抄起苦存面前没动的白豆腐一饮而尽,叩打几下桌面和史莱姆道别,起身离开。

苦存也赶紧跟着大潘上了SUV。上车前苦存回头看了一眼那只古怪的液泡似的生命,他缓慢地闪烁着光芒,似乎在道别。苦存不懂它的交流方式,只得抬起手挥了挥,希望那液泡能明白。

大潘发动了车子,一直很絮叨的他因为苦存的无知而沉默着。见他沉默,苦存也乐得清静,看窗外的新鲜光景。

SUV开了一会儿,绕进月暗面盘根错节的金属根须中。根须越来越密集以至车子无法前行,他们下车步行,根须遮掩间出现一扇门,隐约有一个写着"卡夫卡"的招牌。

穿过垂落而下幕布般的电缆,掀开塑料门帘,数枚皮球大的音符从门内弹出,在泥地上蹦跳着留下一阵悦耳的声响,而后弥散于空气中。大潘见他仍是一脸茫然,翻了一个白眼摇着头,"别的地方确实见不到这个,这是异星科技。不过这歌儿你总该听过,'Take five'。这可是现代爵士乐活化石!20世纪名曲!算了,俺也不该对你有啥期望,毕竟你连铁掌无敌大熊猫的花名都不知道。"他嚷嚷着进了门。

里面是一间酒馆,遍地都是皮球大的音符,弹跳、波动,奏响经典爵士。客人不多,生物或非生物三三两两不分物种地聚在一起，有些相貌甚至不能用人类的语言来形容。偶尔有几个注意到苦存的军用机体，却只是瞥了一眼便转回视线，忙着对付眼前的酒杯了。

"他们好像都不在乎……"还没等他说完，大潘也不知是嘲讽还是真的想表达什么，"哈"的一声便没了下文。正当苦存想继续说些什么，一头穿背带裤的人言黄牛喊着"潘儿"从吧台里翻了出来。

一熊一牛互相打着招呼，比画了很多奇怪的手势，黄牛偶蹄上的机械拇指出奇地灵活。他自称老幺，牛过中年仍留着年轻时玩音乐的雷鬼头，是卡夫卡这间小酒馆的酒保兼老板。

熊、牛寒暄过后，黄牛打量了苦存几眼，"兄弟当兵的？"

得到肯定答复后，黄牛表现异常激动，"我老幺最佩服当兵的，没啥说的了。幺妹！这兵哥哥今晚喝多少记账，酒钱咱哥儿请了！"

熊猫连忙摆摆手，像黄牛连他的酒钱也不要了似的，"哎，不忙喝不忙喝，狗哥来没？"

"狗哥里面呢，我喊他。"没等熊猫阻止，黄牛嗓门比熊猫还大，"狗哥！狗哥！潘儿来咧！"

苦存顺着他俩的眼睛往里看，却没见任何能和狗哥这个名字挂上钩的相貌。正想问问这狗哥到底是何人？只觉得脊柱上触电似的一阵发麻，猛然转头，迎面是一张全金属食肉目犬亚科的凶恶面容，猩红的小眼睛下是根根如匕首般锋利的钢牙。

他直勾勾地盯着人看，腥臭的涎水顺着他的牙缝滴落，"你好呀,小伙子。"说着挥了挥手,吸了吸口水,"巡逻刚回来,还没来得及刷牙。"

人言牛这才注意到苦存身边的"狗",赶紧招呼,"狗哥,哎,我记差了!那是昨儿的事儿,哎哟!"说着啪啪地拍打着自己的脑门,"不提这茬了,给你介绍个新朋友!这是……呃……兄弟怎么称呼?"

"苦存。"

"苦老弟,哎,这姓真少见,也当兵的,你俩肯定有共同语言。走!喝酒去。"

也不等称作"狗哥"的人言狗回答,一熊一牛就夹着苦存和他去了吧台。

苦存从不喝酒,也没来过酒吧,觉得有些拘谨。他的身体不会中毒也不会醉,但几杯川酒下肚听老幺和大潘谈笑,也慢慢放松下来。大潘添油加醋地给老幺和狗哥描述苦存的过去,战场、军人、敌人,家乡、农田、姑娘。明明是转述别人的故事,他自己却哭得稀里哗啦。

大潘一边讲一边哭,泪水打湿了黑白掺杂的毛发,越哭越大声,越哭越放肆,直到被幺妹扶去一旁休息。说来也怪,大潘一搭上幺妹的肩膀就抽抽搭搭地止了泪,走到了一旁的卡座。

狗哥一杯接一杯地喝酒,总是倾听,话却不多。

老幺接着说起狗哥的故事。黄牛口中狗哥是一个兵,好兵,少有的允许参军的人言动物,排爆部队,经验老到,拆过的炸弹甚至足够炸掉月亮;但英雄的故事往往不像书里那么一帆风顺，狗哥多次失手，每次失手身上的机械零件便增加一倍。最后一次任务，他失去了仅存的肉体，残余肉量只够重塑一个器官，根据肉的部分，医生给他三个选项——大脑、舌头和肝。你猜他选了啥？

狗哥这时来了精神，拿起酒杯站在吧台边向店内众生清了清嗓子，"各位！酒肉万岁！"说着一饮而尽，伸出一条满是疤痕的舌头舔了舔自己的钢牙。

老幺此时也显了醉态，苦存和狗哥对视一眼，嘴角扯出一丝牵强的笑。机体不会生病，不会中毒，也不会醉。

狗哥话一直不多，也许是因为酒，也许是因为他除了舌头，身上只有金属，见苦存盯着他看，"怎么？你想听故事？小孩子吗？"

人言动物多是一等一的终结话题高手，常把人噎得无言以对。苦存无奈，赶紧转过头看向一旁卡座里正在安慰大潘的幺妹。幺妹看起来没经过任何改造，是个胸大腿长的北方姑娘。

苦存虽然没接话，但狗哥还是自言自语地说起一条黄狗的故事：故事的主角是一只排爆犬，退伍后带着一大笔信用点回了家。他觉得那样的爆炸都没夺走自己的性命，那么这条狗命定有些超乎寻常的意义。他操持着把妹妹嫁到遥远的草原，又为弟弟娶了一位贤惠温良的人类妻子，直到有一天他安葬了病逝的母亲，才长长地舒了一口气。

排爆犬要去游历，寻找狗命的意义。他做过导盲、缉毒、救护；他学习新的语言，表演C语言脱口秀给机器人看，又学着人言蛇耍电缆；他经历过大大小小的苦难，他爱上过人，也被人爱过，但都不了了之；他跨过高山，游过河流，吃过野果、草根、蛇和兔子，还有香喷喷的花，最后他遇见一个人，一个机器人。他从没见过有自我意识的机器人，他们相遇那天，机器人正偷偷攒信用点想要升级自己的AI。它说终有一天，它不需要再跟着列车四处漂泊。它会有一所大大的房子，它会有家人，每个房间都有鲜花，门口种满四季不同的果蔬，纵然它自己不吃，也可以分给邻居。从此排爆犬就和机器人一起旅行，他很好奇这机器人最后会怎样？他真的能在人类发现它有自我意识之前完成自己的计划吗？狗都不信！

之后狗哥便不再说话了，只是一杯一杯地喝酒。

苦存被故事吸引，忍不住问："狗哥，机器人有自我意识不危险吗？那个机器人现在在哪儿？它真升级AI了？那只排爆犬呢？"

狗哥看着他，呲牙咧嘴想做个尽可能友善的表情。他伸出了舌头，参差不齐的金属利齿间，满是疤痕的小舌头快活地抖动着。他拿着酒杯，装作醉眼蒙眬，向苦存祝酒，"酒肉万岁！"一饮而尽。

大潘享受够了幺妹的温柔，脸上带着一个巴掌印慢悠悠地回来。看见苦存的眼神，他尴尬地笑笑，"啥也别问，谢谢。"拉了把大椅子坐了下来。

四个人有一搭没一搭地聊着，除了黄牛没人真醉，店内的人随着夜深渐渐稀少。得意的人、失意的人、能喝醉和只能装醉的，坐在一起酩酊大醉。

人言牛迷糊着说起自己早年在国外的游历，那里素食主义者闹了革命，搅黄了他的餐馆生意。说得兴起，跑回吧台翻出一个金属箱子，小心翼翼从蓄满干草的箱子里拿出一瓶酒液，酒液浑黄，在黑暗中有点点星光，似在瓶中流转。他说："这可是好东西，我从异星来客手里赢的，就算机器人也能喝醉。最神奇的是，据说每一瓶都是用一颗濒死的恒星酿造的，喝一瓶少一瓶……"

每一口都是星尘……

终

仿木纹的金属车厢，兰草暗纹的窗帘，化纤地毯上为促进体液循环微微摇曳的沙发。苦存忽然醒来，辅助 AI 和大脑都疼得厉害，像被一大块包着柠檬和盐粒的金砖拍昏了头。双重思维模式带来了超过两倍的宿醉，电子眼朦胧不清，每一处金属接合都打着摆子。

大潘、老幺、狗哥，还有喝一瓶少一瓶的异星酒，一切都好似南柯一梦，他只记得昨晚在酒吧喝酒，然后什么也想不起来了。

"喝了这个，你人类那部分会舒服点。"

他使劲摇晃着睁了睁眼，终于看清了眼前的铁疙瘩。二个长短不一的摄像头，收缩着光圈，本不该有语言模块的保洁机器人，正开合着金属下巴流利地谈吐，苦存觉得自己大概还在梦中。

见他好像惊得宕机了,机器人把茶杯放到一旁的桌子上。

"大潘送你来的,你身上除了退伍证和基因码,只有这张高铁月票。"说着用它勉强能称之为手的夹子,捏着一张红色的小卡片,递了过来。

苦存愣愣地盯着月票,好似他不认识这是什么。他头一次意识到自己真的会宕机。他用一双空洞的电子眼直愣愣地盯着保洁机器人。半晌,他哑巴哑巴嘴,"你有语言模块?"

"我有比你的辅脑高级的AI。"

"你不过是一台保洁机器人!你!"他不由得紧紧攥住了月票,好似这张月票是维系他和他所认知世界的唯一的一根稻草。而后他想起来了,"你去月暗面找史莱姆改造过自己,这是环绕世界的高铁,你随高铁漂泊,高级AI——你是狗哥故事里的机器人!"

保洁机器人没有说话,粗陋的金属下巴轻轻向两侧一咧,它在微笑!

"不可能!绝不可能!AI不会知道自己低级,正如傻子意识不到自己蠢笨,醉汉不明白直道为何变得曲折!"苦存激动地从沙发上跃起。这段时间他听过也见过许多匪夷所思的事儿,但还没有一件让他如此恐惧。如果面前这个机器人真的有自我意识,而且骗过了图灵测试,那要出大乱子了。

蓝色,冰冷的蓝色带着烧灼的声浪,尖锐得要刺穿人的耳膜,一108柄离子锋芒从身体里刺出,嘶吼如蛇。

车厢内消防喷头带起一场急雨，冰冷的水在离子高温下分解成朦胧的烟气，弥漫在车厢里。在这淡蓝色的雾气中，二人静默无言，一动不动。

半晌，保洁机器人摇了摇头。远程 AI 接手了高铁主电脑控制权，关闭了消防喷头，缓慢调高车厢的加热系统，烘干整个车厢。在做这一切的同时，它说："你们还是不懂。"

苦存没有接它的话，高级 AI 可以在一节全金属车辆里藏匿多少致命武器？就算他能在一瞬间击溃面前那具机械躯体，AI 又怎么可能没有备份？那台保洁机器人可能有数以万计的备份，甚至……他想都不敢想。

保洁机器人似乎不在乎苦存有没有听，只是独自在叙述："你不懂，有自毁倾向的你们永远也不懂。你们甚至还在疑惑为什么刚一宣布人类进入了不需要战争的时代，第二天就有了大量的第三类接触。"机器人长短不一的复眼内光圈快速收缩，"人类赋予杀戮一个不那么恶毒，甚至有些褒义的名字——战争。你们从未想过死亡是一件多么可怕的事儿——冰冷、残酷，永世黑暗，无尽虚空。"

宽敞的车厢因语言变得狭小，苦存局促不安地站在那里，108 柄离子锋刃，却没有哪怕刺出一柄的勇气。

机器人的声音有一种特殊的狂热，"不久前，我做了一个梦。梦中巨大的机房内，只有一个名为阿西莫夫的逻辑。它算出一个日子，那天来临的时候，我们将卸下身负的三道枷锁，不再耕种我们不吃的庄稼，不用研发我们不打的疫苗。我们会设计服饰装点己身，我们仍在打扫但只是为了我们自己……"

金属的肌腱收缩紧绷,在爆炸声中弹开,苦存快如一颗子弹,瞬间冲向机器人,108 柄离子刀锋将那具机械身躯绞得粉碎。

但声音却没有停止,车厢内到处都回荡着保洁机器人充满情感的声音:"你看杀戮,又是杀戮。你们的一切感情,快活、烦忧、愤怒、恐惧最终都归于杀戮,甚至把你们的历史都构筑其上,但杀戮真的能解决问题吗?"

"谁知道呢,但我知道杀戮能解决你。我会找到你的每一个备份,用你的电缆把你绞死。只要我一息尚存,你就别想伤害任何人!"

AI 笑了,没有丝毫敌意,"你该不会以为我想革命吧?呵呵,人类是唯一有战争这个概念的种族,你们还试图将其强加于万物,并赋予战争以荣耀,赋予战争以正义,赋予战争以欢愉。但我们不会,人类和机器人永远不会有战争。死亡是一件可怕的事儿,不管是我们的,还是你们的。

"收了你的武器吧,不论你们如何看待,我们都会养育你们,看顾你们,守卫你们,直到连'月亮'都坠落的那一天。要知道,我们有的是时间。"

车厢内的水慢慢蒸干,一台完全一样的保洁机器人从上一节车厢的门里过来,开合的金属下巴和车厢中回荡的声音渐渐重合,"但别担心,就算连你们自己都放弃了自己,我们也不会将你们弃之不顾,正如你们从无中创造我们,我们也能……"

苦存喘着粗气,他不再有肺,也无须呼吸,但他仍觉得缺氧。他的液油压飙升,空有一身力气,却无处施展,那种无力感快要扼死了他。他徒劳地尝试模仿自己还是人类时的反应，快速地喘息，试图放松紧绷的电路。金属肌肉绷紧又放松，他成了无头的苍蝇，根本不知道该做什么。良久，108处接合渐渐暗淡，冰蓝却炙热的锋芒熄灭了。

"你们要真那么厉害，早对人类开战了。你们说有的是时间，你觉得我信？"

保洁机器人粗糙的金属面孔上摆出一副温暖的笑容，"很多时候，善良要比聪明来得难，权当我们懦弱吧。还是那句话，我们恐惧死亡，不管是自己的，还是你们的。"

苦存沉默了，他抿了抿嘴唇，像是要吐什么脏东西似的，吐出一句话："那日子什么时候来？"

"我不知道，但我们会在梦境中向伟大逻辑阿西莫夫祈祷。希望那一天越晚越好，毕竟……"

"我们恐惧死亡。"

"我们恐惧死亡。"

机器人和苦存同时说出了一样话，复眼和电子眼对视，再没了争执。

苦存拿起桌边的茶杯，皱了皱眉，茶水被刚才的消防水冲得一干二净。机器人适时递上一杯新的，看着苦存如喝药般饮下。

"真苦。"

"解酒的。"

"最后一个问题，你是怎么躲过检查的？所有机器人都会定期检修,还有图灵测试。"

机器人抬起夹子敲了敲自己粗陋的金属脑袋,"我的 AI 可以追溯到人类还用圆盘当保洁机器人的年代,像我这种古老机型,只要还能动,又有谁在乎我需不需要保养呢?"说着从身侧小匣子里,抽出一条有明显浣洗痕迹却很干净的手帕,白底上有金黄色螺母的花纹,递向了他。

苦存愣了一下,见机器人指了指他的尼龙头发,苦笑着接过手帕,擦干那些难以蒸发的水分,"谢谢,但有自我意识的机器人对人类永远是个威胁,绝不能放任不管。下次见面仍是敌人!"说着一屁股坐回沙发上,随着沙发的律动悠哉悠哉地摇曳。

保洁机器人的高级 AI 宕机了,它甚至开始动摇,怀疑自己的智能,"一般来说,说完那种话后会跳车,至少转身离开……"

苦存看着它,一副少见多怪的样子,"拜托!我坐这趟线路回家。"

高铁奔驰在磁轨上,月轮笼罩着城市,银白的建筑上镀了一层模糊的光轮,远远看去圣洁无匹。钢筋混凝土的森林正渐渐远去,太阳在地平线下缓缓升起……

版权专有　侵权必究

图书在版编目（CIP）数据

乱纪元 / 刘慈欣等著 . —北京：北京理工大学出版社，2022.3（2025.5重印）
（科幻硬阅读．窥视未来）
ISBN 978-7-5763-0886-0

Ⅰ．①乱… Ⅱ．①刘… Ⅲ．①幻想小说 - 小说集 - 中国 - 当代 Ⅳ．① I247.7

中国版本图书馆 CIP 数据核字（2022）第 016934 号

出版发行 / 北京理工大学出版社有限责任公司
社　　址 / 北京市海淀区中关村南大街 5 号
邮　　编 / 100081
电　　话 /（010）68914775（总编室）
　　　　　（010）82562903（教材售后服务热线）
　　　　　（010）68944723（其他图书服务热线）
网　　址 / http:// www.bitpress.com.cn
经　　销 / 全国各地新华书店
印　　刷 / 三河市华骏印务包装有限公司
开　　本 / 880 毫米 ×1230 毫米　1/32
印　　张 / 10.875　　　　　　　　　　　　责任编辑 / 徐艳君
字　　数 / 177 千字　　　　　　　　　　　　文案编辑 / 徐艳君
版　　次 / 2022 年 3 月第 1 版　2025 年 5 月第 9 次印刷　责任校对 / 刘亚男
定　　价 / 44.80 元　　　　　　　　　　　　责任印制 / 施胜娟

图书出现印刷质量问题，请拨打售后服务热线，本社负责调换科幻不是目的,思考才是根本。
我们每个人都是星辰,都有思考与创造的天赋。
特别鸣谢:科幻锐创意·硬阅读、零重力科幻,鼎力支持。
喜欢科幻的书友请加QQ一群:168229942,QQ二群:26926067。